北海域　クジラ諸島

ゴント
レ・アルビ
ゴント港
カレゴ・アト
トルヘヴン
ハヴナー港
ウェイ
ハンド
ヴェミッシュ
イフィ

カルガド帝国
ハー・アト・ハー
アトニニ
アチュアン

東海域

耳島

アースシーの世界
├─┼─┼──┼──┼──┼────┤
25 50 100 150 200 　300
マイル

# ほんとうの『ゲド戦記』
## 英文で読む『アースシー物語』

本橋哲也 著

Tetsuya Motohashi

An Invitation to the World of
Earthsea

大修館書店

# はじめに

　噂には聞いていたけれども手にとったことのなかったアーシュラ・K・ル・グウィンの『アースシー物語』全6巻を，私が勧められて読み始めたのはそれほど前のことではありません。それまでル・グウィンというと『闇の左手』や『所有せざる人々』のように，やや暗い雰囲気のSF通好みの小説を書く人と漠然と考えていたのですが，『アースシー物語』を読み始めてみると，想像してもみなかった視点から世界の歴史を再構築する仕掛けの壮大さはもとより，その透明で清澄な文章が醸し出す情緒と余韻の深さにすっかり囚われてしまいました。自分はこれほど大切な作品を読み過ごしていたのかと恥ずかしく思うと同時に，この作品の魅力が1冊の解説書などで尽くせないことを十分承知しながらも，こうして本を出させていただこうと考えたのは，私自身がこの作品の印象を人と分かち合う過程で自分のなかに少しずつ形をなしてきたアースシー群島世界のありようを，見知らぬ皆さんと共有してみたいという思いが湧いてきたからです。

　『アースシー物語』はいわば西洋的近代が支配しない別の歴史を提示することで植民地主義的な抑圧や暴力のない世界を構想する，21世紀の現代に生きる私たち自身にとって決定的に重要な作品です。群島世界には政治権力の中心地ハヴナー島があり，その南に知の権力が君臨するローク島の魔法学院が存在し，東に思想体系と歴史を異にするカルガド帝国が，西の果てには龍が跋扈する海域が広がる。そこに常なる交渉と妥協と混淆と闘争はあっても，植民地主義的・帝国主義的な支配と被支配の関係はありません。だからと言ってそれは平和と繁栄だけがある理想の世界というわけではなく，暴力も貧困も蔓延しているのですが，群島は海が繋ぐと同時に海が隔てる世界なので，陸の支配は長続きせず，永続的支配を可能にする軍事力の優越が否定される。かりに圧倒的な力の差があるとすれば，それは龍の人間に対する卓越であり，自然の営みの人間知（そこには魔術も含まれます）に対する優越でしょう。

　この物語によれば，もともと魔術に男女の区別はなかったものが，教育の組織化と政治的支配機構の発展によって階層区分がすすみ，魔術も女性差別

と階級差別を孕むものとなってしまった．群島が人々の多様性を多様なままに許容せざるを得ない現実を描くこの作品は，権力の道具や教えられる技術と化してしまった魔術自体の偏向性を，人間と龍が一体であった歴史の始原に立ち返り，魔法が日常の知恵として再生する未来を展望することによって証します．後にロークの魔法学院長となるゲドが男性的虚栄心ゆえに「影」を呼び出してしまう第1巻．太古の力に「食べられた」巫女アルハがテナーとして再生する第2巻．やがてアースシー世界の世俗的指導者となるアレンが死の国から帰還する第3巻．心と身体に癒えぬ傷を負った少女セルーが龍のテハヌーとなる一歩を刻む第4巻．歴史が様々な視点と場所から辿りなおされる第5巻．謙虚なまじない師オールダーの夢があらゆる境界を掘りくずす第6巻．西洋近代世界のなかで周縁化され，その知と営為を宗教と医学と法学によって簒奪されてきた「魔女」たちが歴史創造の中核に置きなおされるのです．

　このささやかな本のなかには私個人の思い込み，欠落，誤解も多いことでしょう．でも日本語圏読者なら高校生ぐらいの英語力で味読できる原文に触れながらこの作品を読むことは，私たちの生き方や思想，他者に対するまなざしに大きな影響と優しさと励ましを与えてくれる，このことだけは確かだと思います．

　大修館書店から本書を出していただくにあたっては，今回も小林奈苗さんの繊細な編集作業に助けていただきました．これだけの紙数に詰め込まれた多くの事柄が少しは読みやすくなっているとすれば，それは小林さんの的確なアドヴァイスによるものです．この国の大学や市民講座や読書会のテキストとしても使っていただけるよう，単元に分けた構成がされていますが，個人で通読していただいても様々な感想を抱いていただけるはずです．

　ル・グウィンの『アースシー物語』は読めば読むほど，答が得られるというよりは謎が深まり，自分の好きな箇所は何度読んでも笑いや涙が抑えきれない，そんな私たちにとってかけがえのない身近な文学です．どうぞこのささやかな私の試みを通して，群島世界の来し方行く末に触れていただく方がひとりでも多く増えてくださいますように．

　どうもありがとうございました．

2007年3月14日

本橋哲也

# 目次

はじめに iii

## 1 [第1巻] アースシーの魔術師（A Wizard of Earthsea） 3

STORY・1——影を呼び出す 5
　[KEYWORD] 1 真の名前 6 ／ 2 影 8
STORY・2——龍と戦う 11
　[KEYWORD] 3 選択 13 ／ 4 龍の誓い 15
STORY・3——影に追われて 17
　[KEYWORD] 5 変身 18 ／ 6 追うか追われるか 20
STORY・4——影を狩る 22
　[KEYWORD] 7 海 23 ／ 8 影との絆 25
STORY・5——東海の果てへ 27
　[KEYWORD] 9 呪文 28 ／ 10 影の名 30

## 2 [第2巻] アチュアンの墓所（The Tombs of Atuan） 35

STORY・1——大巫女に選ばれて 37
　[KEYWORD] 11 「食べられた」少女 38 ／
　　　　　　 12 西方のまじない師 40
STORY・2——迷宮へ 42
　[KEYWORD] 13 生まれ代わり 43 ／ 14 ことばと文字 45
STORY・3——迷宮に囚われた男 47
　[KEYWORD] 15 墓所の光 48 ／ 16 憎悪とあこがれ 50
STORY・4——名もなき者と戦う男 52
　[KEYWORD] 17 真理を知るもの 53 ／ 18 他者の視線 55
STORY・5——聖地からの脱出 57
　[KEYWORD] 19 ひとつになった腕輪 58 ／ 20 自由の重荷 60

**3　[第3巻] さいはての岸辺**（The Farthest Shore）*65*

STORY・1——衰える魔法　*67*
　[KEYWORD]　21　若者と魔法学院長　*68* ／ 22　王の不在　*70*
STORY・2——遠見丸に乗って　*72*
　[KEYWORD]　23　運命の血筋　*73* ／ 24　世界の均衡　*75*
STORY・3——西の果てへ　*77*
　[KEYWORD]　25　魔女と魔法使い　*78* ／ 26　外海の子どもたち　*80*
STORY・4——龍の頼みごと　*82*
　[KEYWORD]　27　旅を導くもの　*83* ／ 28　故郷への思い　*85*
STORY・5——死の国から帰る　*88*
　[KEYWORD]　29　死者の国への扉　*89* ／ 30　苦痛の石　*91*


**4　[第4巻] テハヌー**（Tehanu）*95*

STORY・1——炎から生まれて　*97*
　[KEYWORD]　31　龍の記憶　*98* ／ 32　魔術師と魔女　*101*
STORY・2——帰ってきたゲド　*103*
　[KEYWORD]　33　テナーと龍　*104* ／ 34　再会と目ざめ　*106*
STORY・3——ハヴナーからの誘い　*108*
　[KEYWORD]　35　魔法と禁欲　*109* ／ 36　小石と言葉　*111*
STORY・4——農園へ帰る　*113*
　[KEYWORD]　37　正しさを超えるもの　*114* ／ 38　女と男　*116*
STORY・5——新たな始まり　*118*
　[KEYWORD]　39　空白を満たす力　*119* ／ 40　カレシンの子　*121*


**5　[第5巻] アースシー短編集**（Tales from Earthsea）*127*

○探索者（The Finder）*129*
　STORY・1——探索者となって　*129*
　　[KEYWORD]　41　手のひらと信頼　*131* ／ 42　魔法と欲望　*133*

○ダークローズとダイアモンド（Darkrose and Diamond）　*135*
　　STORY・2 ──ダークローズとダイアモンドの絆　*135*
　　　　［KEYWORD］　43　魔術師と家族　*136*　／　44　魔女の知恵　*138*

○大地の骨（The Bones of the Earth）　*140*
　　STORY・3 ──大地の骨となって　*140*
　　　　［KEYWORD］　45　師弟の絆　*141*　／　46　太古の魔法　*143*

○山の湿原にて（On the High Marsh）　*145*
　　STORY・4 ──山の湿原にて　*145*
　　　　［KEYWORD］　47　呼ばれた名前　*146*　／
　　　　　　　　　　48　他者としての自己　*149*

○ドラゴンフライ（Dragonfly）　*152*
　　STORY・5 ──龍の飛翔　*152*
　　　　［KEYWORD］　49　魔女が授けた名前　*153*　／　50　自分の場所　*155*

## 6　［第6巻］　もうひとつの風（The Other Wind）　*161*

STORY・1 ──死者を夢に見て　*163*
　　［KEYWORD］　51　生と死の境界　*164*　／　52　動物と人間　*166*
STORY・2 ──女たちに囲まれて　*168*
　　［KEYWORD］　53　文化と口承　*169*　／　54　テハヌーと動物　*171*
STORY・3 ──カレシンの予言を聞く　*174*
　　［KEYWORD］　55　正史と反史　*175*　／　56　龍とジェンダー　*177*
STORY・4 ──ロークを目指して　*180*
　　［KEYWORD］　57　外国語と翻訳　*181*　／　58　船上の交流　*183*
STORY・5 ──再会と別れ　*185*
　　［KEYWORD］　59　死生観の対立　*186*　／　60　光と風　*188*

アースシー世界を読み解く基本キーワード
　1・陸と海　*32*
　2・東と西　*62*
　3・言葉と魔術　*93*
　4・龍と人間　*124*
　5・魔術師と魔女　*157*
　6・魔術と性的欲望　*190*
　　　　セクシュアリティ

**付録**
　アーシュラ・K・ル・グウィンの世界　*194*
　『アースシー物語』前史　*200*
　主要登場人物紹介　*204*

◎本文中の引用文は以下の版による。
　*A Wizard of Earthsea,* Spectra Books, 1984
　*The Tombs of Atuan, The Farthest Shore, Tehanu,* 以上 Simon Pulse, 2001
　*Tales from Earthsea, The Other Wind,* 以上 Ace Books, 2003

◎岩波訳との各巻タイトル対照
　シリーズ名　『アースシー物語』　　　　『ゲド戦記』
　第1巻　　　『アースシーの魔術師』　　Ｉ『影との戦い』
　第2巻　　　『アチュアンの墓所』　　　Ⅱ『こわれた指輪』
　第3巻　　　『さいはての岸辺』　　　　Ⅲ『さいはての島へ』
　第4巻　　　『テハヌー』　　　　　　　Ⅳ『帰還』
　第5巻　　　『アースシー短編集』　　　Ⅵ『ゲド戦記外伝』
　第6巻　　　『もうひとつの風』　　　　Ⅴ『アースシーの風』

ほんとうの『ゲド戦記』
——英文で読む『アースシー物語』

# 1
## [第1巻]
## アースシーの魔術師
### (A Wizard of Earthsea)

[主要登場人物]
- ゲド（Ged）（ダニー（Duny））：ゴント生まれの魔術師。自らの呼び出した影を追い求める。
- オギオン（Ogion，岩波訳ではオジオン）：ゲドに真の名前を与えた魔法使いの師匠。
- ネメール（Nemmerle）：ローク魔法学院の学院長。
- ジャスパー（Jasper）：魔法学院でのゲドの先輩でありライバル。
- エスタリオル（Estarriol）（ヴェッチ（Vetch），岩波訳ではカラスノエンドウ）：ゲドの生涯の友。
- イエヴォー（Yevaud）：ペンダー島に住んでいた龍。

## 第1巻 STORY・1　　　　　　　　　　　　　　　　影を呼び出す

　アースシーは大小無数の島からなる群島で，中央に王の座のあるハヴナーの大島を置き，東西南北の地区域と東方の異民族であるカルガド人の土地からなる。その北地区の涯とカルガドの地の間にあるゴントという小さな島のテン・オルダー村に生まれた男子が，幼名ダニー，子どもの時のあだ名をスパロウホーク（ハイタカの意味）という少年だ。彼は幼少の時より魔術の才能にすぐれていたが，自分の職業である鍛冶屋を継がせようとしていたその父親は魔術を習わせることに乗り気でなかった。それでもダニーは母親の姉である村の魔女からさまざまな呪文を教わり，動物に語りかけたり，幻影を作り出したりすることができるようになっていった。あるときカルガドの凶暴な侵略軍がゴント島を襲い，村々を焼き破壊する。しかしダニーは魔術で霧を起こし，カルガド軍を迷走させて島に大勝利をもたらす。

　その後ダニーはゴントのレ・アルビという村に住む魔法使い，オギオンの弟子となり，オギオンは少年にその真の名前ゲドを与える。だがオギオンは「魔法」を教えることなく，黙々と農耕にいそしみ，森を逍遥し，日々の生活をおくる男だった。そんなオギオンにしびれをきらしたゲドは，呪文を独学し「死者を呼び出せるか」という領主の娘の誘いに乗って，ある日オギオンのいない間に，生者にとりついてさまざまな災いをもたらす生の影を死の国から呼び出してしまう。そのとき帰ってきたオギオンによって影は去るが，オギオンはゲドにこのまま彼の元に留まるか，それとも魔法学院のある南方の島ロークに行くかの選択を与え，ゲドはロークに行くことを決意する。

　ロークでゲドはさまざまなことを学ぶが，ある日虚栄心からふたたび影を呼び出してしまい，それが生者の国に解き放たれることで，彼自身の心身に深い傷を負っただけでなく，それを追い払おうとしたロークの学院長のネメールの死さえ招いてしまう。いったん生の領域に解き放たれた影という暗黒の存在はけっして消え去ることがないとされる。それは名前さえ持たない，人間の生に対する究極の対立項なのかもしれない。ゲドの人生は今後，そのような影に追われ，影を追い求める，長い旅に費やされることになる。

## KEYWORD 1

## 真の名前

　アースシー世界のなかでも魔術に信を置く西方の世界で，人間の特質のうちもっとも重要とされるのが人の真の名前であり，それを分かちもつ存在である自己と他者との友情と信頼関係だ。昔から語り伝えられてきたさまざまな伝承や童話などでも，悪魔や怪物が「真の名前」を当てさせる謎をかけることがよくあるが，『アースシー物語』もこうした伝統に棹さしながら，さらにそのことの奥深い意味をさぐろうとする。ここにはおそらくル・グウィン自身が父母の感化もあって，アメリカ先住民を含む古くから土地に根ざした人々の思想と世界観に大きく影響されているということがあるだろう。自然と共生し，環境の自助と維持可能性を重視する先住民の思想は自然や動物，人間といったものの表面的な表われとともに，そこに隠された，さらに本質的な特性に注目する。ここでの「真の名前」の意義も，ひとつの現実がもうひとつ別の現実と共存しているという，先住民に特徴的な複層的世界把握の仕方と結びつけることもできるかもしれない。

　たとえばゲド自身が結ぶ意味深い人間関係はすべて，互いの真の名前を共有し，かつほかの人間たちには秘密にする原則によって結ばれている。ゲドの最初の親友となったロークの魔法学院の僚友エスタリオル（通称ヴェッチ，ソラマメの意味）。ゲドの精神の弟子にして，後のアースシーの世俗的支配者として王座につくレバネン（通称アレン）。そしてゲドの生涯の伴侶テナー（もともと東方のカルガド帝国出身の人間であるテナーにとって，何が「真の名前」かという問題はあるが）。

　ゲドは人間や龍など敵の真の名前を，魔法の力と知的修練によって知ることで，多くの敵を滅ぼしていく。真の名前を知ることは，こうして相手の破壊や死さえもたらすような，生を脅かす技術でもある。同時に，真の名前を知ることは，もっとも深い友情と交流の源ともなる。人はその名をもっとも信頼できる他人にしか教えてはならないし，それゆえに名前を自発的に教えることは，一時的な結びつきをはるかに超えた，人間にとって最大の献身と心情の発露となる。

　このように名前が交換されることによって生涯の友の契りが結ばれることになる例を，以下に見てみよう。この場面では，影をこの世に解き放ったこ

とで絶望と悔悟の淵に沈んだゲドに，彼を友情によって救おうとするヴェッチが，自分の真の名前がエスタリオルであると教える。こうして２人の名前が交換され，それに証される友情によってゲドは生きて影と戦い続ける勇気を回復する。真の名前を介して，何ものにも代えがたい宝を得たゲドとエスタリオルは，いつか再会する日まで別離を告げる。原文の描写は簡潔でなんの衒いもないが，事実だけを淡々と述べるその筆致から，２人のけっして断ち切られることのない絆の強さが，読む私たちにも迫ってくる。

No one knows a man's true name but himself and his namer. He may choose at length to tell it to his brother, or his wife, or his friend, yet even those few will never use it where any third person may hear it. In front of other people they will, like other people, call him by his use-name, his nickname—such a name as Sparrowhawk, and Vetch, and Ogion, which means "fir-cone." If plain men hide their true name from all but a few they love and trust utterly, so much more must wizardly men, being more dangerous, and more endangered. Who knows a man's name, holds that man's life in his keeping. Thus to Ged, who had lost faith in himself, Vetch had given that gift only a friend can give, the proof of unshaken, unshakable trust.

(*A Wizard of Earthsea*, "The Loosing of the Shadow")

　人の真の名前はその人自身とその人の名づけ主しか知らない。いずれ人はその名前を兄弟や妻や友だちに告げることを選択してもいいけれども，そうした人たちもけっして第三者の耳に入りそうなところでは，真の名前を使わないのだ。他の人がいるところでは他人と同様，通称，つまりニックネームを使う──スパロウホーク（ハイタカ）とか，ヴェッチ（ソラマメ）とか「モミの実」を意味するオギオンなどの。仮に普通の人間も愛情と絶対の信頼をいだいている人たち以外には真の名前を教えないとすれば，魔術師はなおさらそうで，それは彼らがより危険な存在で，それゆえ普通の人より多くの危険にさらされるからである。ある人の真の名前を知ることができれば，その人の生命を手中にできる。こうして自分自身への信念を失ってしまったゲドに，ヴェッチは友だけが与えることのできる贈り物，すなわち確固としてけっして揺らぐことのない信頼のしるしを与えたのだ。

## KEYWORD 2

影

　ゲドは自尊心と愚かさから影を呼び出したことで心と体に深い傷を負う。それは魔術の才能に長けた少年が、ロークの魔法学院で魔術師となるための訓練を受けていた途上で起きた、彼の人生にとって最大の挫折であった。しかし同時にこの体験を経て、ゲドは今後この影と対面し続けることにより、普通の魔術師を精神的に超越した存在となっていく。（ロークの魔法学院での教育課程を修了した青年たちには、その証として杖が与えられ、彼らはそれを持ってさまざまな王侯貴族や共同体の利益を守る「賢人＝魔術師（wizard）」となっていく。しかし『アースシー物語』のなかでは、ごく少数そのような「魔術師」を超えた存在である大賢人ともいうべき人々がいる。ゲドや、その師オギオン、あるいはロークの教師のひとりで自然界、とくに森の木々や木の葉の動きから世界の現状や行く末を知ろうとする「手本の師（Master Patterner）」アズヴァーなどがそうだろう。ここでは彼らをたんなる術ではなく、人が生きるための智恵や法理を追い求める倫理的存在として「魔法使い（mage）」と呼んでおこう。魔術師が技を行う能力を持った者であるとすれば、魔法使いは単なる技としての魔術の限界を知り、世界を統べる倫理としての魔法を追求するのだ。）ゲドはこの影に立ち向かうことができたおかげで、真の魔法使いに近づくのである。

　ここで私たちにとって大事なことは、「影」をなにか悪か暗闇の勢力の象徴のように一義的に考えて、この話をゲドという善や光や体現する男の戦いの物語として考えてはいけないということである。たしかにゲドはこの巻で闘いを強いられる、というか自ら決断して闘うことを選択していくが、それは彼が英雄であるとか何らかの普遍的価値を代表しているからではない（それは第２巻でアチュアンの墓所においてアルハをとらえている「太古の力」が悪の勢力などではまったくないことと同様だ）。そもそも『アースシー物語』全体をあるひとりの男性主人公による「戦記」や「伝記」と考えてしまうこと自体、読者の側の根本的な錯誤を孕んでいる。「戦い」が自己を絶対の善として設定するとすれば、「闘い」とは自らのなかにも善や悪の混淆を認め、自分自身で悩み葛藤すること、そしてそこから他者との共生の可能性を探ることである。この物語は単純な二項対立図式では理解できず、その意

味で他の凡庸なファンタジー小説，あるいは善悪の価値観を基本原理とする小説とは大きく一線を画する作品だ。そのことを私たち読者が理解するための最初の重要な課題が「影」なのである。

　ゲドを救出し，影の威力を抑えようとしたローク魔法学院の学院長ネメールは，そのときの戦いで力を使い果たし，亡くなってしまう。その後を継ぎ，ロークの学院長となったゲンシャーがゲドに語るところによれば，影は呼び出した者が逃げ出そうとしてもすぐに発見し，そのなかに入り込み，領有して，命を奪わないまでも「俘虜(gebbeth)」にしてしまうという。それは生という光があるかぎり，それにつきまとって離れることがない。魔術世界にとっては生と死という究極的に対立する価値の均衡を乱す存在が影なのだが，のちにとくに第6巻において明らかになるように，この生と死との二項対立という発想そのものが西方の魔術師たちの世界だけに特有のもので，必ずしもアースシー世界全体に共有される価値感ではない。「世界の均衡」とは，アースシー世界を統べるもっとも基本的な原理のひとつであるが，それは2つの対立する価値が共存し，共生する相対的な世界観であると同時に，2つのものの関係が静的ではなく，つねに変化している動態的な状況だろう。よって影をたんに死や闇や悪の固定的な象徴としてとらえるだけでは不十分で，光のなかにはつねに影があり，ゲドがゲドとしてその存在を全うするためには，自身の影との対決ないしは和合が必要なのだ。

　ゲドが単なる有能な魔術師であることを超えて，自分の力で何かをなすのではなくむしろ何事もしないことを学ぶ，そして人が他者と共存しながら毎日を生きていくために必要なことだけをする，このことを体得するためにはこれから長い時間がかかるだろうが，そのための彼にとって最初の巨大な関門が「影」との直面である。もし影が「悪」をなす存在であるなら，それはゲド自身が悪をなす可能性を持っているからにほかならない。影とはゲドと別に存在する，なにか悪霊のような存在ではなく，ゲド自身の身体と心を支えている「均衡」そのものの一要素なのではないか。とすればゲドがゲド自身として再生するためには，影を抹殺するのではなく，影と共存し，影を自分自身の一部として容認することが必要となるのかもしれない。

　ゲドに影とはいったい何なのかと問われたゲンシャーは，自分もわからないといいながら，以下に引用する言葉をゲドに告げる。ここには，光と影，生と死，善と悪との均衡という，アースシー世界の原理をめぐる主題が凝縮して述べられている。いったん解き放たれた影はけっして消えることがな

い。ゲドはそれから逃げるのではなく，それに向かって生きていくことによって，世界の失われた均衡を回復することを生涯の課題とし，そのことで彼はひとりの偉大な魔法使いとなるのである。英語の原文はけっして難しくはないが，それぞれの平易な単語にこめられた意味はとても深い。

It has no name. You have great power inborn in you, and you used that power wrongly, to work a spell over which you had no control, not knowing how that spell affects the balance of light and dark, life and death, good and evil. And you were moved to do this by pride and by hate. Is it any wonder the result was ruin? You summoned a spirit from the dead, but with it came one of the Powers of unlife. Uncalled it came from a place where there are no names. Evil, it wills to work evil through you. The power you had to call it gives it power over you: you are connected. It is the shadow of your arrogance, the shadow of your ignorance, the shadow you cast. Has a shadow a name?
(*A Wizard of Earthsea*, "The Loosing of the Shadow")

　それは名前を持たない。おまえには生まれ持った大きな力があるが，それを間違って使ってしまい，自分では制御できないものを呪文で呼び出してしまったのだ，その呪文が光と影，生と死，善と悪の均衡に影響を及ぼすことも知らずに。しかもそれをおまえは，自尊心や憎悪から行った。とすれば，その結末が破壊であるのになんの不思議があるだろう？　おまえは死者の霊を呼び出した，しかしそれとともにやってきたのは，生を否定する力だ。それは呼ばれもしないのにやってきたのだが，それが来た場所には名前がない。悪，それは悪を及ぼそうとするだろう，おまえを使って。それを呼び出したおまえの力が，おまえを支配する力をそれに与えている。おまえたちはひとつに結びつけられている。それはおまえの傲慢の影，おまえの無知の影，おまえ自身が投げかける影なのだ。影に名前があるだろうか？

第1巻　**STORY・2**　　　　　　　　　　　　　　　　　　　　龍と戦う

　影から身を守る唯一の場所として今しばらくロークの魔法学院に留まるようにと，ゲンシャー学院長から諭されたゲドは，そこで健康を回復し，ロークの教師たちから多くの術を学ぶ。ロークにはアースシー世界のあらゆる魔法使い，魔術師，まじない師たちの総帥である学院長のほかに，9人の教師がいるのが常であり，ひとりが亡くなるとその職を他のだれかが継いできた。それは，風に呼びかけ船の航行を容易にしたり天候を左右したりすることのできる「風鍵の師（Master Windkey）」，手を使った魔法をあやつる「手業の師（Master Hand）」，薬草の知識によって病人を癒す「薬草の師（Master Herbal）」，歌や詩を作り伝える「詠唱の師（Master Chanter）」，さまざまなものに形を変える技を教える「変化の師（Master Changer）」，時空を超えて人やものを呼び出す技に長けた「召喚の師（Master Summoner）」，存在するものの名前をつかさどる「命名の師（Master Namer）」，森の木々や木の葉の動きから世情を判断する「手本の師（Master Patterner）」，そしてロークの校門を守り，真の名前を尋ねることで人の出入りを管理する「門番の師（Master Doorkeeper）」である。なかでもこの門番の師はとくに何を教えるわけではないが，真の名前をつかさどるというロークの魔法学院にとって，というより魔術世界にとってもっとも重要な役割のひとつを担っている。ゲドも学院に入学する時に門を入ろうとして，最初は傲慢にも自分の力だけで扉を開ける呪文なども使いながら入ろうとするのだが果たせず，門番の老人に助けを求める。老人から名前を聞かれ素直に真の名前を明かすことでやっと門の中に入ることができたのだ。

　ゲドはこれらの教師たちから魔術の技だけでなく，その哲学をも学ぶ。それには人の真の力とは何か，という教えも含まれていた。かくして合計5年間の教育課程を終えたゲドは，最後に学院を去るにあたって，門番の師から彼の真の名前を言い当てよという謎をかけられる。1日かけて断食してもその答えのきっかけさえ得られなかったゲドは，門番の師に「あなたの名前は？」と問い，答えを与えられる。しかしこの本のなかで門番の師の真の名前は私たちに明かされることがない。というか『アースシー物語』全6巻を通じて（おそらく？）2〜3人の門番の師が登場するのだが，彼らは年齢も不詳で誰ひとりと

して真の名前を明かされない。アースシー群島世界で最初の学院の門番の師であるメドラを除いては。もしかしたら物語全体を通じて，門番の師だけは同一人物なのではないかと思わせるほど，その存在は謎にあふれ，むしろ魔術を明らかな形では行わないことによって魔法使いである，という魔法の奥義を静かに体現している人物である。

　ゲドはロークを去り，西方の九十群島と呼ばれる小さな島々からなる群島のいちばん西の島ロー・トーニングの魔術師として赴任する。この貧しい島にたいした仕事はなかったが，それでもゲドは人々の遠慮がちな求めに応じて，病気の治療や船の修理に自らの技を役立てる。この島のさらに西にはペンダーという無人島があり，そこに住んでいる龍が人々の不安の種だった。年老いた龍が最近8匹の子どもを産み，何匹かがしばしば飛来して人々は困っているという。ゲドは人々の不安を取り除くため，単身ペンダーに乗り込み，襲ってきた子どもの何匹かを殺す。そして最終的に親龍の真の名前をさぐりあてることによって龍との交渉を成立させ，群島に以後飛んでこない約束を親龍イェヴォーから取りつける。このように龍の言葉である太古の言葉，魔術をつかさどる言葉によって龍と交渉できる人を「龍の主」と呼び，ゲドを含めてきわめて少数の魔術師だけがその力を持っているのである。

## KEYWORD 3

## 選択

　『アースシー物語』全体をまさに本物のSFファンタジー小説としている，その意味で真の文学にふさわしいものとしているのは，その人間性と自然世界への深い洞察と，それに伴う倫理的省察である。人はどうやって生きているのか，生きるべきか，生きざるを得ないのか，さまざまな事件や出会いや冒険を背景としながら，さまざまな人々の生きるありようが問いかける，そのような哲学的問いの数々が私たち読者をとらえてはなさない。そこには興奮を誘うスペクタクルとともに人を省察へといざなう静かな風景があり，過去から未来へと一直線に流れるように見える歴史ではなくて，時空を往還する人間意識の痕跡があるのだ。

　こうした倫理的命題のひとつとして，人間が成長するにつれ身につけるべき知識や本当の力とはいったいなんだろうか，という問いがある。『アースシー物語』を通して，さまざまな登場人物たちがこの問いに迫られていくのだが，影を世界に解き放ってしまったことで深い反省に沈むゲドに，まずこの問いを投げかけたのは，ローク学院の師のひとり，召喚の師だった。召喚の師も『アースシー物語』全6巻を通じて複数登場するが，そのそれぞれが重要な役割を果たす。生きている者，時には死者さえも呼び出し，その意志を左右することのできる召喚の魔術は，きわめて少数の者だけが駆使できる強力だが，また，それゆえに術を行う魔術師自身にも大きな影響を及ぼす可能性のある危険な技である。実際に後で見るように召喚の師のなかにも自らの術力を過信して過ちを犯してしまう者が登場する。しかしここで引用するゲドの先生のひとりであった（名前は不明の）召喚の師の言葉から知れるように，彼らが卓越した魔術師であることは疑いない。

　人は成長するにつれ，さまざまな技術を学び，知識を獲得し，権力にも接近していく，しかしそのような成長の結果として得られる，人間にとっての究極の目的はいったいなんだろうかと，ゲドはここで自身と師に向かって問いかける。師の言葉は，答えというよりは彼自身が生涯かけて問い続け，いまだに確答を得ることができない疑問である。人は生きていく時，何を選択しているのか，さまざまな選択肢のなかで人は本当に何をなさなくてはならないのか？　この選択と義務をめぐる答えのない問いは，ゲドの生涯にもつ

きまとっていく。そして私たち読者がアースシー物語を読みながら，たんに物語の筋を追う以上に，こうした問いを自らのものとして登場人物たちと分有し，自分もその応答の主体とならざるを得ない，そこにこそ私たちの心の奥底になにかがふれる読書の喜びもあるのだ。

　ゲドはロー・トーニングの島で，ある時，友人の子どもを死から救おうとして，魔術の力で生と死の世界の境である石垣のところまで子どもを追っていき，危うく自分も戻れなくなって死にそうになってしまう。魔術だからといってすべてが可能であるわけではなく，やってはいけないこと，あきらめなくてはいけないことがある。それが真の魔法使いとしての倫理であり，魔術の万能性に対する懐疑をつねに抱き続け，市井のひとりの人間として生きることによって，ゲドは単なる，魔術師を超えた存在となるのだ。しかしそのことをゲドが悟るにはまだまだ長い時間を要するだろうし，私たち読者も最終巻まで読み通すことによってしか，そのことの意味に自分なりに近づくことはできない。

　例によって，こうした深遠な主題を語る原文の言葉自体は，一見きわめて平易だが，そこには長い省察の時間と果てしない人々の営みの集積だけが可能にする表現がある。以下に引用する召喚の師の言葉を心に留めることは，私たちにとってこの物語全体を解きほぐす鍵を手にすることになる。それは私たち自身が自分と世界の謎に直面することにもつながるだろう。

You thought, as a boy, that a mage is one who can do anything. So I thought, once. So did we all. And the truth is that as a man's real power grows and his knowledge widens, ever the way he can follow grows narrower: until at last he chooses nothing, but does only and wholly what he *must* do...
(*A Wizard of Earthsea*, "The Loosing of the Shadow")

　君はまだ幼なかったから，魔法使いをなんでもできる人だと考えていたのだろう。わたしだって昔はそう思っていたのだよ。ここにいるわたしたちみんながそう思っていたんだ。でも実はこういうことなんじゃないだろうか，つまり，人の本当の力が増していき，その知識が広がるにしたがって，人がしたがうことのできる道はますます狭まっていく。そしてついに人は何も選ばなくなって，やらなくてはいけないことだけをただ完全にやり遂げるしかなくなるのだ，と。

## KEYWORD 4

### 龍の誓い

　神話や伝承においても多く用いられてきた龍のイメージ。それは一方で人間を脅かす自然の暴力の象徴であり，他方で永遠の生命と無限の知識を孕んだ生物の理想を体現した動物とされてきた。『アースシー物語』では，古来，人間と龍とは一体の存在であったとされる。その記憶がアースシー世界を深いところで規定する秘密である。ゲドが最初に龍と対面する場面においても，たんなる魔術師と龍との対決ではなく，人間存在の力や欲望をめぐる倫理的問いを私たちに抱かせる契機となっている。

　たしかに物語のなかで龍は粗暴な存在として多くの人々に恐れられている。しかし龍にもそうなった背景と，悲哀とがあるのではないか。龍の存在や気持ちは不可思議だが，それゆえの恐れと魅惑とを私たちに感じさせるのが，このゲドとペンダーの龍との対面だ。このような龍と人間との対決にかぎらず，『アースシー物語』ではさまざまな場面が，反復され変奏されることで，物語の全体が深みと広がりを増していくよう構想されている。

　ゲドは自分が住む島の人々の求めに応じて，身の危険を顧みず，というかむしろ積極的に龍が占拠する西方の島ペンダーに乗り込んでいく。龍はその体の大きさ，力の強さ，吐き出す火，引き起こす風，それを見てしまうと人を狂わせるという黄色の眼など，どれをとっても人間とは桁違いの能力を有している。だがゲドはその術のかぎりを尽くして，島の主である老いた龍の息子たちを次々と海に呪文で追い落とし，自らも龍に姿を変えて突き殺す。

　このように魔術を学んだ者は，龍と渡りあう能力を持つのだが，なかでも興味深いのが，言葉の問題である。龍はあらゆる知の源泉とされる太古の言葉をしゃべるとされる存在だ。ゲドも魔法学院でその言葉を学んだので，龍との間に会話が成立する。当然その会話はたんなる敵同士の対話を超えて，深遠な知恵に根ざす心と体の底からの相互交流の場を作り出す。太古の言葉を人間が使う場合は，定義上，真実しか語れない。しかしそれを龍が使う場合は，真実と虚偽との境目が限りなく曖昧になってしまうという。龍とは人間などが計り知れない知恵と企みを秘めた存在であり，それゆえ人間にとって恐怖以上の畏敬を抱かざるを得ない存在なのだ。

　ペンダーの龍も，自分の8匹の子どもたちのうち5匹をゲドに殺され，彼

をなんとか言葉であやつろうとする。とくに大きな誘惑だったのは，この龍がゲドにつきまとう影の名前を知っていることだ。ゲドはその誘惑と戦いながら，魔法学院で学んだ知識を総動員してこの龍の真の名前を推察する。すなわち龍の名をイェヴォーと言い当てることで，今後，群島に近づかないという約束を取りつける。以下は，自らの名前を言い当てられてしまった龍が，ゲドに屈服し，今後東方の島々に飛来しないという約束を結ぶ場面だ。龍と人間とは敵同士というだけでなく，どこか深いところで運命的に互いに結びつけられた存在であることが感じられる一節だろう。

When he spoke the dragon's name it was as if he held the huge being on a fine, thin leash, tightening it on his throat. He could feel the ancient malice and experience of men in the dragon's gaze that rested on him, he could see the steel talons each as long as a man's forearm, and the stone-hard hide, and the withering fire that lurked in the dragon's throat: and yet always the leash tightened, tightened.

He spoke again: "Yevaud! Swear by your name that you and your sons will never come to the Archipelago."

Flames broke suddenly bright and loud from the dragon's jaws, and he said, "I swear it by my name!"

Silence lay over the isle then, and Yevaud lowered his great head.

(*A Wizard of Earthsea*, "The Dragon of Pendor")

　　ゲドが龍の名前を口にすると，まるで，この巨大な生き物の首にすぐれた薄い紐が巻かれ，それが締めつけられていくかのようなのだ。ゲドは自分を見える龍のまなざしに，人間たちに対して古くから龍が経験してきた悪意を感じることができたし，それぞれが人の前腕ぐらい長い鉄のかぎ爪や石のように硬いうろこ，それに龍の喉元に燃える火が勢いを失っているのも見えていた。しかしそれでも紐はさらに強く，強く締まっていく。

　　ゲドはもう一度言った，「イェヴォー！　おまえの名前にかけて誓え，おまえとおまえの息子たちがこの先けっして群島にはやってこないと。」

　　突然龍のあごから炎が明るく大きな音をたててふき出し，龍はこう言った，「おれの名にかけて誓おう！」

　　そのとき沈黙が島の上を覆い，イェヴォーはその巨大な頭をたれた。

## 第1巻　STORY・3　　　　　　　　　　　　　　　影に追われて

　ペンダーの龍を屈服させたゲドは，ロー・トーニング島で英雄として迎えられるが，ゲドは自分を追う影から逃れるため，この島を出て影から自分が守られる唯一の場所であるロークに帰ろうとする。しかし賢人たちの島といわれるロークは，邪悪なものを近づけまいとゲドの乗った船を風向きや潮の流れによって追い払う。こうしてゲドは島から島を渡る旅に出るが，あるときホスク島で，見知らぬ男から「影から逃れたいのならオスキル島のテレノン宮殿へ行け」との勧めを受ける。オスキル島に向かう船のなかでゲドはスキオラという男と出会い，彼はゲドをテレノン宮殿まで案内することを申し出る。その道の途中，スキオラは魔物に姿を変え，ゲドを襲う。影がスキオラの身体を虜にしていたのだ。必死に逃げるゲドは，魔物に捕えられる寸前，テレノン宮殿の門のなかに倒れこむ。

　テレノン宮殿は，領主のベンデレスクとその妻セレットが支配する場所だった。そこにはテレノンと呼ばれる太古の精霊を閉じ込めた石があり，その石と話をする者は万物を支配する力を手に入れることができるという。セレットはゲドを誘惑して，その石の支配権を夫のベンデレスクから奪おうとする。ゲドはその誘惑に打ち勝つが，夫のベンデレスクは妻とゲドをともに罰しようとして，石に仕える召使いたちを呼び集める。ゲドとセレットは宮殿を逃げ出すが，ゲドはセレットが実は，昔自分をからかって影を呼び出す原因を作ったレ・アルビの領主の娘であることを知る。魔術をあやつる彼女はかもめに姿を変えて飛び去るが，ベンデレスクの命にしたがった不気味な生き物たちに食い殺されてしまう。ゲド自身は大きな鷹に変身し，ゴント島を目指すのだった。

　ゴントにはゲドの最初の師であったオギオンがいる。オギオンは，鳥に姿を変えて長い時間が経ったため，人間に戻ることが難しくなっていたゲドを，人間へと戻してやり，疲れきった彼を看病する。オギオンはゲドに，影から逃げ続けるかぎり影は追跡をやめない，だから向きなおって今度はゲド自身が影を追うことだと話す。こうしてゲドはオギオンが削ってくれたイチイの木の杖を持ち，影を追う旅へと出かけていく。

## KEYWORD 5

## 変身

　魔術師たちが頻繁に使う術のひとつに変身の技がある。彼らは他の人間や動物，木々や雲などに姿を変えることによって，人々の目をくらますのだ。『アースシー物語』のなかでも，魔術師たちはくりかえしこの変身の技を披露し，登場人物たちの多くが，通称として彼ら・彼女らがもっとも変身するのにふさわしい動物の名前を帯びている——スパロウホーク（ハイタカ），オッター（カワウソ），ドラゴンフライ（トンボ）など。このことによって魔術師たちの変身と自然界との関わりの深さが示唆されているのだ。通称が植物である人々も多く登場するが——オギオン（モミの実），ローズ（バラ），オールダー（ハンの木）など——彼らの場合は「植物への変身」ということは行わないようである。それは彼らの静かで謙虚な人柄を表しているようでもあり，また変身の術が実は魔法の奥義からすればみだりに行うべきでないものであるという示唆があるのかもしれない。

　しかし物語は，こうした変身の危険性をも描く。『アースシー物語』の特徴が，魔法や魔術をその基本原理としながらも，同時にその原理の矛盾や限界を明らかにしようとすることにあるとすれば，変身についてもそのことは例外ではない。物語は変身の魔術のすばらしさを描く一方で，変身が人間性そのものに及ぼす恐るべき破壊力についても言及することを忘れない。そしてこの物語に登場する多くの「悪」の存在も，いわば自分の本来の姿を忘れ，変化した姿から戻れなくなった者たちと言うこともできるのではないだろうか。人間はいかに一時的な変身に頼ることなく，自らのままでいることの苦しみと退屈さと凡庸さを受け入れられるのか，という問いがここには孕まれている。この問いは魔術師に限らず，私たちすべてに向けられているはずだ。

　このように『アースシー物語』が一貫して，魔法や魔術をその万能性や単なる技術としてではなく，人間の生をめぐる思想や感情との関連において再考しようとしていることが，この作品を私たちの心の奥底にふれる真の物語にしている。

　以下に引用する一節は，大きな鷹となって自分のもとに舞い戻ってきたゲドを迎えたオギオンの述懐だ。ここでオギオンは，変身の術という，あらゆ

る魔術師にとって大きな誘惑となる術の危険を語りながら、人が真の自分に留まり続けることの困難さについて述べる。彼がゲドに影から逃げ続けることをやめて、影に立ち向かえと言うのも、オギオンのこのような、人はつねに自分自身として他者と自己に向かうべきだという考え方の延長線上にある哲学のゆえではないだろうか。

　As a boy, Ogion like all boys had thought it would be a very pleasant game to take by art-magic whatever shape one liked, man or beast, tree or cloud, and so to play at a thousand beings. But as a wizard he had learned the price of the game, which is the peril of losing one's self, playing away the truth. The longer a man stays in a form not his own, the greater this peril. Every prentice-sorcerer learns the tale of the wizard Bordger of Way, who delighted in taking bear's shape, and did so more and more often until the bear grew in him and the man died away, and he became a bear, and killed his own little son in the forests, and was hunted down and slain. And no one knows how many of the dolphins that leap in the waters of the Inmost Sea were men once, wise men, who forgot their wisdom and their name in the joy of the restless sea.
(*A Wizard of Earthsea*, "The Hawk's Flight")

　子どものころオギオンも、ほかの少年たちと同じように思ったものだった、魔術の技によって人だろうが動物だろうが、木だろうが雲だろうが、なんでも好きなものに姿を変え、数え切れないほど多くのものと戯れることができたら、どんなに愉快だろう、と。しかし魔術師となってからの彼はそのような遊びが高くつくことを知るようになった、人が自分自身を失い、真実をないがしろにする危険がそこにはあるからだ。人が自分のものではない姿を変えている時間が長ければ長いほど、この危険は大きくなる。まじない師になろうとしている若者ならだれでも習う話に、ウェイ島の魔術師ボルジャーの物語がある。彼は熊に変身することが好きだったが、ますます頻繁にそうしたので、とうとう熊が彼のなかで育ち、人間は死んでしまった。そうして彼自身が熊となり森のなかで自分の幼い息子を殺したことで、狩り出され殺された。内海ではねているイルカたちのなかに、どれだけ多くの昔は人間だった者がおり、彼らかつての賢人たちが自らの知恵と名前を忘れ、今は波立つ海のなかで遊んでいるか、誰一人知る者もいないのである。

## KEYWORD 6

## 追うか追われるか

　『アースシー物語』第1巻の後半は，影の追跡から逃れようとするゲドの島々をめぐる遁走から一転して，今度は影を追い求めてそれと対決しようとするゲドの旅が物語の主要な筋立てとなる。

　ゲドを追い求め，そのなかに入り込んで，「ゲド」を自分自身としてしまおうとしている影は，ゲドの類いまれな能力を領有しようとしている存在である。『アースシー物語』における悪は，このように実体はもたず，つねに他人に寄生し，他者の力を借りることで，支配力を拡充しようとする。とすれば，それに立ち向かうためには，取り込まれるスキのないよう自己が自己に徹するほかない——ゲドが自らの真の師とあおぐオギオンが，ゲドにこれ以上影から逃げ回るのをやめて，逆に影を追い求め，こちらから影と向き合うべきだと勧めるのも，そのような自己への信頼があるからにほかならない。

　影が生の分身であるならば，ゲドの生がそれと向かい合うことによってしか，解決は得られないだろう。つまりゲドの影はゲド自身に他ならない。彼の自尊心や魔術や愛憎を体現した存在が影なのだ。ここに『アースシー物語』を貫くひとつの大事な主題がある——光と影，生と死，個別と普遍といったあらゆる二項対立の溶解。人が真の自己となるためには，正反対のものとどう相対したらよいのかという問い。しかしそれは理論や疑問としては単純でも，実際に行うには多くの困難と苦しみを伴うだろう。ゲドが生涯，心と体に深い傷を負って影とともに生き続けなくてはならないように。

　以下に引用する部分は，影に向きなおって直面せよ，とオギオンがゲドに言う場面である。さらにオギオンは，川になって，自らの原流を探せと語る。ゲドに寄り添いながら，けっして高みからではなく，真率な愛情をもって助言するオギオンの言葉は，ここでも，そして今後も『アースシー物語』全体のなかで，師という存在の持つ重みを伝えていくだろう。オギオンは単なる魔術師というより，人間そのものの生き方についての師として，まさに倫理的な法の意味を追求しつづける魔法使いと呼ぶにふさわしい存在なのである。

Ged's silence demanded truth, and Ogion said at last, "You must turn around."

"Turn around?"

"If you go ahead, if you keep running, wherever you run you will meet danger and evil, for it drives you, it chooses the way you go. You must choose. You must seek what seeks you. You must hunt the hunter."

Ged said nothing.

"At the spring of the River Ar I named you," the mage said, "a stream that falls from the mountain to the sea. A man would know the end he goes to, but he cannot know it if he does not turn, and return to his beginning, and hold that beginning in his being. If he would not be a stick whirled and whelmed in the stream, he must be the stream itself, all of it, from its spring to its sinking in the sea. You returned to Gont, you returned to me, Ged. Now turn clear round, and seek the very source, and that which lies before the source. There lies your hope of strength."

(*A Wizard of Earthsea*, "The Hawk's Flight")

　ゲドの沈黙が真実をうながし、オギオンもついに口を開いた、「向きなおることだ。」「向きなおる？」「先に進み、逃げ続ければ、どこに行こうと、危険と災いが襲うだろう、そいつはおまえを駆りたて、おまえが行く道を選んでいく。今度はおまえが選ぶのだ。おまえを追い求めるものをおまえが追うのだ。狩人を狩り出すんだ。」

　ゲドは何も言わなかった。

　「アル川の泉で、わたしはおまえを名づけた。」魔法使いは言った、「あれは山から海へと下る川だ。人は自分の目指す目的地を知ることもできるが、向きなおらなければそれを知ることはかなわない、向きなおって源に帰り、その原点を自分のなかにしっかり持っていなくては、な。もし人が流れのなかでもてあそばれ揉まれていく小枝になりたくないのなら、人は流れそのものとならなくてはならない、すべてになるのだ、泉から海に流れ注ぐところまですべてに。ゲド、おまえはゴントに帰ってきた、わたしのもとに帰ってきた。今こそきっぱりと向きなおって、その源とそこから流れ出てくるものを探す時だ。そこにこそ、おまえなら力を見つけることができるはずだ。」

## 第1巻 STORY・4　　　　　　　　　　　　　　　影を狩る

　ゲドは小さな村で舟を買い，道具と魔術で修理して，ゴント島を離れ航海に出る。これといった目的地のない旅だが，影が自分を追い続けるかぎり，それと出会うのは時間の問題だろう。ゲドが霧に煙る海の上で影に呼びかけると，それは半分だけ人間の形をしてやってきた。ゲドの舟が影に向かって突き進むと，影は黙ったまま逃げ出した。こうして不可思議な追跡が数時間続いた後，ゲドは影を見失い，霧のなかで舟が暗礁に乗り上げ，ゲドは海に放り出されてしまう。しかしオギオンが作ってくれたイチイの木でできた魔法の杖のおかげで，ゲドはおぼれる寸前で，小島に漂着する。

　その島にはみすぼらしい掘っ建て小屋が建っており，年老いた男と女が住んでいた。彼らはゲドを恐れ警戒するが，それでも衰弱していた彼に食物を与え，ゲドは疲労から回復することができる。第2巻で明らかにされることだが，実はこの2人は東方の帝国カルガドの王位継承者の兄妹で，幼児の時にここに島流しにされてから，これまでこの孤島で2人だけで暮らしてきたのだった。老婆が小さなドレスを大切に持っていたことからゲドは彼女が高貴な身の上だったことを推察する。老婆はゲドに腕環の片割れを贈り物として差し出すが，実はこれこそ，アースシー世界の恒久平和の鍵となるエレス・アクベの腕環の半分であることを，ゲドはいまだ知る由もない。

　ゲドは3日間この島に滞在した後，寄せ集めの木々と魔法で作った舟に乗ってふたたび影を求める航海に出る。最後に世話になった礼に，今にも水の涸れそうな島の井戸にまじないをかけて，真水が湧き出るようにしてから。

　ゲドが自分の意志で影を追い求めるようになってから，影のほうでは追ってくることがなくなっていた。たしかにオギオンが言ったとおり，影はこちらが背を向けて逃げ出さないかぎり，その力を十分に発揮できないらしい。年が明けて元旦の朝，ゲドの舟はある入り江に迷い込んでしまい，そこから外海へと戻ろうとした瞬間，自分の真後ろに立つ影に遭遇する。ゲドは魔術に頼ることなく素手で影につかみかかり，両者は激しく争うが，やがて影は後退し，黒い煙のように流れて消えてしまった。こうして影を追う追跡の旅はひとまず終わるが，ゲドと影との絆は，けっして切れることなく，対決の日まで続いていく。

# KEYWORD 7

## 海

　アースシー（Earthsea）とはル・グウィン自身が描いた地図（見返し参照）からも見てとれるように群島，すなわちアーキペラゴ（archipelago）でできた世界である。それは多くの島が浮かんだ海，すなわち多島海であると同時に，周りを海で囲まれた島，海囲島の集合でもある。またそれが文字通り，「原初の（archi）海（pelago）」であることに，この物語の舞台の時間的・空間的普遍性もあるのではないのだろうか。『アースシー物語』とは，海を視点とするか，陸を視点とするかで反転可能な世界，その2つが混在した世界，まさに大地（Earth）にして海洋（Sea）であるような世界をあらわす卓抜な名称だといえるだろう。

　私たち人間や動物はともすれば，陸を自分たちの常の棲家と考えがちだ。しかし生物の多くが，海洋や河川に生活しており，動物の進化の過程も海から始まったことを思えば，海こそは原初の生命の場所にして，（前節で引用したオギオンの言葉が示唆するように）人の拠って来る源にして力の泉であるとも考えられる。『アースシー物語』もくりかえしそうした海と陸との共存，緊張，闘争を人物の生きざまに合わせ表現する。時には陸での政治闘争や権謀術数が，海での平等な共同生活と対比され，時には海上での血なまぐさい暴力が陸地での暖かい交情に拠って癒される，といったように。そして陸と大地に偏りがちな私たちの人生観を修正するかのように，この物語は海洋と河川の恵み深い慈愛と過酷な試練とを，その上を船舶やいかだによって航行する人々の営みを詳細に描くのだ。

　ゲドも影を追い求める旅を海上で開始する。海は陸上生活者である人間にとって危険に満ちた領域ではあるが，それは同時に人間の生命の源である水を無際限に湛えているという点で，根本的に命と光に反する存在である影に直面するには，陸よりも有利な場所かもしれない。それはゲドの戦略という以上に，水に頼って生きざるを得ない動物の本性のようなものだろう。また『アースシー物語』のなかでは，池や川のほとりのような水のある場所が「真の名前」を授かる場所とされているように，水や海は太古から連綿とつらなる知恵や力をたたえ伝えてくれる恩恵深い存在でもあるのだ。

　以下に引用する一節で，ゲドは影との海での対決の展望を語っている。そ

こには身近に迫り来る影との対面の恐怖とともに，今後この物語のなかでゲドがしばしば体験する乾いた陸地への恐れも示唆されている。ゲドにとって影との対面において自分の死を覚悟することは，原初の海のなかに戻ることでもあったのである。

　On the sea he wished to meet it, if meet it must. He was not sure why this was, yet he had a terror of meeting the thing again on dry land. Out of the sea there rise storms and monsters, but no evil powers: evil is of earth. And there is no sea, no running of river or spring, in the dark land where once Ged had gone. Death is the dry place. Though the sea itself was a danger to him in the hard weather of the season, that danger and change and instability seemed to him a defence and chance. And when he met the shadow in this final end of his folly, he thought, maybe at least he could grip the thing even as it gripped him, and drag it with the weight of his body and the weight of his own death down into the darkness of the deep sea, from which, so held, it might not rise again. So at least his death would put an end to the evil he had loosed by living.

(A Wizard of Earthsea, "Hunting")

　ゲドは影とできることなら海の上で出会いたかった，どうしても出会わなくてはならないのなら。どうしてそうなのか自分にもわからなかったが，あれに乾いた陸地で会うことはとても恐ろしかったのだ。海のなかからは嵐や怪物が出てくるが，悪の勢力はありえない。悪は地上のものだ。かつてゲドが踏みこんだ暗黒の地には，海もなければ，水の流れる川も泉もない。死とは乾いた場所のことだ。たしかに海も天候の荒れる季節には危険だが，そうした危険や変化や不安定さはまた，防御と機会にもなるように思われた。そしてこのばかげた航海の果てに影に出会えたなら，とゲドは思った，せめてそいつがつかもうとしたらこちらからつかんでやり，自分の体の重みと自分自身の死で，やつを深い海の暗黒のなかに引きずり込んでやり，そうして押さえつけたままでいれば，やつも二度と上がってくることはできないだろう。そうすれば少なくとも，自分が生きている時に解き放ってしまった悪に，自らの死によってとどめをさすことができるはずだ。

## KEYWORD 8

## 影との絆

　ゲドが死の世界から呼び出してしまったことで，ゲドの行く先々で彼を待ちかまえているだけでなく，どうやら群島世界のさまざまな場所で人々に危害を加えているらしい影という存在。ゲドはそれを世界から追放するために，自らの命そのものを犠牲にする覚悟を決めている。自分の存在全体と引き換えにすることでしか，影を抹殺することはかなわないと思っているからだ。しかし影を抹殺するとはどういうことか？　影がなくなるとはそれを作る生身の存在も消滅することではないのか？　私たち読者もそのような疑いを抱きながら，ゲドの旅に伴走することになる。

　オスキル島では，人を虜にしてその力を使い，ゲドを襲った影。しかしゲドがオギオンの助言にしたがって，影から逃げるのではなく，影を追うようになると，今度は影のほうが逃げるようになる。ゲドが逃走しないかぎり，影はその力を十分には発揮できないらしい。海の上でゲドに追われながら影にできることは，せいぜいゲドの舟を霧のなかで迷わせ暗礁に乗り上げさせたり，入り江の奥深く誘い入れたりすることぐらいだ。

　ゲドが入り江から舟を外海へと戻そうと，へさきを向けなおし，風を起こすために呪文を唱えようとしたその瞬間，まじないの言葉が唇に凍りつき，心臓に冷気がはしる。後ろを振り返ると，そこに影が立っている。

　だがゲドには心構えができていた。一瞬も逃すことなく，ゲドは影に飛びかかり，たじろぎ震える影をつかんだ。影は生きた存在ではない，だからどんな魔術も通用しない。ただゲドは自分自身の肉体の力，生命そのものによって影と戦い続ける，言葉も発せず，ただ黙々と攻撃をくりかえして。痛みはゲドの腕から胸へと広がり，息が切れ，体のなかに冷気が満ち，目が見えなくなった。しかしややあって，影をつかんでいた両手のなかには，何も残っていなかった。そこにあるのは闇と空気だけだ。

　こうして影はすっかり形を失って，黒い煙のようになって流れていってしまう。しかし影が消滅したわけではない。影とゲドはもう一度最後の対決をすることになる。ここであげる引用が示すように，ゲドと影の間には，この時切っても切り離すことのできない絆が結ばれたのだった。ふたたび最後に出会うその日まで，ゲドはただ生き続けるほかはない，影を追い求めなが

ら。シンプルだが，それゆえにゲドの絶望と決意の深さが心に響く文章ではないだろうか。

　All terror was gone. All joy was gone. It was a chase no longer. He was neither hunted nor hunter, now. For the third time they had met and touched: he had of his own will turned to the shadow, seeking to hold it with living hands. He had not held it, but he had forged between them a bond, a link that had no breaking-point. There was no need to hunt the thing down, to track it, nor would its flight avail it. Neither could escape. When they had come to the time and place for their last meeting, they would meet.

　But until that time, and elsewhere than that place, there would never be any rest or peace for Ged, day or night, on earth or sea. He knew now, and the knowledge was hard, that his task had never been to undo what he had done, but to finish what he had begun.

(*A Wizard of Earthsea*, "Hunting")

　あらゆる恐れは去った。あらゆる喜びも去った。もはや追跡は終わった。ゲドは今や狩られる者でも狩人でもない。彼らの3回目の出会い，ゲドと影は触れ合った。ゲドは自分の意志で影に立ち向かい，生きた自分の手でそれをつかもうとした。影をつかんでおくことはできなかったが，影と自分との間に絆を作ることができた，けっして壊れることのないつながりを。もはやそれを狩る必要はない，あとをつける必要もない，それが飛んでいってもなんの役にも立たない。どちらも逃れることはできないのだ。いつか彼らが最後に出会う時と場所が来れば，そのときそこで彼らは出会うだろう。

　しかしそのときまで，ここではない場所のどこかで，ゲドにとっては休息も平安もない，昼も夜もなく，陸も海もない。ゲドにはやっとわかったのだ，そしてそれを知ることはつらいことだが，自分がしなければならないことは，おのれのしでかしたことを取り消すことではなくて，始めたことを最後までやり遂げることだ，ということが。

## 第1巻　**STORY・5**　　　　　　　　　　　　　　　東海の果てへ

　ゲドは影が去った後，東海域の手の形をしたハンド島で数日を過ごし，そこで次の航海に備えて舟を準備した。今度の舟は大人が2，3人乗れる頑丈な舟で，その持ち主だった老人はゲドのためにその舟を「ルックファー（遠見丸）」と名づける。この舟はその後もゲドと数々の航海をともにする。

　ゲドはこの舟で南へと旅を続け，ヴェミッシュ島を通るが，どうやら影もそこを通っていったらしく，しかもゲドと似たような風采をしていたというのだ。ゲドは島民に迷惑をかけないよう，すぐに島を辞し，さらに南のイフィッシュ島に到着する。そこにはロークの魔法学院時代，友愛の契りを結んだヴェッチ（本名エスタリオル）が，島の魔法使いとして妹弟たちと住んでいた。ヴェッチもこの島でゲドとそっくりの人間を見かけたが，それはすぐに姿をくらまし，しかも歩いた後の地面が凍っていたという。

　ゲドはヴェッチの家に滞在し，その弟妹とともに久方ぶりに楽しい時を過ごし，彼女たちに魔術と言葉の関係を教える。ヴェッチは影を追う航海にゲドと道行きをともにすると申し出る。仮にゲドが影に敗れたとして，その後の危険を群島に知らせる人間が必要だからだという。数日後，ゲドとヴェッチは妹のヤロウ（のこぎり草の意味）が用意してくれた食料を持って，影を追って東南へ舟を出す。

　東海域の島々を抜け，アスタウェルというさいはての島を過ぎると，もうその先はただ海だけが広がる。ゲドたちは魔術で風をおこし，ただ東へ東へと舟を進めた。このような場所まで舟でやってきた者はなく，また帰ってきた者もいない。ただ果てしなく水だけが広がっている場所だ。ひたすら東へと進み続けるゲドはいよいよ自分が影に迫りつつあることを感じる。突然彼らの目前に陸地が広がり，舟は乾いた陸地に乗り上げる。ゲドは舟を出て魔法の杖を持ち，砂浜の上を歩いていく。と，砂浜の上を向こうから歩いてくるものがいる。それは次々に姿を変え，ついに怪奇な姿を現し，ゲドと直面する。ついに影とゲド自身との最後の対決の時がやってきたのだ。ゲドは影の真の名前を呼び，その体を抱きしめる。こうしてゲドの影との長い戦いは終わりを告げ，ヴェッチとともにイフィッシュ島への帰路につくのだった。

# KEYWORD 9

## 呪文

　ゲドはどこの島に行っても影が先回りしており，すでにその不気味な足跡を残していたので，人々から歓迎されない。そんな彼にとって旧友のヴェッチが住むイフィッシュは唯一の安息所ともいえる場所だった。彼はそこで親友と語り合うだけでなく，その妹のヤロウと出会う。彼女は利発で魔術に好奇心をいだく少女で，ゲドの話に真剣に耳を傾ける。彼女がとくに興味を示すのが，呪文に隠された力についてだ——魔術師が呪文を唱えれば，なんだってできる，だから食事の手間も省けるのでは，「ミートパイ」と唱えれば，パイが出てくるのだから。

　ゲドはしかし，それは満腹感を与えても，所詮言葉にすぎないから，体に力を与えることはない，という。人は自分の力以上のものは呼び出せない，呪文によってさまざまなものを呼び出したとしても，それらは目くらましにすぎないのだ。もし実際に存在しないものを，真の名前を語って呼び出してしまえば「均衡」が崩される。だから軽々しくその術を使ってはならない。こうしたゲドの話は他人に教えるよりも自らを諭す言葉となる。

　以下はゲドが，言葉の持つ真の力についてヤロウや，ヴェッチの弟のムーレ（ウミガラスの意味）に語るところ。年下の者たちに心を許したゲドのやさしさとともに，影との最後の対決を控えた彼の憂いと決意が示されてはいるが，ゲド自身，そうしたことを語る自らの言葉を恥じてもいる。ゲドはしばしばこうした者たちを相手にもっとも深い真実を語るが，同時にそのようなことがこうして言葉で語られてしまうことに不安を覚える。ほとんど散文詩のような透明で静謐なこの文章には，魔術とそれを生かす言葉の力と限界への謙虚な恐れが感じられる。

　There was a little pause; and Yarrow asked, watching the harrekki climb back to its perch, "Tell me just this, if it is not a secret: what other great powers are there besides the light?"

　"It is no secret. All power is one in source and end, I think. Years and distances, stars and candles, water and wind and wizardry, the craft in a man's hand and the wisdom in a tree's root: they all arise together. My name, and yours, and the true name of the sun, or a spring of water, or an unborn child, all are syllables of the great word that is very slowly spoken by the shining of the stars. There is no other power. No other name."

Staying his knife on the carved wood, Murre asked, "What of death?"

The girl listened, her shining black head bent down.

"For a word to be spoken," Ged answered slowly, "there must be silence. Before, and after." Then all at once he got up, saying, "I have no right to speak of these things. The word that was mine to say I said wrong. It is better that I keep still; I will not speak again. Maybe there is no true power but the dark." And he left the fireside and warm kitchen, taking up his cloak and going out alone into the drizzling cold rain of winter in the streets.

(*A Wizard of Earthsea*, "Iffish")

　少しの間沈黙があって，ヤロウが小さな龍のハレキが止まり木に戻るのを見ながら聞いた，「これだけ教えてほしいのだけれど，秘密でないのなら。光のほかにどんな偉大な力があるのかしら？」

　「それは秘密でもなんでもないよ。あらゆる力はその源と終わりとでひとつなんだ，と思う。年月も距離も，星もろうそくも，水も風も魔術も，職人の手わざも木の根のなかに潜む知恵も，みんな一緒にできる。わたしの名前も，君のも，太陽の本当の名も，水の泉も，生まれていない子どもも，すべては偉大な単語の音節にすぎない，星の輝きによってとてもゆっくりと語られた。ほかに力はない。名前もない。」

　木を削るナイフの手を休めて，ムーレが聞いた，「死は？」

　少女は黒髪の輝く頭を低くたれて，答を待っていた。

　「ある言葉が発せられるためには」，ゲドはゆっくりと答えた，「沈黙がなくてはならない。前と，後に。」そして突然たちあがって，言った，「こうしたことを語る資格はわたしにはない。わたしが言うべきだった言葉，それをわたしは間違って言ってしまった。黙っていたほうがいいんだ，もう二度としゃべらないことにする。たぶん闇のほかに真の力はないのかもしれない。」そして彼は炉端と暖かな台所を離れ，マントを手にとって，ひとりで冬の冷たい小雨の降るなかを通りへと出て行った。

## KEYWORD 10

## 影の名

　ヴェッチはゲドに旅への同行を申し出る。その理由としてヴェッチは他の人に危険を知らせるためという口実を設けるのだが、そこにあるのは深い友情にほかならない。ヴェッチという同行者がいなければゲドの影との闘いも終わらないし、ゲドを恐怖の底から救いあげ前を向く力を与えるのは、オギオンやヴェッチ、そしてその妹弟たちといった寡黙でけっして威張ることのない人々なのだ。この意味でゲドに本当の勇気と知恵を与えているのは、ロークの魔術でも龍の言葉でもなく、飾らない人たちの毎日の生き方である。東の海の果てへと舟をひたすら進めてきたゲドとヴェッチは、ただ茫漠として広がる海の上に突然出現した乾いた陸地に到着する。まるで影がゲドとの最後の対決の場に、海上ではなく陸地を選んだかのように。

　以下に引用するのは、こうして人間と影とが正面きって立ちつくす、第1巻のなかでもっとも緊迫したクライマックスの場面である。ここで人間と影はひとつの声となり、驚くべきことに同時にある名前を発声する。こうしてひとつの同じ名前を語ることにより、光と闇とが溶けあってひとつとなり、ゲドは影から自由になる。ゲドはヤロウたちに予言していたとおり、沈黙のなかにこそ宿る言葉の真の力を自らの全存在をかけて証明した。自己とその影、生と死、沈黙と言葉といった二項対立を掘りくずしてしまうゲドの賭け。影の謎は解かれると同時に、この後ゲドと私たち読者に永遠につきまとうこととなるだろう。中略をはさんだ長い引用となるが、第1巻の終局にして、『アースシー物語』全体の基調低音をなす部分でもある。ここにあるのは「戦記」や「英雄の物語」などといったものを語る高ぶった調子ではなく、しなければならないことをなし終えた者の安堵と哀しみではないだろうか。

　Aloud and clearly, breaking that old silence, Ged spoke the shadow's name and in the same moment the shadow spoke without lips and or tongue, saying the same word: "Ged." And the two voices were one voice.

　Ged reached out his hands, dropping his staff, and took hold of his shadow, of the black self that reached out to him. Light and darkness met, and joined, and were one. ......

"Estarriol," he said, "look, it is done. It is over." He laughed. "The wound is healed," he said, "I am whole, I am free." Then he bent over and hid his face in his arms, weeping like a boy.

Until that moment Vetch had watched him with an anxious dread, for he was not sure what had happened there in the dark land.

… Now when he saw his friend and heard him speak, his doubt vanished. And he began to see the truth, that Ged had neither lost nor won but, naming the shadow of his death with his own name, had made himself whole: a man: who, knowing his whole true self, cannot be used or possessed by any power other than himself, and whose life therefore is lived for life's sake and never in the service of ruin, or pain, or hatred, or the dark. In the *Creation of Éa*, which is the oldest song, it is said, "Only in silence the word, only in dark the light, only in dying life: bright the hawk's flight on the empty sky."

(*A Wizard of Earthsea*, "The Open Sea")

　大声ではっきりと、あの古（いにしえ）の沈黙を破ってゲドは影の名を呼び、同時に唇も舌もない影が同じ言葉を発した、「ゲド」と。2つの声はひとつの声であった。
　ゲドは両手を差し伸べ、杖を捨てて、その影を抱いた、自分に向かって伸びてきた黒い自分自身を。光と闇が出会い、合わさり、ひとつになった。……「エスタリオル」、ゲドは言った、「見てくれ、終わった。終わったんだ。」彼は声をあげて笑った。「傷は癒えたんだ、」彼は言った、「おれは一体になった、もう自由なんだ。」それから彼はかがみこみ、顔を腕のなかに隠して、子どものように泣きだした。
　それまでヴェッチはゲドを不安な恐れとともに眺めていた、というのも彼には一体あの闇の陸地で何が起こったのか、はっきりとわからなかったからだ。…いま友の姿を見て、彼が語るのを聞いて、やっと疑いが消えた。そして真実を悟ったのだ、ゲドは負けたのでも勝ったのでもなく、自分自身の名前で影を名づけることで、自らをひとつの全体としたと。ひとりの人間。自らの真なる自己を知り、自分以外のどんな力にも使われず支配されないで、まさに生のためだけに自分の生を生き、破滅や苦痛や憎悪や暗闇のためにはけっして仕えない者。この世で最古の歌である『エアの創造』にも言われている、「沈黙のなかだけに言葉が、闇のなかだけに光が、死のなかだけに生が。タカの飛翔は虚空でこそ輝く」と。

## アースシー世界を読み解く
## 基本キーワード・1 ── 陸と海

　この物語のなかでアースシー（Earthsea）世界を端的に示す単語は，群島（Archipelago）である。すなわちアースシーが陸と海を結びつけた世界であるということをまさに示しているのが，「原初の海」という意味であるアーキペラゴという言葉なのだ。

　群島の地理を具体的に思い浮かべていただければわかるように，群島とは島と海とが地と図のように重なって出来ている世界である（見返し参照）。つまり，陸を中核に考えればそれは海のなかに陸が浮かんでいる世界であり，海を視点として見すえればそれは陸のあいだに海が広がっている世界である。このように陸と海とが根本的に相互に依存しあいながら，溶けあい，調和しながらせめぎあって存在しているのが，アースシー群島なのだ。

　それをもっともよく例証しているのが，アースシー創造の歴史である。以下に説明されているように，アースシー群島の始原を語るもっとも古い伝承である『エアの創造』という，ハード語で書かれた2千年以上も前の31節からなる詩によれば，海が陸よりも古い存在としてこの世界にはあり，そこからセゴイが陸，すなわち島々を立ち上げたとされる。セゴイとは「創造」そのものを示す名称であり，それがいまだにアースシー世界のさまざまな場所や，偉大な魔法使いを含む特定の人々や龍のなかに残存している太古の力として保持されている原初の能力であるというのだ。

　『アースシー物語』のなかでは，主人公たちのおこなう旅や遍歴の多くが，陸と海との交通によってなされる。陸は大地の収穫と人間の文明的生活の反映の証でもあるが，ときにそれは人間のはてなき欲望と退廃の象徴でもあり，渇きと不毛の土地である。また海は人を彷徨させ，世界の果てへと誘う茫漠として無限の恐怖の場所でもあるが，同時に恵みと潤いを与え，人々を他者や異文化と交流させることで成長へと誘う通路でもある。

　こうして『アースシー物語』において，陸と海は截然と隔たれることなく，相互につながりあって存在している。それはともすれば陸上の生活だけを重視しがちな私たち現代人に，航海による陸地の発見と征服が作った近代西洋世界，つまり植民地主義的・帝国主義的な私たちの歴史を反省させ，オルタナティヴな世界を構想させるきっかけをも提供するのである。

The ocean, however, is older than the islands; so say the songs.

> *Before bright Éa was, before Segoy*
> *bade the islands be,*
> *the wind of dawn blew on the sea...*

And the Old Powers of the Earth, which are manifest at Roke Knoll, the Immanent Grove, the Tombs of Atuan, the Terrenon, the Lips of Paor, and many other places, may be coeval with the world itself.

It may be that Segoy is or was one of the Old Powers of the Earth. It may be that Segoy is a name for the Earth itself. Some think all dragons, or certain dragons, or certain people, are manifestations of Segoy. All that is certain is that name *Segoy* is an ancient respectful nominative formed from the Old Hardic verb *seoge*, "make, shape, come intentionally to be." From the same root comes the noun *esege*, "creative force, breath, poetry."

(*Tales from Earthsea*, "A Description of Earthsea")

海はしかし，島々よりも古い。『エアの創造』の詩句によれば，

光り輝くエア以前，セゴイが島々に
そうあれかしと命じる前には，
夜明けの風だけが海の上を吹いていた…。

そしてロークの丘や永遠の森，アチュアンの墓，テレノン，パオルの洞窟といった多くの場所にいまだに存在する大地の太古の力が，そうした世界そのものと同一とされている。

セゴイは大地の太古の力のひとつであり，ひとつであったとも考えられる。またセゴイは大地そのものの名前のひとつかもしれない。あらゆる龍，あるいは龍や人間の幾人かもセゴイのあらわれ，と考える者もいる。たしかなことはセゴイという名前が，ハード古語の動詞セオゲ，「作る，形づくる，意図を持ってなる」という単語からできた古来の尊敬名称であることだ。同じ語源から「創造力，息，詩」をあらわすエセゲという名詞も出来ている。

# 2
## [第2巻]
## アチュアンの墓所
### (The Tombs of Atuan)

[主要登場人物]
- アルハ（Arha）（テナー（Tenar））：アチュアン神殿の大巫女。代々の大巫女の生まれ変わりである。
- サー（Thar）：アチュアンの兄弟神の神殿に仕える第一巫女。アルハの教育を担当する。
- コシル（Kossil）：アチュアンの神王の神殿に仕える巫女。アルハの教育を担当する。
- ゲド（Ged）：エレス・アクベの腕輪の失われた半分を探してアチュアンを訪れた魔術師。

## 第2巻　**STORY・1**　　　　　　　　　　大巫女に選ばれて

　アースシー世界の東方にあるカルガド帝国は，カレゴ・アト，ハー・アト・ハー，アトニニ，アチュアンという4つの島からなる。神殿があるがゆえに聖なる島といわれるアチュアンのある村に生まれた少女テナーは，太古の神々をまつる墓所の大巫女に選ばれたその日から，自分の故郷も家族も財産も名前さえも失うことを運命付けられていた。アチュアンの墓所を守る大巫女が亡くなると，その同じ日の夜に生まれた女の子が探し出される。そして5歳になった時に神殿に連れてこられ，1年間の教育の後，名前をもたない大地の力の神々に永遠に仕える大巫女となる儀式を受けるのだ。その日からカルガド語で「食べられた者」を意味する「アルハ」と呼ばれるようになる。彼女はしだいに母の記憶やテナーという自分の名前の記憶さえ失って，ただアチュアンの墓所だけを住処とすることに慣らされていく。

　最初の1年間は4歳から14歳までのほかの巫女見習いの少女たちと起居をともにする生活だが，アルハになってからは，ひとりで「大巫女の館」の住人となる。身近にいるのはアルハの専任付き人であるマナンと，アトワー・ウルワーの兄弟神に仕える第一巫女のサー，帝国の神王の神殿に巫女として仕えるコシルらだった。アルハは全く孤独というわけではなく，巫女見習いのペンセとの友情や，まるで肉親のような愛情を注いでくれるマナン，そして寡黙で厳格ではあるがアルハにあくまで忠実な老女のサーに囲まれ，それなりに人々の暖かな感情の行き来や日常の大切な営みがある暮らしを続けていた。

　この聖地には，兄弟神の神殿，神王の神殿，そして最古の玉座の神殿という3つの神殿があり，裏の丘の頂上に立つ9本の石柱がアチュアンの墓所を示す。これは人類のはじめ，アースシーが創造された時に，まだ光のない暗闇のなかで打ち込まれたといわれ，帝国を支配する神王や兄弟神よりも歴史の古い，あらゆる人間社会が生まれる前の支配者である名のない者たちの墓なのだ。大巫女以外の人間は，どんなに身分の高い者でもこの墓所に足を踏み入れることは許されない。アルハはこうして東方の聖なる地における，第1巻で描かれたゴントやハヴナーやロークを含む西方の世界と対立する価値観を体現した，不滅の最古の力につながる存在となる運命を担っていたのだった。

## KEYWORD 11

## 「食べられた」少女

　東方のカルガド帝国が，西方の群島世界と対比される最大の焦点は，その転生思想である。カルガド人は死ぬとその身体は滅亡するが，霊魂は不滅なので，動物や人間など他の身体的形態をまとって，永遠に生まれ変わることができる。そのためにはいったん死ぬことが条件であるので，おそらくカルガドの人々は死を恐れないし，この点が『アースシー物語』でしだいに巻を追うごとに明らかになるように，群島世界の人間たちが魔術を使って不死を達成しようとして亡霊と化してしまうのと対照されることになる。こうしたカルガドの転生思想にも，アメリカ先住民の思想の影響を見てもいいだろう。

　こうした転生思想はさらに，名前をめぐる力学によって展開される。カルガド帝国の聖なる島アチュアンの墓所に仕える大巫女アルハについても，同様の，というか彼女の場合はより苛烈な名前をめぐるせめぎ合いがある。

　ここで興味深いのは，彼女が人間の歴史以前の存在（名もなき者たち）への生け贄である「食べられた者」として位置づけられていることだ。そもそもアルハとは「名前がない」という意味だから，名前とは言えない名前だ。アルハは殺されるのではなく，生かされることによって死の国に永遠に仕える。聖地アチュアンのなかでもっとも神聖とされているのは，人間の歴史や政治，さらには宗教さえも超越した墓所である。そこには人間が生まれ出る前，光さえもがこの世に存在する前の，世界の創始時に打ち込まれた 9 つの石柱がある。だから墓所と言っても，なんらかの宗教的崇敬の対象というよりは，世界の原初に存在した力，まさに大地の最深奥にある力としか言いようのないものだ。よってそれには，名前がなく，それに「食われる」ことで与えられてしまった大巫女も名前のないアルハと呼ばれるほかない。

　ここには当然のことながら，ジェンダーの問題がある。なにゆえ名前のない太古の存在に食べられることによって，自らも名前を失う人間が，少女でなくてはならず，しかも彼女は自らのセクシュアリティや血筋を犠牲としなくてはならないのか？　あるいは名前を失ったアルハには「女」としての生活や思いや欲望は残っていないのだろうか？　彼女にもひとりの人間としての，アルハとしての誇りや希望や悲しみがあるはずではないのか？

そのような問いを頭に留めながら，まず，彼女が「食べられる」儀式の場面を見ておこう。自らの意思や欲望をまったく奪われた少女の歩みを描く筆致が，平明で冷静であればあるほど彼女の悲劇の重みが伝わってくる。

The child got up and descended the four stairs laboriously. When she stood at the bottom, the two tall priestesses put on her a black robe and hood and mantle, and turned her around again to face the steps, the dark stain, the throne.

"O let the Nameless Ones behold the girl given to them, who is verily the one born ever nameless. Let them accept her life and the years of her life until her death, which is also theirs. Let them find her acceptable. Let her be eaten!"

Other voices, shrill and harsh as trumpets, replied: "She is eaten! She is eaten!"

The little girl stood looking from under her black cowl up at the throne. The jewels inset in the huge clawed arms and the back were glazed with dust, and on the carven back were cobwebs and whitish stains of owl droppings. The three highest steps directly before the throne, above the step on which she had knelt, had never been climbed by mortal feet.

(*The Tombs of Atuan*, "The Eaten One")

子どもは立ち上がると，4つの段をふたたび苦労して降りた。降りきると，2人の背の高い巫女が少女に黒い服と黒い頭巾と黒いマントをはおらせ，ふたたび石段と黒い染みと玉座のほうに向きなおらせた。

「おお，名なき者たちをして彼らに捧げられしこの生娘を眺めよ。この娘はまさに名なくしてこの世に生まれたるもの。この者の命とその生ある年月を死の日まで，その所有者たる名なき者たちが受け入れられんことを。どうかこの者がそれにふさわしからんことを。この生娘が食らわれんことを！」

トランペットのように高く鋭い，ほかの巫女たちの声が，応えて言った，「生娘は食らわれたり！　生娘は食われたり！」

少女は黒い頭巾の影から玉座をじっと見つめていた。獣の足をかたどった巨大な玉座の肘やその背についた宝石はほこりをかぶって鈍い光を放ち，彫り物のある椅子の背にはクモの巣がかかり，フクロウの糞で白っぽく汚れている。玉座のすぐ前にある最後の3つの階段は，先ほど彼女がひざまずいた段の上にあるが，それらはいまだに人間の足によって踏まれたことがないのだ。

## KEYWORD 12

## 西方のまじない師

　アルハとなった少女は，テナーという自分の名前だけでなく，さまざまな過去の記憶や女性としての欲望を封印されている。しかしもちろんそれは彼女が人間として愛や友情を他人と共に育てながら生きていないということではない。人間として，少女として生きているかぎり，あらゆる人間的属性や欲動や希望や意思を捨て去ることなど不可能である。しかしそうした他者とのつながりがもたらすかもしれない変化の兆しを感じているがゆえに，アルハはことさらに他者の介入を恐れ，アチュアンの墓所という自分だけの場所を守ろうとする。その兆しがよく現れているのが，まだ少女時代のアルハが数少ない巫女見習いの友人ペンセと交わす会話の場面だ。

　ここでペンセは子ども時代の思い出として，西の世界からやってきた船団の人々について述べている。彼らはみんな「まじない師」で，しかも肌の色が自分たちと違って「泥のように」黒いというのだ。

　まじない師（sorcerer）というのは，『アースシー物語』のなかで魔術を行う男性たちの3段階のうち，もっとも下位に属する者たちの呼び名である。つまり，「魔法使い（mage）」が倫理的にも高邁なごく少数の限られた人々であり，「魔術師（wizard）」がもっとも一般的な呼び名として魔法学院で学んだ結果，職能的証明ともなる杖を得て魔術を使う人々だとすれば，「まじない師」は必ずしも倫理的規範や教育的訓練を必要とせず，町や村で世俗的な人々の用に供する。しかしこのことはあらゆるまじない師が道徳や倫理を欠いているということを意味しない。たとえば第6巻に登場するオールダーは正式の魔術教育を受けたことのない一介のまじない師だが，その徳の高さは疑いない。魔法使いも魔術師もその法や術の維持のために，性欲を抑制し妻帯もしないのに対して，まじない師は市井の人々と同じように暮らし，妻帯し家庭も築く。この区別はこの物語のなかで今後，魔術師である女性，すなわち「魔女（witch）」をどう考えるか，という問いへとつながっていく。

　ここではペンセやアルハによって，西方世界の異人たちが肌の色の違う異人種のまじない師として，軽蔑的に表象されており，それがアルハの他者恐怖を示唆している。そこには魔術が治める西方世界と，自然と神々が支配す

る東方世界という対立も見える。ペンセの幼い好奇心と，アルハの同じく子どもらしい自意識にあふれた差別的感情に垣間見える2つの世界の対立だけでなく，やがてアルハがその狭間に入ることになる未来さえもが予感できる一節である。

"You know, I used live by the sea when I was little. Our village was right behind the dunes, and we used to go down and play on the beach sometimes. Once I remember we saw a fleet of ships going by, way out at sea. We ran and told the village and everybody came to see. The ships looked like dragons with red wings. Some of them had real necks, with dragon heads. They came sailing by Atuan, but they weren't Kargish ships. They came from the west, from the Inner Lands, the headman said. Everybody came down to watch them. I think they were afraid they might land. They just went by, nobody knew where they were going. Maybe to make war in Karego-At. But think of it, they really came from the sorcerer's islands, where all the people are the color of dirt and they can all cast a spell on you as winking."

"Not on me," Arha said fiercely. "I wouldn't have looked at them. They're vile accursed sorcerers. How dare they sail so close to the Holy Land?"

(*The Tombs of Atuan*, "The Wall around the Place")

「あのね，わたしは小さいころ海辺に住んでいたの。私たちの村は砂丘のすぐ後ろにあって，ときどき浜辺に下りていって遊んだわ。一度船団が海の向こうを通っていったことを覚えているな。走っていって村の人にいうとみんな見にやってきた。船はまるで赤い翼のある龍みたいに見えたわ。龍の頭のついた船首もある船もあった。アチュアンの脇を通っていったけど，カルガドの船じゃなかった。西から，内海の島からやってきたって，村の長が言ってた。みんな見にきたよ。上陸するかとびくびくしていたんじゃないかな。でも通り過ぎただけ，だれもどこへ行くか知らなかったけど。たぶんカレゴ・アトに戦争にでも行ったのかな。でも考えてみて，あの船がみんなまじない師の島からやってきたのよ，みんな肌の色が泥のようで，まるで瞬きするのと同じくらい簡単にまじないをかけられるのよ。」

「わたしには絶対きかない」，アルハはきつい口調で言った，「そんなやつら見たくもない。卑しい呪われたまじない師じゃないの。聖なる土地のそんな近くを通るなんて，いったい何様のつもり？」

## 第2巻 STORY・2　　　　　　　　　　　　　　　　　　　　　　迷宮へ

　15歳になって成人したアルハは，アチュアンの墓所で絶対の権限を持つ大巫女として，いよいよ自分が治める墓所という闇の世界のなかに入る道を教わることになる。神王に仕える第一巫女であるコシルとともに，玉座の神殿裏の秘密の戸口から闇の世界に入ったアルハは，光がいっさい許されない漆黒の闇のなかで，自らの力と自由をはじめて確信する。真っ暗な地下の洞窟の先には迷宮があり，そのひとつに神王の囚人が3人捕らえられて，名もなき者に捧げる供儀として鎖につながれていた。アルハは大巫女として彼らの殺し方を指示し，ふたたび暗い迷路をたどって外に出るが，興奮と緊張のあまりコシルの前で気絶してしまう。コシルによれば迷宮は自分のような人間が足を踏み入れるべきところではない，今後，迷宮にはアルハひとりで行くようにと，その道順を暗記するよう教える。

　アルハはやがて毎日のようにひとりで地下の迷宮に出かけていき，真っ暗闇のなかで石の壁だけを頼りに，通り抜けた穴の数や曲がり角を暗記することによって，まず小迷宮のほうは完全に覚えてしまった。しかし生きている人間で大迷宮に足を踏み入れたものはおらず，兄弟神の巫女であるサーが，先代のアルハが言った道順を丸覚えしていて，それをそのまま口移しにアルハに教えてくれた。そうやって何度も反復するうちに道順を覚えたアルハは，ある日ついにたいまつを持ち，墓の真下にある地下墓室を通り抜けて，大迷宮へと足を踏み入れる。大迷宮まで入れば明かりが許されるからだ。こうしてアルハはしだいに奥へと入りこむようになる。迷宮のもっとも奥まった場所には，宝庫があってそこには最大の秘宝であるエレス・アクベの腕環の半分があるという。サーがアルハに語ってくれたところによれば，はるかな昔，西方の島から霊魂の不滅を信じぬ不信心者の魔法使いエレス・アクベが，カルガドの島々を平定しようとやってきたが，双子の兄弟神の神官であったインタシンとの戦いに敗れ，そのお守りであった腕環を2つに割られた。その半分が宝庫に隠匿されており，もう半分はエレス・アクベが自分のかたわらで戦った小国の王に手渡し行方不明になってしまったという。実はそれこそ，第1巻でゲドが影との戦いのさなか，東海の孤島で出会った老婆から贈られた腕環の半分だったのだ。

## KEYWORD 13

## 生まれ代わり

　聖地といわれるアチュアンにおける主要な政治的対立軸は，おもに2つある。ひとつは東方のカルガド帝国という神政政治の国家と，西方のハヴナーを中心とする世俗的でかつ魔法を基軸とする内海世界との対立。もうひとつがカルガド帝国内における対立だ。アチュアンには3つの神殿があり，そのそれぞれが歴史の異なる3つの権力を代表している。もっとも古くは，アルハがその唯一最高の支配者である名もなき者の墓所に囲まれた玉座の神殿で，歴史以前の力が領する場だ。2番目に古いのが兄弟神の神殿だが，その神官の血筋からやがてカルガド帝国全体の支配者が生まれたという。もっとも新しいのが自らを神と称する神王の神殿で，これが現在のカルガド帝国の最高権力である。この神殿がもっとも整備されているが，神王でさえも名もなき者の墓所に足を踏み入れられないから，彼は大巫女よりも神的権威において劣る。少なくともアルハは，彼が神王とはいうものの，神でも神官でもない世俗の凡庸なひとりの中年男にすぎないことを知っており，自分こそがこの聖地では未来永劫，最高の権威にほかならないと信じている。

　そうした権威を支えるのが，チベットのダライ・ラマにもその例を見る東洋的な生まれ代わり神話である。つまり，ひとりのアルハが死んでも，この「食べられた者」は他の少女の形象をまとって生まれ変わり，そうして永遠に大巫女は「名もなき者たち」に仕えていく。だからその伝説を継承し，新しい大巫女を教育する役目の巫女たちは，アルハのことを先代の，そのまた先代の，というように限りなく続いてきたアルハの連続のなかでとらえ，尊崇している。このような不滅の霊性の継承がアチュアンの信仰を支える根幹なのだ。次に引用するのは，アルハがそのような太古から続く歴史の不思議を想う美しい一節だが，ここにも巫女アルハであり，かつ人間（テナー）でもあるという緊張関係が垣間見える。

　It still made her feel strange when Thar and Kossil spoke to her of things she had seen or said before she died. She knew that indeed she had died, and had been reborn in a new body at the hour of her old body's death: not only once, fifteen years ago, but fifty years ago, and before that, and before that, back down the years and hundreds of years, generation before generation, to the very beginning of years when the Labyrinth was dug, and the Stones were raised, and the First Priestess of the Nameless Ones lived in this Place and danced before the Empty Throne. They were all one, all those lives and hers. She was the First Priestess. All human beings were forever reborn, but only she, Arha, was reborn forever as herself. A hundred times she had learned the ways and turnings of the Labyrinth and had come to the hidden room at last.

Sometimes she thought she remembered. The dark places under the hill were so familiar to her, as if they were not only her domain, but her home. When she breathed in the drug-fumes to dance at dark of the moon, her head grew light and her body was no longer hers; then she danced across the centuries, barefoot in black robes, and knew that the dance had never ceased.

Yet it was always strange when Thar said, "You told me before you died..."

(*The Tombs of Atuan*, "Dreams and Tales")

　　自分が死ぬ前に見たり言ったりしたことをサーやコシルが口にすると、アルハはいまだに不思議な気がするのだった。たしかに自分が死んで、自分の古い肉体の死の時間に新しい肉体に生まれ変わった、ということはわかっている。15年前に一度だけではなく、50年前も、その前も、もっと前も、何年も何百年も昔から、世代から世代を超え、迷宮が掘られ、石柱が立てられ、名もなき者たちの最初の大巫女がこの場所に住み、空の玉座の前で踊ってからずっと。彼女たちはみなひとつ、すべての生が自分のもの。わたしは大巫女なのだから。すべての人間は永遠に生まれ変わるが、自分、アルハだけが永久に自分自身に生まれ変わる。百回も彼女は迷宮の道順と曲がり角を教えられ、ついに隠された部屋にたどり着いてきたのだ。

　　ときどきアルハはああ覚えている、と思うことがあった。丘の下の暗い場所はとても馴染みがあったし、自分の領地であるだけでなく我が家のように思われた。月の出ない晩に薬草の煙を吸い込んで踊ると、頭が軽くなり自分のからだが自分のものでないような気がする。そうすると自分が裸足で黒い服を着て何百年も踊り続けてきて、この踊りはけっしてやんでいなかったと知るのだ。

　　それでもいつも不思議な気持ちになる、サーから「あなたさまはお亡くなりになる前に、こう言われました…」と言われると。

## KEYWORD 14

## ことばと文字

　『アースシー物語』の第1巻が西方の群島世界での，世俗の権力世界における，男性魔術師を主人公とする物語だったとすれば，それとは対照的に第2巻は，東方の聖地での，神秘的権力世界における，巫女を主人公とする物語である。このようにジェンダー秩序を中核とするさまざまな政治的・文化的二項対立をめぐって，物語は展開していく。物語の構成上，アルハはアチュアンの墓に侵入してくるゲドと出会う前に，すでにそのような対立の構図を知識としても体験としても保持している。アルハがサーやコシルから聞かされる，西方の魔法使いエレス・アクベとアチュアンの神官インタシンとの伝説的戦いが重要なのは，それがエレス・アクベの割れた腕環の由来を語るだけでなく，西方世界と東方世界の対立という『アースシー物語』全体を貫く主題の基盤となる歴史の重要な一コマだからである。

　さらに重要なことは，アルハが記憶している迷宮の道筋が，耳で聞き手で確認するほかなく，その身体感覚だけが先代のアルハから次のアルハへと伝えられていく，ということだ。このような記憶の伝授は，西方の群島の魔法世界における文字を介した知の継承とは明らかな対象をなしていると言えよう。こうした口承文化と文字文化との並存が，耳と手足の記憶を基にしたアルハの知と，書かれた言葉の力に基づくゲドの術との対比に反映されている。

　以下に引用する場面では，これまでまじない師など顔も見たくないと思っていたアルハが，しだいに魔術に興味をもっていくさまが描かれている。あくまで魔術師たちを霊魂の不滅を信じない嘘つきの不信心者として軽蔑するだけのコシルよりも，言葉による魔法の威力を認めているサーの語り口に，アルハがより魅かれているさまに，彼女のコシルとサーに対する本人もあまり自覚していない愛情の違いと，アルハがこれから出会う魔術師との，その言葉の力との運命的出会いが予想される一節だ。

　ここには，文字文化を基本とする近代西洋文化に対する，先住民文化の口承性の価値が示唆されていると考えることもできる。しかし『アースシー物語』の姿勢は，近代文化を進んだ文明，先住民文化を古来の原初のもの，と対立して捉える進歩史観ではなく，異なる文化や文明が複線的に同時進行す

ると考える。アルハとゲドという2人の人間に体現された異文化の伝統が，やがてその和合をめぐる不安と喜びのなかで，新たな展開を示すのである。

... Kossil said in her cold voice. "They have no gods. They work magic, and think they are gods themselves. But they are not. And when they die, they are not reborn. They become dust and bone, and their ghosts whine on the wind a little while till the wind blows them away. They do not have immortal souls."

"But what is this magic they work?" Arha asked, enthralled. She did not remember having said once that she would have turned away and refused to look at the ships from the Inner Lands. "How do they do it? What does it do?"...

"Words," said Thar. "So I was told by one who once had watched a great sorcerer of the Inner Lands, a Mage as they are called. They had taken him prisoner, raiding to the West. He showed them a stick of dry wood, and spoke a word to it. And lo! it blossomed. And he spoke another word, and lo! it bore red apples. And he spoke one word more, and stick, blossoms, apples, and all vanished, and with them the sorcerer. With one word he had gone as a rainbow goes, like a wink, without a trace; and they never found him on that isle. Was that mere jugglery?"　　　　(*The Tombs of Atuan*, "Dreams and Tales")

コシルは冷たく言った，「やつらには神がありません。魔法をあやつり，自分たちを神と思っている。でもとんでもない。死んでも生まれ変わることがないのですから。塵と骨になって，亡霊がしばらく風に泣きますが，やがて風に吹かれて消えてしまう。やつらには不滅の霊魂などないのです。」

「でもその魔法とはどんなものなの？」アルハは夢中になって聞いた。かつて内海からの船など見向きもしないと自分で言ったことなど忘れてしまったかのように。「どうやるの？　どんなことをするの？」(中略)

「言葉なのです」とサーは言う。「そのようにかつて内海の強大なまじない師を見た人から聞きました。魔法使いと呼ばれるそうですが。西国に攻め入って捕虜にしたんです。男は乾いた棒切れを見せて，ひと言いうと，たちまち花が咲き，もうひと言で赤いリンゴが実り，もうひと言いうと，棒も花もリンゴも消えて，そのまじない師もドロン。たったひと言で虹が消えるように，瞬きする間に跡形もなく。島じゅう探しても二度と見つからなかったそうです。これがただの手品でしょうか？」

# 第2巻　STORY・3　　　　　　　　　　　　　迷宮に囚われた男

　その年の冬の初めサーが亡くなり，次の春に新しい双子の兄弟神の巫女が来るまで，聖地を取りしきるのはアルハとコシルの2人だけとなる。コシルは内心では名もなき者などまったく崇拝しておらず，現世の権力者である神王の権力だけを信奉していた。そんなコシルから距離を置くアルハは，ひたすら地下の迷宮や神殿を探索し，それに精通していく。

　ある日，アルハはいつものように迷宮に行こうとして，あらゆる明かりが禁じられている地下の墓所で，光を目にする。なんとひとりの男が明かりの点る杖を持って何かを探していたのだ。今まで見たことがなかった鍾乳洞の風景は荘厳な美しさに満ちていたが，闇に慣れたアルハはそれを見せた男に怒りを覚え，「出て行け」と叫ぶと驚いた男は明かりを消して逃げ去った。アルハは迷宮から抜け出す唯一の出口である鉄の扉を閉め，男を闇の世界に幽閉する。

　アルハは男が西方からエレス・アクベの腕環を盗みにやってきたまじない師に違いないと考え，その魔術の力を恐れながらも，まじない師でも人間であるかぎり，名もなき者たちの意志に逆らえるはずがないと信じている。アルハは地上の覗き穴から地下の迷宮に閉じ込められた男の様子をうかがい，扉を呪文で開けることもできないのに不思議に落ち着いた男のふるまいになぜか心を惹かれるのだった。

　アルハは男をこのまま闇のなかで飢えと渇きでひとり死なせてはならないと考え，男を支配したいという思いと救いたいという思いとのはざまで揺れ動く。数日後，覗き穴から憔悴した男をやっと見つけたアルハは，男に壁画の間に行くように指図する。翌朝，壁画の間に到着した男を上の覗き穴から見つけたアルハは，男を「まじない師のくせに」と呼んで愚弄し，水も与えずに死なせてやろうと思う。男をどうしたらいいか迷ったアルハは，付き人のマナンを連れて迷宮に入り，倒れていた男をマナンに担がせて，壁画の間で鎖につながせる。そこに捕えたまま，彼女は男に水とパンをやり生かしておくことにする。こうして男に対する好奇心と支配の欲望と恐れに揺れるアルハと魔術師との間で，不可思議なつながりが育っていくのだった。

## KEYWORD 15

## 墓所の光

　ある日，アルハは思いがけないことに，太古から闇に閉ざされていた地下の墓所に光を発見する。ひとりの男が杖の先に点した「魔法の明かり」を持って徘徊している。彼女にとってはこれまで外部の者が入り込んだことのない神聖な場所に，見知らぬ男が入り込んだだけでも驚きだった。しかもその男はおそらくまじない師で，聖地の迷宮奥深く隠された秘宝であるエレス・アクベの腕環の半分を盗みにきたに違いない。なんという勇気と愚かしさか！名もなき者たちはどうしてすぐにでもその怒りで，この冒瀆者を罰し，食らいつくしてしまわないのだろうか。

　しかし何よりアルハにとって驚異だったのは，これまで彼女自身が明かりを持って入ったことのなかったがゆえに，闇だけが支配していたこの場所の，水晶や石灰岩による自然が何万年もかけて築いた美しさだった。太古の力は闇だけではなかったのだ。こうして彼女はひとりの男によって，その男がもたらした一条の光によって，これまで知っていたと思っていた地下世界に知らない世界があったことに気がつく。自分とは違う黒い肌の男の存在，魔術師という得体の知れない技を使う人間，自分が唯一絶対の支配者であった闇の世界を侵した光，しかしそのおかげではじめて見た洞窟の言語を絶した美しい光景。

　こうしてアルハにとっては，この男が，卑しむべき盗人の魔術師であると同時に，知っていたと思っていた世界がすべてではなかったことに自分の目を開いてくれた他者として，憎しみと魅惑とを感じさせるものとなる。アルハはこれまでほとんど男というものを見たことがない。そのことをコシルに馬鹿にされたこともあるし，もっとも身近な存在であるマナンは去勢された「男」である。このような前提があって，アルハは自分が支配していた闇の領域に断わりなく入りこんできたこの若い男に興味と驚きを覚えたのだ。

　次に引用するのは，男が掲げる魔法の杖の明かりによって，アルハがはじめて見た墓所の洞窟の情景である。アルハの驚きを写すきわめて印象的なこの文章には，彼女の目がはじめてとらえた，一条の光によって闇が追い払われた名もなき者たちの壮麗な場所の情景だけでなく，アルハがこれまで知らなかった自分自身の内面さえも映し出されてはいないだろうか。

She went on. This was strange beyond thought, beyond fear, this faint blooming of light where no light had ever been, in the inmost grave of darkness. She went noiseless on bare feet, black-clothed. At the last turn of the corridor she halted; then very slowly took the last step, and looked, and saw.

—Saw what she had never seen, not though she had lived a hundred lives: the great vaulted cavern beneath the Tombstones, not hollowed by man's hand but by the powers of the Earth. It was jeweled with crystals and ornamented with pinnacles and filigrees of white limestone where the waters under earth had worked, eons since: immense, with glittering roof and walls, sparkling, delicate, intricate, a palace of diamonds, a house of amethyst and crystal, from which the ancient darkness had been driven out by glory....

The light burned at the end of a staff of wood, smokeless, unconsuming. The staff was held by a human hand. Arha saw the face beside the light; the dark face: the face of a man.

(*The Tombs of Atuan*, "Light under the Hill")

アルハはさらに歩を進めた。考えも及ばぬほど不思議で、こわさも感じなかった。これまでどんな明かりも入ったことのない闇の領する最奥の墓に、このかすかな明かりが点っているとは。黒い衣を着て裸足の彼女は音も立てずに進んだ。地下道の最後の曲がり角で彼女は立ち止まり、それからとてもゆっくりと最後の一歩を踏み出した、そして顔を上げ、見た。

彼女が見たのは、これまで一度たりとも見たことがないもの、百の命を生きてきたアルハでさえも。墓石の下に広がる巨大な洞窟、人が切り開いたのではなく、大地の力が空けた場所。そこには数々の水晶が輝き、白い石灰岩は無限の年月に渡る地下水の働きで、尖塔のようにも金銀の線細工にもみがきあげられていた。膨大で、光り輝く天井と壁、明るく先生で、複雑なダイアモンドの宮殿、アメジストと水晶の家、光輝によって古来の暗闇が追い払われた場所。
（中略）
杖の先で煙も出さず、何かを燃やすこともなく点っている明かり。杖を握っている人間の手。アルハは光の脇の顔を見た。黒い顔。男の顔だ。

## KEYWORD 16

## 憎悪とあこがれ

　こうして太古の闇に支配され，神々に捧げる儀礼の静寂だけが続いていたアルハの日常に外から強引に持ちこまれた光。それは西方の群島世界の魔法であり，黒い顔をした男であり，憎悪と支配心と同時に，あこがれと憐みをももたらす対象である。ここに現実の近代の歴史における西洋的植民地主義による東洋の支配とその反動やそれに対する批判を読みとることもできるだろう。『アースシー物語』のなかでは，西方の群島世界の人間たちが黒い肌の「有色人種」であり，東方のカルガド帝国の人々は肌の色が白いとされているのだから。しかしここでより重要なのはそのような単純な人種的図式よりも，アルハというひとりの人間が他者と出会って変化していく際の戸惑いと欲望のゆらめきだ。アルハはマナンを使ってこの男を壁画の間で鎖につなぐことに成功するが，男は自らの不運に絶望した様子もなく，さりとてとくに楽観的ということもなく，囚われたままでおり，アルハを苛立たせる。この男は魔術師とはいいながらも，水も食べ物もないまったく無力で惨めなひとりの人間にすぎず，ただ死を待つだけのはずなのに。

　こうしてゲドが迷宮にエレス・アクベの腕環を求めて侵入してきたことによって，『アースシー物語』を支える2つの世界，光と闇，西方と東方，男と女が出会う。その出会いは，この男をいつでも残酷な死に追いやれると自らの力を信じるアルハの思いとは裏腹に，しだいに異なる価値感の対話と融和へと導かれていく。むしろ，自らの闇の領域を守り，それゆえに侵犯者であるゲドを恐れ憎むアルハの気持ちの強さこそが，これまで知らなかった世界に直面した驚きとあこがれ，そして無力なひとりの男に対する憐みと敬意を生むのだ。ここでは囚われていながら自由なゲドと力を手にしながら囚われているような自分が対比されているのである。

　次に引用する場面で，地上の覗き穴からアルハはこの男を見つめ，彼を支配しているという確信から，彼に指図し，その死を願う。しかし彼女の勝ち誇り絶望的なまでの憎悪にみちた激しい言葉からは，同時に彼女自身がこの男に出会ってしまったことで自らの内面に芽生えた未知なるものへの恐怖と憧れとが感じられないだろうか。

"Do you want to see the treasure of the Tombs of Atuan, wizard?"

He looked up wearily, squinting at the light of her lantern, which was all he could see. After a while, with a wince that might have begun as a smile, he nodded once.

"Go out of this room to the left. Take the first corridor to the left..."   She rattled off the long series of directions without pause, and at the end said, "There you will find the treasure which you came for. And there, maybe, you'll find water. Which would you rather have now, wizard?"...

She would not give him any water. He would never find the way to the treasure room, anyway. The instructions were too long for him to remember; and there was the Pit, if he got that far. He was in the dark, now. He would lose his way, and would fall down at last and die somewhere in the narrow, hollow, dry halls. And Manan would find him and drag him out. And that was the end. Arha clutched the lid of the spy hole with her hands, and rocked her crouching body back and forth, back and forth, biting her lip as if to bear some dreadful pain. She would not give him any water. She would not give him any water. She would give him death, death, death, death, death.

(*The Tombs of Atuan*, "The Man Trap")

「アチュアンの墓の宝を見てみたいのか，おいそこの魔術師？」

男は大儀そうに顔を上げ，アルハのろうそくの明かりに目を細めた，それだけしか見えなかったので。しばらくして，まるで笑みのような戸惑いを見せて，彼は一度だけうなずいた。

「この部屋を出て，左へ行け。最初の角を左に折れて…」休みなく長々と道順を並べた最後に，「そこに行けば，おまえのほしがっていた宝が見つかる。たぶんそこなら，水だってあるだろう。今はどっちがほしい，え，魔術師？」(中略)

水なんかやるものか。宝の蔵に着けるはずもない。道順は長すぎて覚えられない。それに底なしの落とし穴だってある，そこまで行ければの話だが。今は明かりもない。道に迷って落っこちて狭い空洞の乾いた部屋で死ぬだけだろう。そうすればマナンが見つけて引きずり出してくれる。それで終わり。アルハは覗き穴の縁を両手でつかみ，かがんだ体を前後に，前後に動かして，まるで恐ろしい痛みを耐えるように唇をかんだ。水なんかやるものか。水なんかやるものか。やるなら，死だ，死，死，死，死。

## 第2巻　STORY・4　　　　　　　　　　　　名もなき者と戦う男

　アルハは男と話すうちに，その不思議な落ち着きに怒りと苛立ちだけでなく，不可思議な魅力を感じ始める。何より男は龍と対話できる龍の主というだけでなく，かつて名もなき者たち，つまり大地の恐怖と戦って顔に大きな傷を負ったというのだ。自分がすべてを知っていたはずの名もなき大地の力さえ知っているという男に，激しい怒りを感じたアルハは，彼の無力さを罵りあざけるが，彼はそれにも静かに同意するだけだった。

　この黒い肌の男が現れてから，アルハは自分をとりまく世界が退屈に思えてくる。しかし今や彼女には，鎖につながれながら，水や食料を持ってきてくれるのを待ち，あらゆる生殺与奪の権を握る男がいるのだ。

　それでもこの男はどうしても自分に屈服しようとしない。頑固でも反抗するというのでもなく，従順ではあるが，自分の知らない世界のことを語ることを通じて，意図しないまでも，彼女の世界の狭さや幼さや無知に気づかせる。アルハがその主であるはずの死の世界さえも，自分よりずっと知り尽くしている男。どうして彼は今はこんなにも弱く無防備なのに，自分よりもこれほど強いのだろうか。

　彼女は他の者の目をごまかして自分の食事さえも男に届けるようになる。男は感謝しながら，アルハに問われるままに群島について多くの話をして聞かせる。たとえばハヴナーという内海の大きく美しい島のこと，その首都の大理石でできた塔や，いちばん高い塔の上にすえられた英雄エレス・アクベの剣のこと。あるいは，龍がどんな動物で，その言葉はこの世の最古の言葉であり，龍と対話できる者は龍の主と呼ばれることなど。

　そして，アルハに魔術師であることを証明するために何か見せてみろと言われた男は，彼女に輝く美しいドレスを着せて見せる。それはもちろん幻影にすぎないのだが，アルハは驚きのあまり狼狽する。そんなアルハと男とのやりとりを地上の覗き穴からうかがっていた者がいた。なにごとにも疑い深いコシルだ。アルハはコシルが男を殺す行動に出る前に，男を安全な場所に移すために，マナンに鎖でつながれた男を引っぱらせ，暗闇のなかをかつてサーが教えてくれた道順にしたがい，迷宮の奥の大宝庫へと彼を導くのだった。

## KEYWORD 17

## 真理を知るもの

　アルハにとって，このひとりの男は今までまったく自分が知らなかったことを語ってくれる，新しい世界への窓だった。しかしそれゆえに彼女は，自分の無知と限界と幼さを気づかされる彼を恐れ，憎らしく思う。なぜ自分の慈悲で生かされ，水や食料に飢えたひとりの人間のくせに，これほどまでに落ち着いて泰然自若としていられるのだろうか？

　男は広い世界のことを知っているだけでなく，名も知らぬ者たちと出会ったことがあるという。さらにその名を知っているとさえも。その証拠が彼の顔の傷だというのだが，アルハはそんな彼の言葉をなかなか信じることができない。男はたしかに色々な知識はあるかもしれないが，アルハにとっては，あくまで妖術を使って自分が守る闇の王国の財宝を奪いに来た泥棒にすぎないのだ。

　西方の魔法世界と，東方の闇の世界とはたしかに対立している。前者は光を求める世俗的世界であり，後者は闇の力に頼り不滅の死を信奉する宗教的世界だ。アルハは自分が後者の世界によって生かされ，それによって守られ，その力によって他者を支配できると考えている。しかし西方からやってきたこの男がアルハに説こうとするのは，「真の名前」の効力こそが，西方，東方を通じた真理であり，それを知るのはアルハでなくゲドだということだ。しかしこれは必ずしもゲドの知や彼がやってきた世界がアルハのそれに優越しているということを意味しない。あくまで物語のポイントはアルハが見知らぬ世界と出会うことでいかに新たな存在となっていくか，その成長の苦しみと迷いにある。

　以下の引用では，そのことがまだ理解できないアルハが男の傲慢を激しくとがめ軽蔑する。しかし彼女の自らの力を誇示する言葉が鋭ければ鋭いほど，内心の動揺が見えてくる，そんな機微を捉えた場面である。

"No," he said rather reluctantly, "I *am* a dragonlord. But the scars were before that. I told you that I had met with the Dark Powers before, in other places of the earth. This on my face is the mark of one of the kinship of the Nameless Ones. But no longer nameless, for I learned his name, in the end."

"What do you mean? What name?"

"I cannot tell you that," he said, and smiled, though his face was grave.

"That's nonsense, fool's babble, sacrilege. They are the Nameless Ones! You don't know what you're talking about—"

"I know even better than you, Priestess," he said, his voice deepening. "Look again!" He turned his head so she must see the four terrible marks across his cheek.

"I don't believe you," she said, and her voice shook.

"Priestess," he said gently, "you are not very old; you can't have served the Dark Ones very long."

"But I have. Very long! I am the First Priestess, the Reborn. I have served my masters for a thousand years and a thousand years before that. I am their servant and their voice and their hands..."

(The Tombs of Atuan, "The Man Trap")

「いや」,彼はややためらいながら言った,「今は龍の主だけれど。でもこの傷はもっと前のものなんだ。闇の力を以前会ったことがあると言ったけれど,それは地球の違う場所でのこと。わたしの顔のこれは名もなき者たちとのつながりのしるしなんだ。でももう名無しじゃない,その名が最後にはわかったから。」

「なんですって? なんて名前なの?」

「それは言えない」,彼は言って,微笑んだ,その表情は暗かったが。

「そんなのナンセンスだわ,馬鹿のたわごと,冒瀆よ。名もなき者たちなのよ。いったい何を言っているのか,わかっているの?」

「あなたよりもよく知っていますよ,巫女さん」と彼は言うと,その声は深みを増した。「もう一度見てごらん!」顔を突きだすと,頬についた4つのひどい傷を彼女に見せた。

「そんなの信じられないわ」と彼女は言ったが,その声は震えていた。

「巫女さん」,彼はやさしく言った,「まだ若いんだ,君は。闇の主たちにそんなに長く仕えていられたはずはない。」

「でもそうなの。とても長くよ! 大巫女なのですから,生まれ変わりの。主人たちに千年も,そのまた千年も前も仕えていたのよ。わたしはその召使にして,その声,その手なのですから。…」

# KEYWORD 18

## 他者の視線

　闇の支配する世界で暮らすうちに築かれた誇りと，自らの限界を知らされることの羞恥にはばまれて，ゲドに素直に打ちとけることのできないアルハ。彼女は彼の話と存在に魅かれるものを覚えながら，彼の話を受け入れることができない。世界でいちばん美しいといわれるハヴナーの情景も，龍の姿や言葉も，この男が作り出した嘘っぱちではないだろうか？　アルハは内心，この男の話がすべて本当であればと望みながら，しかし仮にもし本当なら，これまでの自分の全人生が否定され，未来の自分の運命があまりに惨めなものになると恐れている。彼が本当に魔術師なら，たとえ闇の世界から逃げ出す力はなくても，何かまじないを見せてくれるはずだと思った彼女は，わざと居丈高に彼に命令する。しかし時間がたっても，幻ひとつ現れない。彼女があきらめて立ち上がろうとし，自分の姿を見て気がつくまでは…。

　このたとえようもなく美しい場面は，魔術がたんなる目くらましにすぎないものでありながら，実は深い真実にいたる道でもあることを私たちに教えてくれる。私たちのあるがままの姿は，自分の目で見ることはできない。それは他者の視線を介してみることによって，初めて明らかになるものだ。これまで黒い服しか着なかったアルハが，魔法の力ではじめて明るい色の服を身に着けた瞬間。しかしそれは彼女に喜びよりも驚きと戸惑いを与える，そう簡単に自分の限界を認め，変えることなどできないからだ。これこそが彼女にとって未知なるものにはじめて直面した瞬間なのだ。他者のまなざしのなかで見た自分の姿。自らが自分自身にとってさえ未知なものだという驚異。こんなとき私たちも思わないだろうか，魔術の嘘こそがかえって私たちを苦くつらい真実に目覚めさせる力を持つのかもしれないということを。

"Show me something you think worth seeing. Anything!"
　He bent his head and looked at his hands awhile. Nothing happened. The tallow candle in her lantern burned dim and steady. The black picture on the walls, the bird-winged, flightless figures with eyes painted dull red and white, loomed over him and over her. There was no sound. She sighed, disappointed and somehow grieved. He was weak; he talked great things, but did nothing.

He was nothing but a great liar, and not even a good thief. "Well," she said at last, and gathered her skirts together to rise. The wool rustled strangely as she moved. She looked down at herself, and stood up in startlement.

The heavy black she had worn for years was gone; her dress was of turquoise-colored silk, bright and soft as the evening sky. It belled out full from her hips, and all the skirt was embroidered with thin silver threads and seed pearls and tiny crumbs of crystal, so that it glittered softly, like rain in April.

She looked at the magician, speechless. "Do you like it?" "Where—"

"It's like a gown I saw a princess wear once, at the Feast of Sunreturn in the New Palace in Havnor," he said, looking at it with satisfaction. "You told me to show you something worth seeing. I show you yourself."

"Make it—make it go away."

(*The Tombs of Atuan*, "The Great Treasure")

「何か見る価値のあるものを見せて。何でもいいから！」

彼は頭をたれて，両手をしばらく見つめていた。何も起こらない。ランタンのろうそくがほの明るく静かに燃えている。壁の黒ずんだ絵のなかの，鈍い赤と白の眼で鳥の羽を持つ飛べない像が，2人を見下ろす。なんの音もしない。アルハはため息をつき，失望して少し悲しかった。やはり力がないのだ，色々と言いはしても何もできない。よくできた嘘つきだけれど，たいした盗みもできない。「だめね」，彼女はついに言って，立ち上がろうとスカートをたぐりよせた。動こうとすると毛織りの布が見慣れぬ音を立てた。自分を見下ろした彼女は，驚きで立ちすくんだ。

長年着ていた重く黒い服は消え，彼女のドレスはターコイズブルーの絹で，明るい夕方の空のように明るくやわらかだった。お尻のところで大きく膨らみ，スカートには細い銀の糸や小さな真珠や水晶がちりばめられ，まるで4月の雨のようにやさしく光り輝いていた。

アルハは言葉を失い，魔術師の顔を眺めた。「気に入ってくれた？」「どこなの——」「ハヴナーの新宮殿で冬至の宴の時，王女さんのひとりが着ていたのに似せてある。」彼は言って，満足そうに眺めた。「なんか見る価値のあるものを見せるようにと言ったろう，だから君自身を見せてあげたんだ。」「消して，早くどっかにやって。」

## 第2巻　STORY・5　　　　　　　　　　　　　　　聖地からの脱出

　迷路のもっとも奥深くにある大宝庫に男を隠したアルハは，できるかぎり水も食料も持ってくると約束する。彼はアルハには不可思議に思える表情を浮かべて，去っていく彼女に言う，「気をつけて，テナー」と。大巫女の館に戻って床についたアルハは，夢のなかで母親が自分の名前を呼ぶのを聞く。「テナー，テナー」と。そして目を覚ました彼女は，自分が本来はテナーという名であること，自分の名前を取り戻した歓喜に身を震わせるのだった。

　こうして彼女にとって唯一の関心事は，自分の元の名前を取り戻してくれた男をいかに救うかということだけとなる。とくにすべてを見通しているようなコシルからいかに彼を隠しとおすか，だ。コシルは名もなき者たちに食われたアルハの権威をあからさまに軽蔑し，現在の支配者である神王の第一巫女として，アルハよりも上位に立とうとする。かくして魔術師の男の生命と，聖地アチュアンの権力をめぐって，2人の女の戦いが始まる。コシルは地下の墓所に男の死骸を埋めたというアルハの言葉を疑って，明かりの許されない墓所にたいまつを持ち込み，棺をあばく。それを目撃したアルハは，名もなき闇の世界の支配者たちがそんな冒瀆を行うコシルを罰しもしないのを見て絶望し，男がひとり待つ大宝庫へとやってくる。彼はそんなアルハに，闇の力は今でも生きている，しかしそれは神などではなく，人間に崇拝される価値などない，ただ生きている者，光ある者を押しつぶそうと待っているのだ，と言う。

　さらに魔術師はこの部屋にはエレス・アクベの腕環の半分があり，彼から取り上げて今テナーが持っている半分と合わせると失われた神聖文字が回復され，平和な統治がハヴナーにもたらされるという。男はテナーに信頼のしるしとして自分の真の名前ゲドを知らせ，2人は環をひとつに合わせて闇の世界から脱出する道行きに出発する。テナーの手首にはめられた平和の腕環が守る，「自由」への道だ。しかしゲドが魔術の力で必死に押しとどめなければ，強大な闇の力は天井を落とし壁で押しつぶそうとする。ついにゲドの魔術が闇の勢力を抑え，地上に出た2人の背後で，地震によって神殿と石柱が崩れ落ちる。腕環をしたテナーはゲドとともにハヴナーへと到着，大歓迎を受ける。だがそれは彼女にとって不安と重荷を伴う新たな出発でもあった。

## KEYWORD 19

## ひとつになった腕環

　自らの危険を顧みず，コシルから男を救おうとするアルハ。そんな彼女に深い感謝と信頼を覚えた男は，彼女をその元の名前で呼ぶ。魔術師である彼にとって，人の真の名前を知ることはもっとも大事な秘密の技なのだ。こうしてこれまでまったく異人と思っていた男から，自分の名前で呼びかけられることによって，アルハは幼少期に母から呼ばれた自分を思い出し，自分の真の名前，だれにも食われていなかった自分自身を再発見する。それはまるで，鳥がはじめて朝の大空に向かって飛んでいくような，これまでにない畏れと歓喜を伴った体験だった。

　こうしてテナーとなった彼女は，男をこの闇の世界から脱出させるためには何でもしようと決意する。そのためにはコシルに妨害されないようにしなくてはならない。そんな彼女に男は，エレス・アクベの腕環の由来を語って聞かせ，これをひとつにしてハヴナーに持ち帰ることが，平和な世界を呼び戻すために必要だと説く。そしてそれを身に着けて持ち帰るのは，何よりもテナーであるべきだ，と。

　彼女はテナーに戻るか，アルハであり続けるかの選択を迫られる。光の世界に脱出して「自由」になるか，それとも闇の世界の支配者にして従属者としてこの先一生ここにとどまるか。墓所からの脱出は力を合わせても困難な道行きだろうが，エレス・アクベの腕環をひとつにすれば，そこから大きな勇気が生まれないだろうか。もうひとつ，2人が頼りにできるもの，それは信頼だ。そのしるしに魔術師は，自分の真の名前ゲドをテナーに教える。2人の名前が共有され，2つに分かれていた腕環がひとつになることで，異なる文化や言語を持つ者同士が出会い，西と東，魔術師と巫女，光と闇，1巻と2巻の世界が合わさるのだ。

　以下に引用する感動的な場面では，『アースシー物語』を貫く，本当の名前で結ばれた2人の人間の絆という主題が，これまで闇と光の両極に引き裂かれていた男女をつなぐ瞬間として成就するさまが描かれている。腕環のテナーの誕生，それは不安とおののきに満ちた新たな人間の誕生であるとともに，平和な世界の再来を告げる予言なのである。

"They would not let us get out. Ever."

"Perhaps not. Yet it's worth trying. You have knowledge, and I have skill, and between us we have..." He paused.

"We have the Ring of Erreth-Akbe."

"Yes, that. But I thought also of another thing between us. Call it trust... That is one of its names. It is a very great thing. Though each of us alone is weak, having that we are strong, stronger than the Powers of the Dark." His eyes were clear and bright in his scarred face. "Listen, Tenar!" he said. "I came here a thief, an enemy, armed against you; and you showed me mercy, and trusted me. And I have trusted you form the first time I saw your face, for one moment in the cave beneath the Tombs, beautiful in darkness. You have proved your trust in me. I have made no return. I will give you what I have to give. My true name is Ged. And this is yours to keep." He had risen, and he held out to her a semi-circle of pierced and carven silver. "Let the ring be joined," he said.

(*The Tombs of Atuan*, "The Ring of Erreth-Akbe")

「逃がしてくれないわ。絶対に。」

「だめかもしれない。でも試す価値はある。君には知識が，わたしには術が，そして私たち2人の間には…。」男は口ごもった。

「エレス・アクベの腕環があるわ。」

「うん，そうだ。でももうひとつ別のものを考えていた。信頼，かな。それがひとつの名称だけど。とてもすばらしいものなんだ。ひとりひとりでは弱いけれど，信頼があれば強い，闇の力よりも強い。」男の目は傷のある顔のなかで澄んで輝いていた。「聞いてくれ，テナー！」彼は言った，「わたしはここに盗みに，君の敵としてやってきた。それでも君は慈悲を示して，信頼してくれた。それでわたしは君の顔を見た最初の時から信頼したんだ，墓の下の洞窟の暗闇で一瞬だけ，美しい顔を見た時から。君はわたしへの信頼を証明してくれた。わたしはなんのお返しもしていない。だからわたしは自分があげなくてはいけないものを君にあげよう。わたしの本当の名前はゲドだ。そしてこれはもう君のものだ。」彼は立ち上がり，穴が開き彫りの入った銀の環の半分を差し出した。「腕環を合わせよう」と彼は言った。

## KEYWORD 20

## 自由の重荷

　ゲドとテナーは力を合わせ、闇の力に押しつぶされそうになりながら、最後はゲドの杖から発した魔術で、地上につながる岩の扉を打ち砕いて闇の世界から脱出することに成功する。自分を闇の強大無比な力から守ってくれたゲドに対するテナーの感謝と畏敬は大きい。しかし、崩れ落ちる宮殿を後にして、山を越えて、ゲドの舟が停泊している海辺にたどり着き、ハヴナーへの船路に乗り出したテナーには、自由になった喜びよりも、これまで闇の勢力に仕えていた年月への悔悟と、生れ育った東方の帝国を離れ、これから言葉も習慣も人種も異なる人々の間で暮らさねばならない不安が満ちている。

　しかもそのような心細さに震える彼女を、ゲドは励ましたり慰めたりするより、むしろ自分の今後の使命を考えるのに手一杯のようなのだ。これからずっと自分のそばにいてほしいのに、ゲドはそのようなやさしい愛情をあからさまには示してくれない。それにこの先、呼べば来てくれるとは言うが、いつもテナーとだけ一緒にいるわけにはいかない、とも言うのだ。「自分はしなければならないことをして生きていて、どこへ行くにもひとりで行かなければいけない人間なのだ」と。彼女にとって唯一の慰めは、ゲドがハヴナーにエレス・アクベの腕環を返す仕事がすんだら、テナーをゴントに住む彼の恩師オギオンの元に連れて行ってくれると約束してくれたことだった。いつかゲドもそこに帰ってくるからと。

　こうしてたしかにテナーは、アチュアンの闇の力からは解放された。しかし闇とは何かの悪の象徴などではなく、太古の昔から世界を支えてきた根源的な力であり、その意味で魔術よりも古く、人は永久にそこから完全に「自由」になることはないし、その必要もない。今はただ、テナーはひとりで自らが獲得した自由の重荷に耐えていかなくてはならないのだ。

　次にあげる一節は、そのような自由が『アースシー物語』の登場人物たちにとって、貴重なものであると同時に、それを自分の意志で選択して生きていくかぎり背負わなくてはいけない重荷であることを示す美しい文章だ。ここから私たち読者も、さらに彼女たちの旅路に随伴して、自由の重さを推し量りながら、さらなる先に進むほかない。

"Now," he said, "now we're away, now we're clear, we've clean gone, Tenar. Do you feel it?"

She did feel it. A dark hand had let go its lifelong hold upon her heart. But she did not feel joy, as she had in the mountains. She put her head down in her arms and cried, and her cheeks were salt and wet. She cried for the waste of her years in bondage to a useless evil. She wept in pain, because she was free.

What she began to learn was the weight of liberty. Freedom is a heavy load, a great and strange burden for the spirit to undertake. It is not easy. It is not a gift given, but a choice made, and the choice may be a hard one. The road goes upward towards the light; but the laden traveler may never reach the end of it.

Ged let her cry, and said no word of comfort; nor when she was done with tears and sat looking back towards the low blue land of Atuan, did he speak. His face was stern and alert, as if he were alone; he saw to the sail and the steering, quick and silent, looking always ahead.

(*The Tombs of Atuan,* "Voyage")

「やっと」、ゲドが言った、「これで離れた、もう大丈夫だ、完全におさらばだ、テナー。感じるかい？」

テナーも感じていた、長い間捕われていた闇の手から、心が解放されたのを。でも山で覚えたような喜びは感じなかった。彼女は顔を腕にうずめて泣き，頬を塩辛い涙でぬらした。意味なき悪の奴隷となって過ごした無駄な年月を悔やみ，自由になったがゆえの痛みに涙を流したのだ。

テナーが知り始めたのは，解放の重荷だった。自由とは重い荷物で，魂が背負うには大きく慣れない負担だ。やさしくはない。与えられるものではなく選ぶべきもの。選択は困難を伴いがちだ。道は光に向かって登るが，重荷を背負った旅人は終点まで着けないかもしれない。

ゲドは彼女が泣くに任せ，慰めの言葉をかけなかった。テナーが泣き止んで，アチュアンの低く青い島影を座って見ている時でさえ。彼の顔はひとりでいるように厳しく緊張して，黙ってすばやく帆と舵をあやつりながら，その目はいつも前方を見ていた。

## アースシー世界を読み解く
## 基本キーワード・2 ── **東と西**

　アースシー世界は広く分けて，ハード語とハード文化を共有する西方の人々（しばしば単に「群島人」と呼ばれる），東方の4つの島に住み，西方の群島とは異なったカルガドの文化と政治機構を有する人々とに大別される。ル・グウィンによれば，前者の西方人の肌の色は概して濃く，髪の毛も黒色でいわば「有色人」的であるのに対し，後者の東方人は肌の色が薄い「白人」的な特徴を持つという。

　しかしより重要なのは，文化や宗教，言語，さらには世界観と歴史観の差異があることだ。2つの生活圏の違いを，一言で表すと，魔術世界と宗教世界ということになる。前者の西方世界は，後者の東方世界よりも，ずっと人口が多く，土地も広大で，文明が発達し，自然環境もゆたかで，貧困というものをほとんど知らない。それにたいしてカルガドでは，厳格な帝国的政治体制によって，西方世界から見れば，より遅れた価値観を持つと見なされてきた。とくにそれは，魔術よりも古く，それゆえ西方世界では洗練されない，ときに畏怖の対象とされていた太古の力の多くが，カルガドの地と結びつけて語られることが多いことに現れている。

　以下の引用にあるように，西方のハード文化圏と東方のカルガド帝国では，魔術に対する考え方が対照的である。それゆえその2つの世界を横断するテナーやセセラクやアズヴァーといったカルガド出身の人々の動向がこの物語の大きな鍵をなしていき，彼女たちとゲドやレバネンやイリアンといった西方世界の人々との結びつきが重要となるのだ。以下，最初に西方のハード文化圏についての記述を，次に東方のカルガドの記述を，とくに宗教と魔術に関係した部分を引用することで，東と西の対照を示しておこう。

　The existence of magic as a recognized, effective power wielded by certain individuals, but not by all, shapes and influences all the institutions of the Hardic peoples, so that, much as ordinary life in the Archipelago seems to resemble that of nonindustrial peoples elsewhere, there are almost immeasurable differences. One of these differences may be, or may be indicated by, the lack of any kind of institutionalized religion. Superstition is as common as it

is anywhere, but there are no gods, no cults, no formal worship of any kind.
(*Tales from Earthsea*, "A Description of Earthsea")

　ハード人の社会組織のあらゆる側面を形成し影響を及ぼしているのは，選ばれた特定の個人によってのみ行使される魔術であり，それが効き目のある能力として認知されており，それゆえ群島の日常生活は他の世界でいう産業化以前の生活に似ているように見えるかもしれないが，そこには大きな違いがある。その違いのひとつは，組織化された宗教がいっさい存在しないということによって示されよう。迷信はひとしなみにあるが，神々とか呪物崇拝，信仰などといったものがまったく存在しないのだ。

Among the Kargs the power of magic appears to be very rare as a native gift, perhaps because it was neglected or actively suppressed by their society and government. Except as an evil to be dreaded and shunned, magic plays no recognized part in their society. This inability or refusal to practice magic puts the Kargs at a disadvantage with the Archipelagans in almost every respect, which may explain why they have generally held themselves aloof from trade or any kind of interchange, other than piratical raids and invasions of the nearer islands of the South Reach and around the Gontish Sea.
(*Tales from Earthsea*, "A Description of Earthsea")

　カルガド人のあいだでは，生まれつき魔術の才能を持っている者はきわめてまれのようだが，それはおそらくカルガド社会と統治体制が魔術を軽視するのみならず，意図的に抑圧してきたからであろう。その社会で魔術が果たす役割といえば，邪悪なものとして恐れられ忌避される対象でしかないのだ。このようにカルガド人は魔術を行うことができず，またそれを拒否しているので，そのせいで群島人にたいしてあらゆる点で不利な位置におかれてしまう，それによって，カルガド人が貿易とかあらゆるたぐいの交易を好まず孤立して，ときに南方やゴント海の島々を襲ったり侵略したりする以外の交流を持たないことも説明できるだろう。

# 3
## [第3巻]
## さいはての岸辺
### (The Farthest Shore)

[主要登場人物]
- アレン（Arren）（レバネン（Lebannen））：モレドの王子。アースシー世界のゆがみを正すため，ゲドと死の国への旅に同行する。
- ゲド（Ged）（スパロウホーク（Sparrowhawk），岩波訳ではハイタカ）：ロークの学院長。アレンに乞われて世界のゆがみを正す旅に出る。
- コブ（Cob）（岩波訳ではクモ）：魔術の力によって死者を意のままに呼び出していた男。
- カレシン（Kalessin）：龍の長老。

## 第3巻　**STORY・1**　　　　　　　　　　　　　　　　衰える魔法

　ロークの魔法学院，その中庭には噴水があって，初めて学院を訪れた者は，いつもここで学院長と言葉を交わすことになる。きょうの訪問者は，アースシー世界のなかでもっとも古い王家であるモレド家の長男アレン，迎えるのはこの世界の魔法を統べる学院長のゲドである。アレンはかつてロークで魔術を学んだこともある父から遣わされ，西方世界で起きつつある不吉な出来事について報告し，魔法の長たちの対処を願ってやってきたのだった。どうやらさまざまな島で魔法の力が失せつつあるらしいのだ。実はゲドもそうした兆候を諸所で感じていた折であり，学院の師たちと話し合うことを約して，いったんアレンと別れる。

　翌日，アレンは9人いる師のうちの7人およびゲドとともに朝食をとり，その後，昨晩の話し合いの内容を皆で反芻する師たちと席を共にする。師たちの意見は結局まとまらず，ゲドはこの世界を統べる魔法の衰退の原因を探るために自分が航海に出ることを提案する。しかも今までつねにひとりで航海していたのに，今回はアレンを同伴者として連れて行くというのだ。召喚の師トリオンがそれに最後まで反対し，誰かを連れて行くのなら自分をと言うが，それをゲドは押しとどめる。

　おそらくゲドは魔法学院での重要だが退屈な日常に飽きて，冒険を求めているのかもしれない。それにしてもなぜ，まだ成人前の少年であるアレンをいきなり同行させると言い出したのだろう。いつものようにゲドには彼なりの意志と思惑があり，アレンが将来アースシー世界にとって，なくてはならない人間になるという予感があるのかもしれない。そのような地位にアレンが就くためには，魔法がどのように世界で衰退しているかを実地に見聞し，その原因を探るこの旅は必要なのだろうか。しかしまたゲドの考えるところでは，この何を標的とすればいいかがわからないこの旅はきわめて危険なものであり，その危険から自分を救ってくれる存在にアレンがなるはずだという。この少年に対する深い信頼と親愛があるように見受けられる。

　ゲドとアレンは翌朝，遠見丸に乗り込み，北方の島の商人ホークとその甥ということにして，まず南のワトホート島のホート・タウンへと向かう。

## KEYWORD 21

### 若者と魔法学院長

　『アースシー物語』は各巻ともその物語のほとんどが，2人の人間の深い結びつきを中核として進行する。第1巻におけるゲドとオギオン，ゲドとエスタリオル，第2巻におけるテナーとゲド，そしてこの第3巻のゲドとアレン，第4巻のテナーとテハヌーといった関係がその代表だが，こうした絆の深さを私たちに知らしめるのが，2人の人間の間で交わされる対話である。とくにこの第3巻は，そのほとんどがゲドとアレンという2人の年の離れた人間たちの旅の描写であるから，この巻の主題の多くが2人の対話に反映されている。とくに私たちの心を打つのは，この2人がさまざまな状況で交わす言葉の深さと暖かさだ。

　そのことは最初の2人の出会いの場面からも感じられる。10代の少年であると思われるアレンは高貴な家の出身で，知識も人格も訓育されてはいるが，まだ実生活の経験も浅く，まして学院長のゲドの前に出れば，アレンが自分を脆弱に感じるのは無理もないだろう。しかしゲドはそんなアレンをやさしく受けとめ，しかもこれから向かう困難で重大な旅路に彼を唯一の同伴者として伴おうというのだ。

　以下に引用する場面では，アレンのゲドに対する性急な愛情の表明と，それを受けながすゲドの思慮深くやさしい態度が，ユーモラスで暖かな筆致で描かれている。第2巻のテナーとの出会いの時もそうだったが，ゲドは人と始めて出会った時，直感でその人間を信頼するかどうかを決める。この場面にもそんなゲドのたしかな意志が感じられる。

　　Arren scrambled up from sitting and knelt down formally on both knees, all in haste. "My lord," he said stammering, "let me serve you!"
　　His self-assurance was gone, his face was flushed, his voice shook.
　　At his hip he wore a sword in a sheath of new leather figured with inlay of red and gold; but the sword itself was plain, with a worn cross-hilt of silvered bronze. This he drew forth, all in haste, and offered the hilt to the Archmage, as a liegeman to his prince.
　　The Archmage did not put out his hand to touch the sword hilt. He looked

at it and at Arren. "That is yours, not mine," he said. "And you are no man's servant."......

He stood up and came with silent, vigorous step to Arren, and taking the boy's hand made him rise. "I thank you for your offer of service, and though I do not accept it now, yet I may, when we have taken counsel on these matters. The offer of a generous spirit is not one to refuse lightly. Nor is the sword of the son of Morred to be lightly turned aside!... Now go. The lad who brought you here will see that you eat and bathe and rest. Go on," and he pushed Arren lightly between the shoulder blades, a familiarity no one had ever taken before, and which the young prince would have resented from anyone else; but he felt the Archmage's touch as a thrill of glory. For Arren had fallen in love.

(*The Farthest Shore*, "The Rowan Tree")

　アレンはやにわに立ち上がり、両膝をきちんとそろえてひざまずき、「閣下」と、どもりながら言った、「お仕えさせてください！」
　自尊心はどこかに消え、顔色は赤く、声は震えていた。
　腰には一振りの剣が赤と金のはめこみ細工のついた真新しい革の鞘に収められていたが、剣そのものはなんの飾りもない、青銅に銀箔をかぶせた準文字の柄が古びて歳月の重みを語っていた。アレンはこの剣をそそくさと抜き、まるで臣下が君主にするように学院長に柄のほうを差し出した。
　学院長は手を伸ばして剣の柄に触れることはしなかった。彼は柄を見て、それからアレンを見て、「それは君のだよ、わたしのものじゃない。」と言い、「それに君はだれのしもべでもないだろう。」（中略）
　彼は立ち上がり、黙ったまま決然とアレンに近づき、少年の手をとって立たせた。「お申し出は感謝するよ、今は受け入れることはできないけれど、この問題をみなで話し合った後でお願いするかもしれない。広い心の持ち主がしてくれる申し出は簡単に断るべきではない。それにモレドのご子息の剣だ、そう簡単に突っ返せない！…今は行きなさい。ここに案内してきた若者が食事や風呂や寝る面倒をみてくれるだろう。さあ」と彼はアレンの背中を軽くついた、こういう親しさは今までだれも見せたことがない。他の人からだったら王子も不快に思っただろうが、アレンは学院長の触れた手に、光栄のあまり胸が高鳴った。アレンは恋におちたのだ。

## KEYWORD 22

## 王の不在

　アレンはギャンブルという若者と，夕食前に学院を案内してもらいながら，さまざまなことを話し合う。ゴントのヤギ飼い出身という学院長のこと，そして彼がテナーとともにアチュアンから持ち帰った平和の腕環のこと。そのときからすでに17，8年にもなるが，当初はしばらくよかった世界の状況も，今はかつてないほど悪くなったというのが，ギャンブルの伝える人々の意見だ。アースシー世界の人々は，凶作や自然破壊，戦争や領土の奪い合い，物価の高騰，重い税金，さまざまな政治的混乱に疲れている。今こそ空位であるアースシーの玉座に王が座るべき時だというのがギャンブルの意見である。800年前に最後の王マハリオンが亡くなってからというもの，ハヴナーの玉座は空っぽのままなのだ。たしかにローク学院が統べる魔法によって，世界の均衡は保たれているように見えるが，どうやらその魔法の力も弱まってきているらしい。2人の若者のそうした心配をよそに，ロークの森が月の明かりのように静かに燃えている。魔法学院の師たちが集まって，現下の問題を協議するために議論しているのだ。ロークの森はこのようにつねに世界の根源に触れる力の象徴のような場所である。おそらくここで話し合われている魔術世界と王権の問題が，この若者たちだけでなくこれからのアースシー世界の住人にとって，最大の問題となるのだろうが，アレンはまだ自分がその当事者になるとは知る由もない。

　以下に引用するアレンとギャンブルとの会話では，ハヴナーの王を待望する若者たちの素直な気持ちがよく描かれている。それは詩句に表現された未来の予言であると同時に，この物語の帰趨に私たち読者が寄せる期待でもある。ロークの魔法とハヴナーの王権，この2つが並び立つことによって，初めてアースシー世界の平安が保障される。しかしそのためには，この予言が示すように，死の国に旅して帰ってくる人間がいなくてはならない。それは魔法使いなのか，それとも…2人の若者の物思いはアースシー世界の未来への私たちの想像と重なってこないだろうか。

"The Master Chanter's a Havnorian and interested in the matter, and he's been dinning the words into us for three years now. Maharion said, *He shall inherit my throne who has crossed the dark land living and come to the far shores of the day*." "Therefore a mage."

"Yes, since only a wizard or mage can go among the dead in the dark land and return. Though they do not *cross* it. At least, they always speak of it as if it had only one boundary, and beyond that, no end. What are *the far shores of the day*, then? But so runs the prophecy of the Last King, and therefore someday one will be born to fulfill it. And Roke will recognize him, and the fleets and armies and nations will come together to him. Then there will be majesty again in the center of the world, in the Tower of the Kings in Havnor. I would come to such a one; I would serve a true king with all my heart and all my art," said Gamble, and then laughed and shrugged, lest Arren think he spoke with over-much emotion. But Arren looked at him with friendliness, thinking, "He would feel toward the king as I do toward the Archmage." Aloud he said, "A king would need such men as you about him."

(*The Farthest Shore*, "The Masters of Roke")

詠唱の師はハヴナーの人で，このことに関心を持っており，もう3年も私たちにこの予言をくりかえし聞かせていますよ。マハリオンによれば，『わが玉座を継ぐ者は，闇の国を生きて渡り，真昼のさいはての岸辺に達せし者』」。
「だから魔法使い。」「そう，魔術師か魔法使いでなければ，闇の国で死者のなかに入り，帰ってくることはできないですから。でもそれは『渡る』ことではない。少なくともそこにはひとつしか境界がなく，越えるともう果てがない，と言われていますから。じゃ，『真昼のさいはての岸辺』って？　ともかく最後の王の予言がこうなのですから，いつかだれがそれを実現するはずです。そしてロークが彼を認め，船団と軍隊と国々が彼の元に馳せ参じる。そうして世界の中心，ハヴナーの王の塔に王権が鎮座するのです。わたしもそういうところに行って，全身全霊で真の王に仕えたい」とギャンブルは言い，あまり熱情をこめすぎたとアレンが思うかと笑って肩をすくめた。しかしアレンは彼を友情のこもったまなざしで見つめ，「この人の王に向ける気持ちはわたしの学院長へのそれと同じだ」と思った。「王ならだれでもあなたのような人をそばに置きたいでしょうね」と，彼は口に出して言った。

## 第3巻　STORY・2　　　　　　　　　　　　　　遠見丸に乗って

　学院長に「恋におちた」アレンは, 行き先定かでない行路をともにする。ゲドたちはほとんど魔術を使うことなく, 遠見丸をあやつり, 3日間でワトホート島に到着する。ゲドは偉大な魔法使いというだけでなく, アレンが驚くほど熟達した船乗りで, 実際海の上で舟をあやつっている時の彼はとても満足そうに見える。

　ゲドはアレンに, この世界での魔法の衰退を招いているのは, おそらく人間, それも魔術師で, それに打ち勝つには人間しかいない, という。悪をなしうる人間だけが悪に勝てるからだが, 同時に人間の行為には良きにつけ悪しきにつけつねに自然界の均衡を乱してしまうという矛盾もつきまとう。

　上陸したワトホートの港町ホート・タウンは商人たちの欲望と, 麻薬ハジアの中毒になった人々が蔓延する町だった。そこでゲドはヘア（ウサギの意味）と呼ばれていた男を見つけ, ゲドが追い求めている悪の根源に迫る方途をヘアが提供してくれるのではないかと考える。ヘアはかつてこの地の海賊イーグルのもとで, 風をあやつる魔術師だったが, 今は手を切断され, 魔術の力も失ってしまったという。ヘアは今夜自分の家に来れば, 死者の世界への道を夢のなかで見せてやるという。ヘアの家にやってきたゲドとアレンは, ゲドとヘアが夢のなかで闇の世界をさまよっている間に, 金目当ての賊に襲われ, ゲドは頭を殴られて気絶, アレンは金を持って逃げるが賊に捕まり, 海賊の奴隷船に売られてしまう。

　しかし奴隷船は, ゲドの術によって霧のなかで座礁, アレンは助け出され, 2人はふたたび遠見丸で航海を続ける。魔術を使うことを避けているように見えたゲドだが一大事には, やはり魔術を使ってアレンを助けてくれたのだ。彼らの舟は南西へと向かい, ローバネリー島を目指す。その航海の途中, ゲドはアレンに, コブ（クモの意味）という魔術師のことを話す。コブは恐れを知らぬ男で, 死者を死者の国から呼び出す術を勝手気ままに使っていた。この死と生の境を侵犯する魔術はきわめて危険で, ゲドはそのことを悟らせようと, あるときコブと死者の国に行き, 帰ってきた。それ以来, コブは術を二度と使わないことを誓い, その後しばらくして死んだ, とゲドは聞いていたのだが…。

## KEYWORD 23

### 運命の血筋

　ゲドはなぜアレンをこのもっとも危険な旅路の同伴者として選んだのだろうか？　すでに見たような王権と魔法の力との均衡がアースシー世界の平和をもたらすとの信念から，この旅がそのためのひとつのきっかけとなるべきだとゲドは考えていたからだ。彼にアレンが将来の王となるかもしれないという予感はそれほどなかったかもしれないが，自分が魔術師であるかぎり，この旅のもうひとりの担い手は王家の血を引く人間でなければならないと思ったのではないだろうか。この旅でゲドはどうしても必要でないかぎり，なるべく魔術を使わないようにしている。そのせいで彼は，さまざまな災厄にあう——強盗に襲われ頭を殴られて気絶したり，先の話だが長い航海で水と食料が欠乏して苦しんだり，矢に射られて死ぬ寸前となったり。それは最後のもっとも重要な局面に備えて自らの魔術の威力をとっておくということもあっただろう。しかし同時に，彼自身のなかで魔術に対する戒めが強くなっていっている兆しがそこかしこにうかがわれる。そんなゲドのパートナーとして，魔術師でないアレンは，自らの体力と知力のかぎりを尽くして，ゲドを助け，いったんは限界に直面して諦め，ゲドに対する信頼も失いかけるが，結局最後は彼を導く役目を担う。人間そのものがもつ力，その勇気や体力の方が魔術よりも大事であること。ここに第３巻の重要な主題のひとつがあるだろう。

　以下に引用するのは，アレンがゲドに付いて旅をする決心をする場面である。アレンは自分の血筋を過去から未来へとつながるものとして重視するとともに，何より現在の自分自身に忠実であろうとする。そこには学院長ゲドがアレンに期待する人間の本当の力への期待が感じられる。

　The Archmage said nothing, and he had to finish his sentence: "But I am not Morred. I am only myself."

　"You take no pride in your lineage?"

　"Yes, I take pride in it—because it makes me a prince; it is a responsibility, a thing that must be lived up to—"

　The Archmage nodded once, sharply. "That is what I meant. To deny the past is to deny the future. A man does not make his destiny: he accepts it or denies it. If the rowan's roots are shallow, it bears no crown." At this Arren looked up startled, for his true name, Lebannen, meant the rowan tree. But the Archmage had not said his name. "Your roots are deep," he went on. "You have strength and you must have room, room to grow. Thus I offer, instead of a safe trip home to Enlad, an unsafe voyage to an unknown end. You need not come. The choice is yours. But I offer you the choice. For I am tired of safe places, and roofs, and walls around me." He ended abruptly, looking about him with piercing, unseeing eyes. Arren saw the deep restlessness of the man, and it frightened him. Yet fear sharpens exhilaration, and it was with a leap of the heart that he answered, "My lord, I choose to go with you."

(*The Farthest Shore*, "The Masters of Roke")

　学院長は何も言わなかったので、アレンは言いかけたことを言わざるを得なくなった、「でもわたしはモレドではなくて、自分自身にすぎません。」
「自分の血筋が誇らしくはないのか？」
「もちろん誇りはあります、そのおかげで王子なのですし、責任があるからです、それにふさわしい生き方をしなくてならない…」
　学院長は一回強くうなずいた。「わたしが言いたかったのもそれだ。過去を否定することは未来を否定することになる。人は自分で自分の運命を決めるわけではない。それを受け入れるか、拒むかだ。ナナカマドの根が浅ければ、そこに実はなるまい。」アレンはそう言われて驚き目を上げた。彼の真の名前、レバネンはナナカマドを意味していたからだ。しかし学院長は彼の名前を呼んだわけではなかった。「君の根は深い」、彼は続けた、「力もあるし、余地、成長する余地がある。だから君に、エンラッドの家に安全に帰る旅でなく、未知の目的に向かう危険な船路を差し出している。来る必要はない。君が選べばいいことだ。でもわたしは君が選ぶよう差し出す。わたしは安全な場所、屋根、自分を取りかこむ壁にはあきあきしている」。彼は突然言葉を切り、自分の周りをそれとない、鋭い視線で見回した。アレンはそこにこの男の不安を見て、恐れを感じた。しかし恐怖は興奮を高め、湧きたつ心で彼は答えた、「閣下、選びます、お供させてください」。

# KEYWORD 24

## 世界の均衡

　すでに述べたように，第3巻におけるゲドとアレンとの対話には，アレンの問いに触発された学院長ゲドの世界観が映し出された言葉が多く出てくる。それはすでに壮年期を越えたゲドが，自らの魔術師としての半生を振り返り，魔術という人間にしかなしえない行為の功罪を反芻することができるようになったからだろう。この旅路において，よほどのことがないかぎりゲドが魔術を使わないのも，そのことと関係がある。

　だれよりも深く魔術の威力と，またそれに伴う危険について知るゲドは，あらゆる行為が世界の均衡を乱すことに注意を喚起する。できれば魔術など使わないほうがいいのだ。風に吹かれるがまま木の葉がそよぐに任せ，羽虫の飛ぶままに，クジラが水に潜るままに，自然界の営みにしたがっていれば世界の均衡は乱れることがない。しかし人間がこの世に存在し，社会生活を始め，他者を支配する欲望をいだいてからというもの，世界の均衡は崩れ始めた。しかも人間の一部は，魔術という強力な力を持っており，その術は風を起こしたり，姿かたちを変えたり，病気を治したり，さらには死者さえ呼び出すことができるという。

　ここに矛盾が生まれる。このような人間のうち，だれかが魔術を自らの欲望のままに使ったとしたら，そうした欲望を征圧するためにはさらに強力な魔術を使うしかない。それがまた，世界の均衡をますます崩していくことになる。魔術とはまさに薬と同じで，効力もあるが副作用もあって，それは毒にもなるのだ。魔術師としてもっとも強大な力を持つゲド自身の倫理的問いはまさにそこに関わる。第1巻でゲドがロークの師から教わったように，「なさねばならぬことだけをなすこと」，その困難さそのものがくりかえし，言葉によっても行為によってもこの物語では問われていくのだ。

　以下にあげる対話も，とても美しい表現によって投げかけられた，そのような果てしない問いの例だ。ゲドはどのようにしてこの解決不可能な問題に対処するのか，そしてアレンがそのとき果たす役割とは何だろうか。

Arren was silent, pondering this. Presently the mage said, speaking softly, "Do you see, Arren, how an act is not, as young men think, like a rock that one picks up and throws, and it hits or misses, and that's the end of it. When that rock is lifted, the earth is lighter; the hand that bears it heavier. When it is thrown, the circuits of the stars respond, and where it strikes or falls the universe is changed. On every act the balance of the whole depends. The winds and seas, the power of water and earth and light, all that these do, and all that the beasts and green things do, is well done and rightly done. All these act within the Equilibrium. From the hurricane and the great whale's sounding to the fall of a dry leaf and gnat's flight, all they do is done within the balance of the whole. But we, in so far as we have power over the world and over one another, we must *learn* to do what the leaf and the whale and the wind do of their own nature. We must learn to keep the balance. Having intelligence, we must not act in ignorance. Having choice, we must not act without responsibility. Who am I—though I have the power to do it—to punish and reward, playing with men's destinies?"　　　　　(*The Farthest Shore*, "Magelight")

　アレンは黙ってこのことを考えていた。すぐに魔法使いがやわらかな声で言った，「わかるかい，アレン，行為というものは若者の考えるように，石ころを拾って投げて，それが当たるか外れるか，それでおしまい，といったようなものではないんだよ。石を持ち上げれば，それだけ地球が軽くなり，そのぶんそれを持った手は重くなる。それが投げられれば，星の回転が応えるし，それが当たったり落ちたところでは，宇宙が変化する。あらゆる行為に全体のバランスがかかっているんだ。風や海，水や大地や光の力，これらすべてが行うこと，獣や植物がすること，それは良く，そして正しく行われている。これらすべては均衡のうちになされているからだ。嵐や大クジラの潜水から枯葉の落下，羽虫の飛行まで，すべてそれらの行いは全体のバランスのなかでなされている。でもわれわれ人間は，世界に対して，そしてたがいに対して力を持っているのだから，木の葉やクジラや風がみずからの自然について行っていることを学ばなくてはならない。バランスを保つことを学ぶべきなんだ。知性があるのなら，無知におぼれて行動してはいけない。選択できるのだから，責任を持って行動すべきだ。人の運命をもてあそんで罰したり誉めたり，たしかにわたしにはその力があるとしても，いったいわたしになんでそんな資格があるんだね？」

# 第3巻　STORY・3　　　　　　　　　　　　　　　　西の果てへ

　ゲドとアレンが次に訪れたローバネリー島でも魔法の力の減退が著しいという。滞在した宿屋でも明るい話題はなく，人々はあきらめにも似た不安と陰鬱さのなかで暮らしていた。そこで彼らは真の名前をアカレンという老婆に遭遇する。彼女はかつてたいへんな力を持った魔女だったが，今は魔術も失い，希望のない生活をしている。ゲドはそんな彼女に新しい名前を与え，その気持ちを静めてやるが，魔法の衰退に対する彼の痛みと焦燥はますます深くなる。

　2人がその原因を求めて，さらに西の島々へ向かおうとすると，ローバネリーで昔，染物屋をやっていたソプリという男が，案内を申し出る。しかしこの男は気が狂っているように見える小心者で，アレンにはどうしてゲドがこのような男を航海に伴うのか理解できない。ゲドほど自分に閉じこもって打ちとけない男はいないし，人を不安にさせるばかりで，魔法の衰退に対してなんら断固たる行動に出ようともしないではないか。アレンのなかでゲドに対する疑念と，自分をわけのわからない旅路に引き込むことに対する怒りがしだいに高まっていく。第一，魔術と言うが，それはせいぜい目をくらます術にすぎず，魔術師だからといって自らの死を引き伸ばすことさえできない。アレンのなかにはこのような意図がわからない旅を続けるゲドに対する不信感の高まりと共に，しだいに無気力と絶望とが芽生えてくる。

　ゲドはあいかわらず魔術を使わないので，彼らの航海は自然の風を使い，食料も釣りに頼る毎日だった。ソプリはゲドが永遠の命を求めており，そのために他の人々を犠牲にするつもりだとアレンに言う。アレンはその言葉が自分自身の恐れを言い当てるものだと思い，いずれゲドの目的を阻止するために彼と闘わなくてはならないのかとも考えるのだった。

　3人はオブホル島に上陸しようとするが，住民の槍に攻撃され，ソプリは水に飛び込んで溺死，ゲドも肩に重傷を負う。アレンは必死に舟を漕いで，島から遠ざかるが，力尽きて，舟は風に吹かれるがままにさらに西に流されていく。ゲドはもはやなんの頼りにもならず，アレンはこのまま自分たちは無駄に死んでいくのだと思う。気を失った彼が目を覚ますと，2人はいかだの上に住む外洋の民に助けられていた。

## KEYWORD 25

## 魔女と魔法使い

　ローバネリー島でゲドとアレンは，かつて偉大な魔女だったと言われるアカレンと出会う。彼女は魔術師より劣るとされている魔女だが，たんなるまじない師や媚薬の作り手でなく，さまざまな技にすぐれ，人々の生活を豊かにする誇り高い女性だったとされる。ここで示されるのは魔術とジェンダーとの関係だ。かつて魔術の担い手には男女の区別がなかったのだが，やがて男性だけが魔術を学問的に修め，ロークの魔法学院も男だけに入学を許すようになった。魔術の才能を持った女性は正式の教育なしに，出産や薬の調合など日常的な仕事に従事する「魔女」とされてきた。しかし同時にアカレンのような存在が，すぐれた魔術師として認知されていたのだ。

　アカレンもそしてその息子であるソプリももともとは染め師である。つまり染色という仕事が魔術の大事な一部門として，親から子へと伝えられてきたということだ。このことはハヴナーやロークのような中心の島ではなく，ゴントやローバネリーのような周縁の島々で魔女たちによって伝えられる生活の技としての魔術が連綿として続いてきたことを示唆する。染色のような昔からある手工業の方法が，第6巻で注目される「物直しの術」と同じように，大切な生の基本となる技のひとつなのではないだろうか。

　ここで問題なのは，ローク学院長として魔法世界の頂点に立つゲドの女性観だろう。彼自身，魔術はおもに男性の領域であり，魔女はその高貴な営みには及ばない存在と考えていたが，その考えもこの巻で大きく変化する。それが魔法とジェンダーに関わる今後の転換をもたらす契機となる。ここでゲドはアカレンから真の名前を奪うことで彼女の苦痛を軽減するが，それは記憶を喪失した廃人のように彼女を変質させてしまう。それを知っているゲドに達成感はなく，むなしい悲哀だけが残るのだ。

Sparrowhawk took that wrinkled, tear-blubbered face between his hands and very lightly, very tenderly, kissed her on the eyes. She stood motionless, her eyes closed. Then with his lips close to her ear he spoke a little in the Old Speech, once more kissed her, and let her go.

She opened clear eyes and looked at him a while with a brooding, wondering gaze. So a newborn child looks at its mother; so a mother looks at her child. She turned slowly and went to her door, entered it, and closed it behind her: all in silence, with the still look of wonder on her face.

In silence the mage turned and started back toward the road. Arren followed him. He dared ask no question. Presently the mage stopped, there in the ruined orchard, and said, "I took her name from her and gave her a new one. And thus in some sense a rebirth. There was no other help of hope in her." His voice was strained and stifled.

"She was a woman of power," he went on. "No mere witch or potion-maker, but a woman of art and skill, using her craft for the making of the beautiful, proud woman and honorable. That was her life. And it is all wasted." He turned abruptly away, walked off into the orchard aisles, and there stood beside a tree trunk, his back turned.

(*The Farthest Shore*, "Lorbanery")

スパロウホークはその皺だらけの，涙に汚れた顔を両手ではさみ，そっとやさしく両目にキスをした。彼女は目を閉じ，じっと立っていた。彼は耳に口をよせ，太古の言葉でささやき，もう一度キスをして手を離した。

彼女は澄んだ目を開けて，しばらく頼りなげでうかがうようなまなざしで彼を見つめた。それはまるで生まれたばかりの赤ん坊が母親を見るようでもあり，母親が子どもを見るようでもあった。彼女はゆっくりと踵を返すと，戸のところに行き，なかに入って後ろ手に戸を閉めた——すべては沈黙のうちになされ，その顔には驚きの表情が消えなかった。

黙ったまま魔法使いは向きを変え，道のほうに歩を進めた。アレンも彼の後に続く。彼には何も聞く勇気が起きなかった。やがて魔法使いは荒れはてた果樹園のなかで足を止め，言った，「あれから名前を取って，新しい名前をつけてやったんだ。だからいわば生まれ変わったようなものさ。ほかにどうやって助けることもできなかったし，それ以外に希望もない。」その声ははりつめ，押し殺したような調子だった。

「あの女は力のある人だった」，彼は続けた，「ただの魔女でも薬作りでもなく，芸も技もあるすばらしい巧みを持った誇り高い女性だったんだ。それが彼女の生だった。が，みな無駄になった。」彼は突然向きを変え，果樹園のなかに入り，木の幹の傍らでこちらに背を向けて立っていた。

# KEYWORD 26

## 外海の子どもたち

　外敵を恐れるオブホルの住民から思わぬ襲撃を受け，槍で肩を射抜かれたゲドは，舟のなかに横たわり，アレンも照りつける太陽の下，舟が風と潮に流されるに任せる。アレンがゲドの航海の動機とその能力に疑いを抱いたことは確かだが，それとは無関係に自然はただ厳しく，人間の魔術の限界を如実にそして過酷に示すように，ゲドは瀕死の状態だ。食料も水もなく，重傷を負ったゲドを手当てすることもなく，ただ自らも無気力と絶望のうちに舟底に身を横たえているだけのアレン。

　この絶望的な状況を救ってくれたのが，どこの島にも定住せず「外海の子どもたち（the Children of the Open Sea）」と自称する海洋民である。彼ら彼女らは何十ものいかだを組み，年に1度だけ陸に上がっていかだを修復する以外は，海の上で暮らす。クジラを追い，結婚式も祭りもいかだの上で祝い，まさに海流まかせの移動漂流民だ。

　2人はここで手厚い保護を受け，ゲドの傷が癒される。アレンも子どもたちと泳ぎ，海上での生活をともにすることで精神と身体の活力を回復する。そして何より，アレンにとって大事なことは，彼のゲドに対する信頼と敬慕とが復活したことだった。

　以下にあげる一節では，この厳しい自然と調和しながら生きている海洋民の特徴，とくにその日常生活や信仰のありさまがよく示されている。『アースシー物語』では，乾いた土地の過酷さに対して，海や水の恵みがしばしば強調される。この第3巻の結末近くではやがて見るように，死者の国で乾ききった砂と岩だけの大地が圧倒的な力で2人の主人公を襲う。外海の民を描くこの部分は，自然の恩恵や人間の幸福の描写が少ない第3巻のなかで，私たちにひと時の安息と喜びを感じさせてくれる。それと同時に，海のような人間のコントロールが利かない場所で生きるがゆえの困難さと厳しさがここには感じられる。おそらく彼ら海洋民の「幸福」とはそのような厳粛さとともに存在しているのではないのだろうか。

　　Arren looked at his keen face. He looked about him at the great raft with its temple and its tall idols, each carved from a single tree, great god-figures mixed of dolphin, fish, man, and sea bird; at the people busy at their work, weaving, carving, fishing, cooking on raised platforms, tending babies; at the other rafts, seventy at least, scattered out over the water in a great circle perhaps a mile across. It was a town: smoke rising in thin wisps from distant houses, the voices of children high on the wind. It was a town, and under its floors was the abyss.

"Do you never come to land?" the boy asked in a low voice.

"Once each year. We go to the Long Dune. We cut wood there and refit the rafts. That is in autumn, and after that we follow the grey whales north. In winter we go apart, each raft alone. In the spring we come to Balatran and meet. There is going from raft to raft then, there are marriages, and the Long Dance is held. These are the Roads of Balatran; from here the great current bears south. In summer we drift south upon the great current until we see the Great Ones, the grey whales, turning northward. Then we follow them, returning at last to the beaches of Emah on the Long Dune, for a little while."

(*The Farthest Shore*, "The Children of the Open Sea")

アレンは男の精悍な顔を見た。自分の周りを見回すと、この巨大ないかだには神殿と偶像があり、どちらも1本の木から削られていた。大きな神々の像はイルカや魚、人間、海鳥などさまざまだ。人々を見るとみなそれぞれの仕事、縫い物、彫刻、魚釣り、段の上で料理をしたり、赤ん坊の世話をしたりするのに忙しい。他のいかだは少なくとも70ぐらいあって、おそらく直径1マイルぐらいの広大な円を作って水の上に広がっていた。まるで町のようだ。遠くの家からは煙が細く立ち上り、子どもたちの声が風に乗って聞こえてくる。まさに町だ、そしてその床下は深い海なのだ。

「陸にはまったく上がらないのですか？」若者は低い声で聞いた。

「年に一度。大砂丘に行く。木をそこで切っていかだを修繕する。それは秋だ、そのあと灰色クジラを追って北へ行く。冬になるといかだ毎に別れる。春にバラトランで再会。そこでいかだからいかだへと行き来があって、結婚式もあれば、夏至の夜の舞踏もある。今いるのはバラトランの道だ。ここから強い海流が南に流れている。夏になるとわしらはそれに乗って南へ漂流し、あの大きなやつ、灰色クジラを見つけ、そこから北に向かう。そいつらを追って、最後に大砂丘のあるエマの海岸に戻る、少しの間。」

## 第3巻　STORY・4　　　　　　　　　　　　　　　　　　　　　龍の頼みごと

　アレンはゲドから彼の案内役としての，そして未来の指導者としての心構えを伝えられる。2人は外洋の民の夏至祭りに参加するが，ここでも魔法の力の衰退の影響だろうか，唄い手たちが古来の歌詞を忘れてしまう。アレンが代わりにアースシー世界の初代の王セゴイによる天地創造を物語る最古の唄を歌って，祭りはなんとか完結する。そのとき1匹の龍がやってきて，人々を驚かせる。この龍はアースシー世界でもっとも西方の島セリダーに住むオーム・エンバーで，かつてゲドにエレス・アクベの腕環の由来を教えてくれたこともある龍だ。その龍が今，ゲドの助けを求めてやってきたのだ。龍たちの住処である西方の島々でも，魔術の最古の保持者である龍自身が言葉を話せなくなり，たがいに殺しあう状況まで起こっているというのだ。ゲドとアレンはふたたび遠見丸に乗り込み，今度は魔術を使って龍たちの住む「龍の通り道」といわれる島々に急行する。

　一方，ロークの魔法学院では，学院長の留守を守る変化の師と召喚の師がゲドの身を案じて，世界の現実を映し出すと言われる「シライスの水晶」を覗きこんでいたが，ゲドの消息はわからない。翌日，変化の師は召喚の師トリオンが部屋の床に倒れているのを発見する。トリオンはゲドを求めて，魔術を使って死者の国に行ってしまったらしいのだ。さらに詠唱の師は歌詞を忘れ，薬草の師の治癒のききめが薄れ，変化の師も消えていなくなり，といった具合にローク自体でも魔法の力の衰退が明らかになり，学生たちのなかにも魔法の威光を疑うものが現れて学院は混乱する。

　「龍の通り道」についたスパロウホークとアレンは，オーム・エンバーが言ったとおり，言葉を忘れ，共食いさえしている龍たちの退廃を目撃する。人間の世界からも龍の世界からもあらゆる道理が忘れ去られようとしているらしいのだ。2人を迎えたオーム・エンバーによれば，最長老の龍であるカレシンと，魔法の衰退を引きおこした男がセリダー島にいるという。いよいよ目的地に近づいたゲドはアレンを本名のレバネンで呼び，これからは真の名前だけが意味をなす場所だと告げる。ゲド自身も魔術を使う最後の機会がやってきたと覚悟を決めるのだった。

# KEYWORD 27

## 旅を導くもの

　ゲドはアレンを信頼し，彼をこのもっとも重要で困難な旅の同伴者とするだけでなく，導き手とまでしようとする。そこにはこの魔術師自身の魔法の力の限界に対する深い省察が関係している。ゲド自身が死の国から呼び出してしまった自分自身の影との戦いにおいて，またアチュアンの大地の力からの逃走において知り尽くしているように，魔術は驚くべき力を持つゆえに，世界の均衡を根底から破壊してしまう危険をも孕んでいる。とくに力のある魔術師が，自らの欲望のままに魔術を駆使したことによって，現在のアースシー世界が直面しているような危機が引き起こされたのだ。かくしてゲドによる自らの魔術の極限的力を試す最後の試練となるこの男との対決は，同時にゲド自身が強大な力を持つ魔術師から，力や技をむしろ駆使しないことによって逆説的に魔法の奥義に達するという，真の魔法使いへの一歩ともなるのである。

　第3巻においてゲドは最後まで温存していた魔術をついに全身全霊をもって使うことで，失われた世界の均衡を取り戻そうとする。それは同時に魔術の限界が明らかになる瞬間かもしれず，ゲドはおそらくそのことを予感しているからこそ，くり返しアレンに声をかけるのだろう。最終的にゲドが期待するのは，アレンという魔術師でない普通の人間の意思と身体の力である。人間は自分の力，その知恵と忍耐と恐怖と苦痛によって生きていくしかない。次に引用するゲドのアレンに向けた言葉は，ひとりの人間としてのアレンに決意を促すものであると同時に，私たち読者にも向けられた励ましと警告ではないだろうか。

　"...Listen to me, Arren. You will die. You will not live forever. Nor will any man nor any thing. Nothing is immortal. But only to us is it given to know that we must die. And that is a great gift: the gift of selfhood. For we have only what we know we must lose, what we are willing to lose. That selfhood which is our torment, and our treasure, and our humanity, does not endure. It changes; it is gone, a wave on the sea. Would you have the sea grow still and the tides cease, to save one wave, to save yourself? Would you give up the craft of your hands, and the passion of your heart, and the light of sunrise and sunset, to buy safety for yourself—safety forever? That is what they seek to do on Wathort and Lorbanery and elsewhere. That is the message that those who know how to bear have heard: By denying life you may deny death and live forever! ... You are my guide. You in your innocence and our courage, in your unwisdom and your loyalty, you are my guide—the child I send before me into the dark. It is your fear, your pain, I follow. ... I use your love as a man burns a candle, burns it away, to light his steps. And we must go on. We must go on. We must go all the way. We must come to the place where the sea runs dry and joy runs out, the place to which your mortal terror draws you."

(*The Farthest Shore*, "The Children of the Open Sea")

「よく聞くんだ、アレン。君はやがて死ぬ。永遠に生き続けることはできない。すべての人間、あらゆるものがそうだ。何ものも不死ということはない。しかし私たち人間だけが、自分たちが死なねばならないことを教えられている。これは大きな贈り物じゃないかね、自分自身を知るというのは。なぜなら私たちが持っているのは、自分が失わなければならないと知っているもの、自分が喜んで失うものだけだからだ…。この自分自身という私たちの苦しみ、私たちの宝、そして私たちの人間の証、これはいつも同じではない。それは変化して、なくなる、海の波のように。ひとつの波を救うために、君自身を救うために、君は海が静かに動かず、潮の流れが止まることを願うだろうか？ 君は自分の安全を、永遠の安全を買うために、自分の手わざや心の情熱や日の出と日没の明かりをあきらめるだろうか？ ワトホートやローバネリーやほかのところで人々が望んでいたのはまさにそれだ。それが聞くことのできる者たちが聞いていたメッセージだよ。生を拒否することで、死と生を永遠に拒否できるなんて！…君がわたしのガイドだ。君の無垢、君の勇気、君の知恵のなさ、君の忠誠心、そのおかげで君はわたしの案内役なんだ。君はわたしが自分の前に闇のなかにおくる子ども。君の恐れ、君の痛みに、わたしはしたがう。…君の愛をろうそくを燃やすように使い、燃やしつくして、足元を照らそう。そうやって進み続けなくては。続けるだけだ。果てまで行かなければならないんだ。海の水が涸れ、喜びが消える、その場所まで、君の人間としての恐怖が君を引っぱっていくその場所まで、行き着かなくては。」

## KEYWORD 28

## 故郷への思い

　魔法の秩序を乱した張本人とのセリダー島における対決を前に，ゲドは，アレンだけが自分とともに生死の境界を越え，マハリオンの詩句にあるような「真昼のさいはての岸辺」に達する者であることを明言する。最後の王マハリオンの予言にあった王の玉座を継ぐ者とは，魔術師のゲドではなく，その先導役となる若者，不滅の生命など望まず死にゆく運命を引き受ける人の痛みと渇きと恐れを知るひとりの人間なのだ。そのためにもゲドは最後に彼に残った魔術のすべての力を使って，世界の均衡を回復しなくてはならない。

　しかしここでの問題は，ゲドが自己の力の限界に挑み，自らの死を賭してまで回復しようとする「魔法世界の均衡」とはいったい何なのかという問いだろう。3巻の終結以降，しだいに明らかになるように世界の均衡とはあらゆる世界，あらゆる時代に通じる普遍的真理とか永遠の奥義などではない。

　第一にアースシー世界の全体は西方の魔術師たちに信を置く世界だけでできている訳ではなく，アースシー群島とは他にも，魔術よりも宗教や太古の力を重視する東方のカルガド帝国や，西方世界の人間たちとはるか昔に袂を分った龍たちの世界を含む全体である。

　第二に，実のところ世界の均衡とはむしろ西方世界の魔術師たちが自らの魔術の行使を正当化するために編み出してきたひとつのイデオロギー，たとえば，「民主主義」とか「社会主義」のような大文字の「物語」のひとつなのではないだろうか。もちろんイデオロギーだからと言って，それに価値がないとか，人が信を置くべきではないということにはならないが，あくまでそれには時空間的な限定や特定の政治的歴史的条件が関わっている。たとえば，4巻以降大きな役割を果たすことになるモスばあさんやオールダーのような市井の人々，あるいは魔術師ではあってもほとんど魔術を顕示することのないオギオン，門番の師，アズヴァーといった男たち，そして何より魔術を学びながら魔術師とはならず家庭の主婦として生きてきたテナーには，世界の均衡のような大義名分は必要がない。なぜなら彼女たちが毎日の営みのなかで他ならぬ世界の均衡を守っているからだ。この意味でここに引用するゲドの自らの故郷への述懐も，大文字の「イデオロギー」と距離を取り，ひ

とりの人間としてつつましく生きようという決意の表明なのではないだろうか。

　ゲドはセリダーに到着する前夜，舟のなかで眠るアレンを見ながら，以下の言葉をひとり述べる。ここには，これまで彼が力を尽くしてきたアースシー世界の平和達成という目標が近づいたこと，しかし仮にその目的が果たされた後は，ゲド自身は故郷のゴント島に戻る決意が述べられている。ゴントのヤギ飼いであった少年が，ロークに学び，自身の呼び出した影と戦い，アチュアンからエレス・アクベの腕環をテナーとともに奪還し，アースシー世界の魔法を統べるロークの魔法学院長となり，そして自らの魔術を使う最後の機会として，強大な敵と対峙しようとしている。しかしいまの彼が望むのは，魔術の力ではけっして学ぶことのできないことを，ゴントの山々と森の木々の間に帰って学ぶことだ。『アースシー物語』を通して，森やその木々が織りなす複雑な時空間は，太古の力と未来の予言をともに具現する，深遠にして豊饒な知恵の場である。ここに作者のル・グウィン自身が偏愛してやまない森林への敬意や，アメリカ先住民の自然観を見てもいいだろう。ローク学院の森に住む手本の師や，ここでゲドが憧れるゴントの森のオギオンなどは，まさにそのような森の木の葉に映し出される自然の痕跡を読みとることによって世界の来し方行く末を考える賢人たちである。その意味で彼らは先住民社会のシャーマンに近い存在と言えるかもしれないが，そこで強調されているのは特殊な予知能力や宗教的カリスマ性ではなく，自然と共生する者なら誰でも持ちうるような，謙虚で射程の広い知のありようなのである。こうして第3巻の終結近くになって，魔術の力は極限に達しながら同時に終局を迎えようとしているのかもしれない。このゲドの述懐こそは，この物語全体の大きな転回点をなすものだ。

"I have found none to follow in my way," Ged the Archmage said aloud to the sleeping boy or to the empty wind. "None but thee. And thou must go thy way, not mine. Yet will thy kingship be, in part, my own. For I knew thee first. I knew thee first! They will praise me more for that in afterdays than for any thing I did of magery. If there will be afterdays. For first we two must stand upon the balance point, the very fulcrum of the world. And if I fall, you fall, and all the rest. ... For a while, for a while. No darkness lasts forever. And even there, there are stars. ... Oh, but I should like to see thee crowned in Havnor, and the sunlight shining on the Tower of the Sword and on the Ring we brought for thee from Atuan, from the dark tombs, Tenar and I, before ever thou wast born!" ...... "Not in Havnor would I be and not in Roke. It is time to done with power. To drop the old toys and go on. It is time that I went home. I would see Tenar. I would see Ogion and speak with him before he dies, in the house on the cliffs of Re Albi. I crave to walk on the mountain, the mountain of Gont, in the forests, in the autumn when the leaves are bright. There is no kingdom like the forests. It is time I went there, went in silence, went alone. And maybe there I would learn at last what no act or art or power can teach me, what I have never learned."

(*The Farthest Shore*, "The Dragons' Run")

「だれもわたしの後にしたがう者はいなかった」、魔法学院長ゲドは声に出して、眠っている若者にとも、大気の風にともつかず言った、「おまえをのぞいては。でももうおまえは自分の道を行かなくては、わたしのではなく。それでもおまえの王権は、その一部は、わたしのものだ。おまえを見出したのはわたしなのだから。そうわたしが最初におまえを見つけたのだ！　人はそのことで後々、わたしが魔法でしたことよりもずっとわたしを誉めることだろう。…もし後の日々があればの話だが。まず私たち2人で均衡点、世界の支点に立たなくてはならないのだから。もしわたしが落ちれば、おまえも落ち、他のすべても。…少しの間だ、少しの間。どんな暗闇も永久に続くことはない。それに暗闇のなかでさえ、星がある。…が、それでもおまえがハヴナーで王冠をいただくところが見たい、剣の塔と腕環に太陽の光が輝くところを、アチュアンからおまえのために、その闇の墓からテナーとわたしで、おまえがまだ生まれてさえいない前に持ってきた腕環にな！」…（中略）「ハヴナーにも、ロークにも行くまい。もう力とはおさらばする時だ。古いおもちゃは捨てて、先へ進まなくては。自分の家に帰る時だ。テナーに会いたい。オギオンに会って、先生が死ぬ前に話がしたい、あのレ・アルビの崖の上にある家で。山を歩きたい、ゴントの山を，森のなかを，木々が明るく色づく秋に。森に勝る王国はない。そこに行く時だ、黙って、ひとりで。そうすればそこでやっと、行いや技や力が教えてくれなかったこと、わたしが今まで学べなかったことを学ぶことができるだろう。」

第3巻　**STORY・5**　　　　　　　　　　　　　　　死の国から帰る

　ゲドとアレンはセリダー島に到着する。荒涼とした美しさのあるこの島には，生き物の気配が感じられない。2人を龍のオーム・エンバーが訪ねてきた時，目指す標的であるコブという男の幻影が現れ，みなを愚弄して去る。オーム・エンバーはかならずこの男を見つけて，ともに退治しようと言って飛び去っていく。その夜，川のほとりで野宿した2人に，多くの死者たちが会いに来る。コブが約束した永遠の生によって死の世界から呼び出されてきたのだ。ゲドは彼らに言葉をかけて，死の国に戻してやる。こうして島を西へと歩いていく2人に，さらに亡霊たちが現れ，案内役のオーム・エンバーも口がきけなくなる。ついに西の果ての島の，そのまた西のはずれには砂浜が広がり，そこに龍の骨で立てた小屋があった。そこからエレス・アクベの亡霊が出てきて，ゲドはこの最大の英雄さえもコブの命令で死の世界から呼び出されてきたことに激しく怒り，彼を死の世界に戻してやる。ゲドが呪文を唱え，「わが敵現れよ」と言うと，男が現れ，鋼の杖でゲドを襲おうとした瞬間，オーム・エンバーがゲドとアレンの頭上を飛び越え，鋼の杖で突き刺されながらも男の上に覆いかぶさり，男と龍はともに死ぬ。しかし身体は死んでも，男はクモのように不気味な姿となって逃げ，ゲドとアレンも後を追う。不気味な闇のなかで荒野が広がり，2人は大人のひざぐらいの石垣を越える。これが生と死の世界の境界だ。目の前は長い下り坂で，大地は干からび，風も吹かず，黒々とした空には見知らぬ星が出ていた。町のなかに入るとなんの感情も見せない死者たちがいて，そのなかにはローク学院の召喚の師トリオンもいた。ゲドは彼に坂道を登って石垣を越え，生の世界に帰るように言うが，トリオンにはわからないようだ。町を越えると前方に山脈が広がり，2人はもう戻るには遠くまで来すぎてしまったことを悟る。2人はついに死の川の源にまで着く。そこには黒い穴が開いていて，その扉をゲドは魔術を使って閉じようとする。力の弱ったゲドに襲いかかるコブをアレンが何度も剣で叩き切り，ついにゲドは扉を閉ざし，コブを死の世界へと送ってやる。こうして世界はもう一度ひとつになったが，アレンとゲドには生の世界に戻るという，最後の苦闘が残されていた…。

# KEYWORD 29

## 死者の国への扉

　世界の均衡を乱したコブは肉体を滅ぼされても，闇そのものとして生き続けている。死んでも生の世界に戻る道を発見することで，生と死を分かつ扉をつねに開けておき，彼は自然を超え，自然を支配する術を身につけたと信じる。その術によって，あらゆる生物を自在に生と死の境界である石垣を行き来させ，自らの意思にしたがわせるというのだ。彼にとってすべては力であり，それ以外のものは意味がない。それに対してゲドは，肉体が滅びて死の世界に来るのは，名前だけ，塵と影だけだと言う。人は死ねば土となり，木の葉となり，鳥となって生き続けるのだ。逆説的な言い方だが，死を受け入れることによってのみ，人間は永遠に生を得ることができる。死こそが，かぎりあるがゆえにかけがえなく貴重な生の代価なのだ。男は永遠の生命を得るといいながら，死を拒否することによって名前も自己を喪失してしまい，もはやその空白を埋めることができない。

　ゲドにこのように言われた男は，絶望と諦念にかられるが，死の世界につながる扉まで逃げていく。男が自分の力ではもはや閉めることができない，その扉をゲドは生涯かけて磨いてきた魔術のあらゆる精神力を使って閉じ，世界をふたたび全きものにしようとする。もう少しで扉が閉じようとするところで，力を使い果たしたゲドに襲いかかる男，彼に剣で切りつけるアレン，しかし肉体が死んだはずの男は何度殺されても立ち上がる…。

　次に引用するのは，この恐るべき戦いの最後の場面だ。ゲドが残り少ない力を絞って発したひと言によって，死の川の扉が閉まり，男も死の世界へと送り出される。しかしゲドとアレンに残ったのは勝利というより，言葉に尽くせぬ終末の感覚だ。魔術の能力の終焉がこれほどまで圧倒的な迫力と静寂によって訪れようとは，私たちのだれが想像しえただろうか。

"Be thou made whole!" he said in a clear voice, and with his staff he drew in lines of fire across the gate of rocks a figure: the rune Agnen, the Rune of Ending, which closes roads and is drawn on coffin lids. And there was then no gap or void place among the boulders. The door was shut. The earth of the Dry Land trembled under their feet, and across the unchanging, barren sky a long roll of thunder ran and died away.

"By the word that will not be spoken until time's end I summoned thee. By the word that was spoken at the making of things I now release thee. Go free!" And bending over the blind man, who was crouched on his knees, Ged whispered in his ear, under the white, tangled hair. Cob stood up. He looked about him slowly, with seeing eyes. He looked at Arren and then at Ged. He spoke no word, but gazed at them with dark eyes. There was no anger in his face, no hate, no grief. Slowly he turned, went off down the course of the Dry River, and soon was gone to sight. There was no more light on Ged's yew staff nor in his face. He stood there in the darkness. When Arren came to him he caught at the young man's arm to hold himself upright. For a moment a spasm of dry sobbing shook him. "It is done," he said. "It is all gone." "It is done, dear lord. We must go."

"Aye. We must go home."

(*The Farthest Shore*, "The Dry Land")

「全となれ！」ゲドははっきりした声で言うと，杖を使って，岩の扉に火の線で，ある形を書きつけた——アグネン文様，道の行き止まりや棺のふたにしるされる終わりの文様だ。こうして岩はすき間も空白もなくなった。扉は閉じられたのだ。足元で乾いた国の大地が揺れ，変化することのない不毛の空に雷鳴がひとしきり轟いて消えていった。

「時の終わりまで語られることのない言葉でわたしはそなたを呼び出した。この世が創られた時に語られた言葉で今そなたを解放する。行くがいい！」そしてひざをついてうずくまっていた盲の男にかがみこみ，もつれた白髪の下の耳にささやいた。コブは立ち上がった。彼はゆっくりと辺りを見える目で見回した。アレンを見つめ，それからゲドを見た。何も言わなかったが，黒い目はしっかりと彼らを見すえていた。表情には怒りも憎しみも悲しみもなかった。ゆっくりと踵を返すと，乾いた川を下っていき，やがて見えなくなった。ゲドのイチイの杖にもその顔にもまったく明かりが消えていた。彼は暗闇のなかで立っていた。アレンが近づくと，ゲドは若者の腕をとってまっすぐに立った。一瞬，乾いたすすり泣きの発作が彼を襲った。「終わりだ」，彼は言った，「すべてが終わった。」「終わりました，先生。行かなくては。」「そうだね。家に帰らなければな。」

# KEYWORD 30

## 苦痛の石

　魔術のあらゆる技と，精神と肉体の力を使い果たしたゲドは，もはや自力で生の世界に戻れない。これまで彼の魔術を支えてきたあのイチイの杖も彼にとってはすでに不要でそこに置いてくるしかない。ゲドとアレンは生死の境界である石垣を越え，長い坂道を下って，死者たちの町を通り過ぎ，下りついた谷間から闇に包まれた山脈まで登って，死の川の源までやってきてしまった。戻るには遠くまで来すぎた２人にとっては，目前の闇に包まれた山を歩いて越えるしかない。すべてが死に絶えた漆黒の空間に，ひたすら険しい山道をたどる２人のあえぎ声だけが聞こえる。やがて力尽きて倒れたゲドを両腕で抱えて，アレンは山を登りきる。先に道はなく，崖の先には闇が見えているだけだ。希望をすべて失い，忍耐力だけで崖の縁まで這っていったアレンの目に，砂浜と海が見え，今しも地平線の金色の靄（もや）のなかに太陽が沈むところだった。ふたたびアレンはゲドを抱えてただ歩き始める，波と太陽に向かって…。

　砂浜で目を覚ましたアレンの傍らには冷たくなったゲドと，オーム・エンバーの亡骸があった。水を飲もうと川に行ったアレンは，１匹の龍が川辺にいて自分を見つめているのに気がつく。この龍こそ，最古参の龍カレシンだ。カレシンは背中にアレンとゲドを乗せ，このさいはての島からアースシーの島々の上を飛び，アレンを「平和を統べる未来の王」としてロークへ，そして「なすべきことをなし終えた」ゲドを故郷のゴントへと送り届ける。

　この巻の最後に引用するのは，砂浜で瀕死のゲドを抱いて途方にくれたアレンが，ポケットから見つけた小さな石の記述である。ゲドは小石ひとつでも地面から持ち上げれば，世界の均衡が乱れると言っていた。今，アレンのポケットに入っていた「苦痛の石」は，アレンが選択して取り上げたものではない。それでもそれは乾いた死の土地から生きているアレンの身体に移った。アレンやゲドだけでなく，数え切れない人々の痛みや苦しみや悲嘆や愛惜が凝縮された死の国の小さな石。これこそがゲドが何度も言っていた「なさねばならぬことだけをなす」ということの結果を凝縮した存在なのだろうか？　そこに本人の選択があったのか，運命の強制だったのかの問いは意味をなさない。アレンは果てなき道を越えて，さいはての岸辺に到着した，魔

術の力でも人間の欲望によってでもなく、ただそうしなくてはならなかったからだ。こうしてアレンの行為は、ゲドの魔術の力を超えることによって、魔法を救った。彼はこの後、王として本名のレバネンを公に使うだろう。それは強大な権力を持つ自分こそがもっとも弱点をさらけ出す存在たらんとする決意にほかなるまい。かくして魔術の力が終わるところに魔法世界の政治が始まる。そしてこれからのアースシー世界は、魔術より人間の力そのものを試す世界となっていく、そんな予兆がアレンの手に握られた小石にはこめられているのである。

He felt about in his pockets as he sat there, huddled with Ged in the fog, to see if he had anything useful. In his tunic pocket was a hard, sharp-edged thing. He drew it forth and looked at it, puzzled. It was a small stone, black, porous, hard. He almost tossed it away. Then he felt the edges of it in his hand, rough and searing, and felt the weight of it, and knew it for what it was, a bit of rock from the Mountains of Pain. It had caught in his pocket as he climbed or when he crawled to the edge of the pass with Ged. He held it in his hand, the unchanging thing, the stone of pain. He closed his hand on it and held it. And he smiled then, a smile both somber and joyous, knowing, for the first time in his life, alone, unpraised, and at the end of the world, victory.

(*The Farthest Shore*, "The Stone of Pain")

アレンはそこに座って、霧のなかでゲドを抱え、何か役に立つものはないかとポケットをまさぐった。上着のポケットに何か硬い、角のとがったものがあった。彼はいったいなんだろうかと取り出して、それを見た。それは小さな石で、黒い色をして、ところどころに穴があき、硬い。彼は投げ捨てようとした。けれどもその角を手でさわり、その荒さや焼けつくような感覚、その重さを感じて、それが何だったのかがわかった、苦痛の山脈の岩のひとつだったのだ。アレンが山を登るか、ゲドと一緒に峠の崖を這っていた時にポケットに入ったに違いない。彼はそれを手のひらにのせた、永劫に変化することのない、苦痛の石を。手のひらを閉じ、つかんでみた。そして彼は微笑んだ、静かな喜びにあふれた微笑みだ、生きていて初めて、ひとりで、だれに誉められることもなく、世界の果てで、勝利というものを知ったのだから。

アースシー世界を読み解く
## 基本キーワード・3 ── 言葉と魔術

　『アースシー物語』における魔術の特徴はなんといってもその倫理性にある。倫理というのはこの場合，他者に対面したときの自省的な態度と，他者と対話する際の開かれた姿勢を指す。つまり，自分が他人や動物や自然と交流するときに，いかに自らを律し，他者と関係を築いていくのか，が魔術の根本的な任務にして目的とされているのである。その点で『アースシー物語』における魔術は，他の多くのファンタジーにおけるような，自己の欲望を達する策略とも，空想的な現実逃避の手段とも明確な一線を画した，まさに私たち自身が自分たちの世界で生きぬくための知恵の源にして，その葛藤の証拠なのだ。

　このことは『アースシー物語』全体を通して，単なる技術としての，あるいは他者を支配したり自然の営みを左右したりする能力としての魔術の限界がさまざまな場面で示唆されていることとも関係する。こうした文脈から考えれば，他者支配の技としての魔術はいわば知識としての魔術であり，それに対してより自然の摂理や人間の他者に対する倫理感を基にした古来普通の人々のあいだで受け継がれてきた知恵とも言うべきものを魔法と名指すこともできるだろう。

　そのような魔術を発動させるのが，私たちと私たちの世界の創造の源泉にある真の言葉であり，天地創造の言語である。私たちはふつう言葉を長じるにしたがって獲得するもの，と考えがちだが，『アースシー物語』では，それを人間が人間世界に限定して暮らすようになって，本当の言葉を忘れてしまったものと考える。つまり，魔術を習得し，その倫理性に目覚めるとは，私たち自身が日々の生活のなかで忘却してしまった世界と他者との繋がりを，再び回復しようとする試みに他ならない。そしてそのような繋がりの証が，他人の真の名前を共有し，それを最大の友情のしるしとする姿勢なのである。

The gift of magic is empowered mainly by the use of the True Speech, the Language of the Making, in which the name of a thing is the thing.

　The speech, innate to dragons, can be learned by human beings. Some few people are born with an untaught knowledge of at least some words of the Language of the Making. The teaching of it is the heart of the teaching of magic.

The true name of a person is a word in the True Speech. An essential element of the talent of the witch, sorcerer, or wizard is the power to know the true name of a child and gibe that child that name. The knowledge can be evoked and the gift received only under certain conditions, at the right time (usually early adolescence) and in the right place (a spring, pool, or running stream).

Since the name of the person is the person, in the most literal and absolute sense, anyone who knows it has real power, power of life and death, over the person. Often a true name is never known to anybody but the giver and to the owner, who both keep it secret all their life. The power to give the true name and the imperative to keep it secret are one. True names have been betrayed, but never by the name giver.

(*Tales from Earthsea*, "A Description of Earthsea")

　魔術の才を発揮させるのはおもに真の言葉の使用によるが，これは天地創造の言語であって，そこではある物の名前が物そのものである。
　この言葉は龍の生来の言葉だが，人間にも習得可能だ。なかには少数，生まれつき教えられずとも，この天地創造の言語の単語を少なくともいくつか知っている者がいる。この言葉を教えることが魔術教育の核心にある。
　人の本当の名前は真の言葉の1語だ。魔女，まじない師，魔術師の能力として肝要なのは，子どもの真の名前を知り，その子にその名を与える力である。その知識は特定の条件のもとで呼び出され，贈り物として授受されるが，それにふさわしい時（ふつうは思春期）と場所（泉，池，小川の流れなど）がある。
　人の名前はまさに文字通りの完全な意味でその人そのものであり，それを知る者はその人に対してその生と死を左右する絶対的な力を有する。真の名前はそれを授けた者とその所有者自身にしか知られないことがしばしばで，彼らはそれを生涯秘密にしておく。真の名前を授ける力と，それを秘密にしておく義務とは切り離せない。真の名前が暴かれてしまうことはあるが，授けた者によってそれが明らかになってしまうことはありえない。

# 4
## [第4巻]
## テハヌー
### (Tehanu)

［主要登場人物］
- テナー（Tenar）（ゴハ（Goha））：魔術を学ぶも，家庭の主婦として生活してきた女性。死の国への旅で傷ついて戻ったゲドを介抱する。
- ゲド（Ged）：ロークの学院長だったが，死の国への旅で魔法の力を失う。
- セルー（Therru）（テハヌー（Tehanu），岩波訳ではテルー）：虐待を受け，心身に傷を負った少女。
- モスばあさん（Aunty Moss）：レ・アルビの村の魔女。
- アスペン（Aspen）：レ・アルビの邪悪な魔術師。
- カレシン（Kalessin）：龍の長老。

## 第4巻　STORY・1　　　　　　　　　　　　炎から生まれて

　アチュアンから脱出して来たテナーは，ゴント島のオギオンの弟子になるが，結局魔術師にはならず，島の東南のオーク・ファームで農夫と結婚し，夫の死後もひとりでその農園に残っている。子どもが2人あるが，息子は船乗りとなり，娘は近くの町の商人と結婚したので，今はひとり暮らしで，夫がつけたゴハ（白いクモの意味）という名前で呼ばれていた。ある日，村の友人のラークが，火のなかに捨てられた女の子を助けた，と言ってくる。その子は体の右半分にひどい火傷（やけど）を負い，右目も見えない。テナーは子どもを引き取り，燃えるという意味のセルーと名づけてともに暮らすことにする。

　1年以上たった時，レ・アルビからの使いがオギオンが会いたいという伝言を持ってくる。テナーはオギオンのもとで魔術師になったわけではないのだが，その後も彼とは交流があり，オギオンの方でもテナーに娘のような親愛の情を抱いていたのだ。年老いたオギオンが死ぬ前に会いたいのだと察したテナーはセルーを連れて，山を越え，彼がひとりで暮らす家に向かう。途中テナーはセルーに，オギオンが昔会ったという，ゴント島西北端のキメイという村で出会った老婆の話をして聞かせる。彼女は龍に姿を変えることができたという。

　山道で2人は4人の男に邪魔をされそうになるが，テナーの大胆な行為で難をまぬがれる。しかしそのひとりがかつてセルーを火のなかに捨てたハンディという男で，この後もテナーとセルーにつきまとうことになる。

　自らの死の近いことを悟ったオギオンは，家のなかでは死にたくないと，森のなかのブナの木の根元にまで歩いていき，テナーに，「待つのだ。これからはすべてが変わる，」と言い残し，自らの真の名前アイハルを明かして亡くなる。その夜，村人たちがオギオンの傍らで通夜をし，翌日，レ・アルビの領主に仕える魔術師とゴントの港町の魔術師とがやってくる。彼らはテナーを女だからと馬鹿にし，自分が死んだこの場所に葬ってくれるようにとのオギオンの遺言を彼女が伝えても，まともに取り合おうとしない。そこへ思いがけず，村の魔女であるモス（こけの意味）ばあさんが割って入って，テナーがオギオンを最後に看取った人物であることを証言する。魔術師たちはテナーの剣幕におされて，オギオンの埋葬にしぶしぶ同意する。

## KEYWORD　31

### 龍の記憶

　これまでの巻でも龍と人間とのつながりが取り扱われてきたが，この第4巻では，それがアースシー世界における魔法の鍵を握るものとされていく。ここから第5巻を経て最後の第6巻までこの主題は物語の中心にあり続ける。しかもそのときに重要なのが，ときに唄を通じた物語の何重もの伝播を可能にする，語り手および聞き手である女性たちの存在だ。ここでテナーがセルーに語る話，その昔，師のオギオンがキメイ村の老婆から聞いたという唄の話は，私たちがこれから何度も思い起すことになるだろう。

　これまでは人間のなかで現在まで龍の知恵である天地創造の真の言葉を保持してきたのが魔術師であるとされてきた。しかしキメイ村の老婆の歌によれば，魔術師を含めて昔自分が龍であったことを知っている人間たちや，昔自分が人間でもあったことを知っている龍たちがいるという。もうひとつ見落としてならないことは，龍の記憶をめぐるこの老婆の話が，他ならぬテナーによってセルーに向けて語られることで，私たち読者に共有されていることだ。STORY・1で述べたようにテナーはオギオンから魔術の手ほどきは受けたけれども，彼女自身は魔術師とならず，いわば「普通」の女性として生活してきた。しかしそのことはかえってオギオンとテナーとのあいだに肉親の情にも近い，というか肉親の情さえも超えた絆を作った。孤高の魔法使いオギオンも，ひとりで生きひとりで死ぬのではなく，又そんなことを望んでいる訳でもないというこの事実は，今後のアースシー世界における魔術の地位の転換を考える意味で大きなヒントとなるのではないだろうか。もう一点，私たちは第4巻以降，魔術とジェンダーの問題にくりかえし立ち会うことになるのだが，テナーが魔術師とならず，しかしセルーという今後の物語において決定的な核となる少女を「娘」として育てたということが，魔術がいかに「女性的な存在」と深く錯綜した関係にあることを示唆する契機となっているのだ。

　以下の引用の最後に出てくる「私たち」もどうやら，おそらくこの老婆や，テナーやセルーを含む，「女性たち」を直接的ではないまでも指しているのではないか。そのことは物語が進むにつれて，しだいに明らかになっていくので，あまり先を急がないようにしよう。ともかく，やや長い引用にな

るが，美しい文章でつづられた語りの魅力を堪能してほしい。ここには龍と人間がひとつであったかつての黄金時代をなつかしむ気持ちと，それがふたたび到来するであろう未来への希望がうかがえるのではなかろうか。

"When Segoy raised the islands of the world from the sea in the beginning of time, the dragons were the first born of the land and the wind blowing over the land. So the Song of the Creation tells. But her song told also that then, in the beginning, dragon and human were all one. They were all one people, one race, winged, and speaking the True Language.

"They were beautiful, and strong, and wise and free.

"But in time nothing can be without becoming. So among the dragon-people some became more and more in love with flight and wildness, and would have less and less to do with the works of making, or with study and learning, or with houses and cities. ......

"Others of the dragon-people came to care little for flight, but gathered up treasure, wealth, things made, things learned. They built houses, strongholds to keep their treasures in, so they could pass all they gained to their children, ever seeking more increase and more. ......

"So those who had been both dragon and human changed, becoming two peoples—the dragons, always fewer and wilder, scattered by their endless, mindless greed and anger in the far islands of the Western Reach; and the human folk, always more numerous in their rich towns and cities, filling up the Inner Isles and all the south and east. But among them there were some who saved the learning of the dragons—the True Language of the Making—and these are now the wizards.

"But also, the song said, there are those among us who know they once were dragons, and among the dragons there are some who know their kinship with us. And these say that when the one people were becoming two, some of them, still both human and dragon, still winged, went not east or west, on over the Open Sea, till they came to the other side of the world. There they live in peace, great winged beings both wild and wise, with human mind and dragon heart. And she sang,

*Farther west than west*      *beyond the land*

> *my people are dancing on the other wind.*
> (*Tehanu*, "Going to the Falcon's Nest")

「セゴイがこの世の始まりに海から世界の島々をこしらえた時，陸地で最初に生まれたのは龍で，陸地の上には風が吹いていた。そう天地創造の歌は言うのね。でもおばあさんの歌はそれだけでなくて，はじめは龍と人間とがひとつだったとも言うの。同じひとつの種族の者で，翼があって，真の言葉をしゃべっていた，と。

「みんなきれいで，強くて，賢く，自由だった。

「でも時がたてばなにごとも変わらないわけにはいかない。それで龍人のなかにはますます飛ぶことと野放しが好きになって，物を作ることや勉強や家や町作りに興味がなくなってしまった。(中略)

「ほかの龍人のほうは，飛ぶことはどうでもよくなってしまい，宝や富を集め，物を作って色々と学んだ。それで宝物をしまっておく丈夫な家を建てて，集めたものを子どもたちに渡せるようにして，ますます富を増やしたのね。(中略)

「というわけで龍と人間の両方だった者たちが変化して，2つにわかれたの，龍のほうはいつも数が少なくて野放しで，欲と怒りにもかぎりがなく，あまり考えもしないうちに，西の果ての島々にばらばらに住むようになった。人間のほうは華やかな町や都会にいつも数多く住んで，内海と西と東の島々を埋めつくすようになってね。でも人間のなかにも，龍でいたころに学んだものを大事にしている人たちがいて，つまりそれが真の天地創造の言葉なんだけど，それが今の魔法使いさんということになるの。

「でもね，歌によると，私たちのなかにも自分がかつて龍だったということを知っている者がいて，龍のなかにも私たちとのつながりを知っているものが今でもいるというのよ。それでこういう人たちが言うには，ひとつの者が2つになった時に，そのなかのある者が，まだ翼を持った人間でも龍でもあった者がね，東にも西にも行かず，広い外海の上を飛んでいって，世界のもうひとつの側に行ってしまったんだって。そこでみんな野放しだけれど賢い大きな翼をもった生き物として，平和に暮らしているの，人の頭と龍の心を持ってね。それでおばあさんはこう唄ったの，

西よりももっと西　　　　　　　陸地のかなた
わたしの仲間が踊っている　　　もうひとつの風に乗って。

# KEYWORD 32

## 魔術師と魔女

　先の引用で見たように，龍の知恵である天地創造の真の言葉を保持してきた存在が現在の「魔術師＝wizard」であるとされており，しかもそのジェンダーは明示されていないが，おそらく大半が男であると想定される。しかしそれならば，このキメイ村の老婆や，彼女を含む「魔女＝witch」の存在をどう考えればいいのだろうか。魔術をめぐる男らしさ女らしさという社会的な性差（ジェンダー）が第４巻以降の主要な力学となるのだ。

　ここで引用する場面もジェンダーを問題化した一節であり，しかもテナーを目の敵にするレ・アルビの領主の魔術師との出会いという点で，不吉な兆しを孕んでいる部分でもある。レ・アルビの偉大な魔法使いとして，かつて町を地震から救ったこともあるオギオンの遺体をどこに葬るかを決めるのは，この土地においてだれの意見がいちばん重視されるのかを暗黙に示す事柄である。ゴントの港からやってきた中年の魔術師はゴント市がその任にあるべきだと考え，レ・アルビの領主つきの若い魔術師は領主がその名誉を担うべきだと考える。しかし彼らは自分たちの都合ばかりを考えて，もっとも近しい存在であったテナーの言葉はまったく聞いておらず，オギオンを慕って通夜をした村人たちなど眼中にない。そんな時，オギオンがテナーの言うとおり，このブナの木の根元に埋めてほしいと言ったと証言し，この論争に決着をつけるのが，レ・アルビの村の魔女であるモスばあさんだ。テナーの周りには，多くの女たちがいるが，モスは第４巻でとても印象の深い女性のひとりだ。長い間風呂にも入らず，白髪を魔女結びにし，薬草をたく煙のせいで充血した目をしているモスばあさんは，最初はテナーにも敬遠されていたが，この事件の後しだいに彼女の親しい友人のひとりとなっていく。

　以下に引用するのは，この場面の最後で，オギオンの真の名前という魔法使いにとってもっとも大事なことにさえ注意を払わず，自分たちの保身だけを考える男の魔術師たちに，テナーが驚きと怒りと蔑みを示すところだ。ここでテナーが拾い上げてオギオンの手のなかに持たせるモスのお守りは，少し前にレ・アルビの魔術師が杖の先で邪険にほうり捨てたもの。ここでは，テナーとレ・アルビの領主の魔術師との不和の原因が示されるだけでなく，テナーとモスとの女の無言の絆を介した，魔術師の男と魔女との二項対立と

いう，魔術世界におけるジェンダーの問題が見事に提示されている。

"Oh!" she said. "This is a bad time—a time when even such a name can go unheard, can fall like a stone! Is listening not power? Listen, then: his name was Aihal. His name in death is Aihal. In the songs he will be known as Aihal of Gont. If there are songs to be made any more. He was a silent man. Now he's very silent. Maybe there will be no songs, only silence. I don't know. I'm very tired. I've lost my father and dear friend." Her voice failed; her throat closed on a sob. She turned to go. She saw on the forest path the little charm-bundle Aunty Moss had made. She picked it up, knelt down by the corpse, kissed the open palm of the left hand, and laid the bundle on it. There on her knees she looked up once more at the two men. She spoke quietly.

"Will you see to it," she said, "that his grave is dug here, where he desired it?" First the older man, then the younger, nodded.

(*Tehanu*, "Ogion")

「やれやれ！」彼女は言った，「ひどい時代ね——これほどの名前が聞かれもせず，石ころのように落っこちるとは！　耳を傾けるのは力ではないんですか？　いいですか，よく聞いて。アイハルというのがこの人の名前でした。死んでからの名前はアイハルです。歌のなかでこの人はゴントのアイハルとして知られるでしょう。これからも歌が作られるならばの話ですが。多くを語らない人でした。今はもっとものを言いません。歌なんか作られずに，沈黙だけかもしれませんね。わかりません。疲れました。父と友をいちどきに失くしたんです。」テナーは声が詰まって，すすり泣きで喉がふさがれた。行こうとして，森の小道にモスばあさんが作った小さなお守りの包みを見つけた。彼女はそれを拾って，亡骸のそばにひざまずき，左の手のひらにキスをして，お守りをそこにのせた。ひざをついたまま彼女はもう一度2人の男たちを見上げ，静かに口を開いた。

「お願いしますね」，彼女は言った，「この人のお墓はここに掘ってくださいますね，この人が望んだところに？」

はじめに年取ったほうの男が，それから若いほうがうなずいた。

## 第4巻　STORY・2　　　　　　　　　　　　　　　　　　　帰ってきたゲド

　テナーは「待っていなさい，何もかもが変わるから」というオギオンの遺言を考えながら，彼の家で「待つ」ことにする。セルーもここに来てから，他人に対する極度の恐怖や警戒心が薄れてきたようだ。とくにおとなしいがややのろまなヤギ飼い娘のヘザーと，モスばあさんとはとても仲がいいようだ。モスばあさんはセルーにしきりに魔術を教えているようだが，テナーはそれがあまり気に入らない。だいたい魔術は男のもので，これまで女の偉大な魔術師は出ていない。自分のことを魔術師とかまじない師と名乗る女はいても，その力は訓練されておらず，技術や知識を伴わなかった。少なくとも，魔術を習ったが結局は農園で生計をたてるひとりの女性となったテナーはそう考えていた。

　オギオンの家のある集落を北に1マイルほど行くと高山台地があって，岩棚の間にアザミが生えたそこの崖から海を臨むことができる。ある日テナーがそこに座って海を眺めていると，遠くから1匹の龍が飛んで来て，なんとその背中にゲドが乗っているではないか。この龍こそ，第3巻の最後にレバネンとゲドを西の果ての島セリドーから運んできたカレシンで，今ゲドを故郷の島ゴントに運んできたのだ。テナーはカレシンの言葉を理解し，かろうじて息はしていてもまるで力のないゲドを，龍の背から抱え降ろして，家に連れて帰る。

　こうしてテナーのもとに帰ってきたゲドだが，魔術を行う力がすでにないどころか，体力の回復もままならず，テナーは彼がこのまま死んでしまうのではと心配する。しかしモスばあさんの看護のかいもあって数日後にゲドは意識を取り戻す。テナーを認め，その名前を呼んでくれたのだ。彼女はそのことが嬉しく，生まれて初めてゲドの頬にキスをする。こうしてゲドはしだいに元気になるが，あまり多くを語ろうとせず，テナーとの会話も気まずい。何より彼はロークから人が来て，学院長という地位に引き戻されるのを恐れているらしい。ゲドは体力が回復すると，森のなかのオギオンの墓を訪ね，師が愛していた山道をたどるのが常だった。テナーはそんなゲドを，自分のことしか考えない男だと思う。セルーをなぜ自分が引き取ったのかもわからない勝手な男。テナーにはかつて自分をアチュアンの闇の力から救い出した男，魔法使いの長にまでなった彼が，その力を失ったなどとはどうしても理解できないのだった。

## KEYWORD 33

### テナーと龍

　龍のカレシンが西の果ての島セリダーから，レバネン（アレン）とゲドを乗せて内海に連れて帰り，レバネンをロークに降ろしたところで，第3巻は終わっていた。カレシンはそのままゲドをこのゴント島の故郷に連れて帰ってきたところで，3巻と4巻がつながる。しかしそのつながりは，たんなる物語の連鎖ではない。すでに3巻の終わりで見たように，ゲドはあらゆる魔術の力を使い果たし，この4巻でもほとんど廃人のようになってしまっている。またゲドがこうして帰ってくる少し前に，ゲドやテナーの師であったオギオンも亡くなっている。つまり，第4巻はあらゆるすぐれた偉大な魔法使いたちの終焉からはじまっているのだ。となると，アースシー世界において魔法の秩序を守り，魔術の技の継承を確かとする者はいったいだれなのか？　これがこの巻が掲げる問いである。

　レバネンが死の闇の国から生還したことによって，ハヴナーにおける世俗的な政治権力の長たる王にはレバネンという確固たる継承者がいる。しかし学院長だったゲドがロークに戻らず，故郷のゴントに帰ってしまった今，魔法学院の長の座を継ぎ，魔法世界の秩序を統べる者は？

　この問いは今後も問われ続けることになるが，まずここで注目しておきたいのは，テナーと龍のカレシンとの絆である。テナーはかつて弟子入りしたオギオンから魔術をあやつる太古の言葉である龍の言語を習っているので，カレシンの言うことを理解し，互いに名前を交換しあう。さらに驚くことに，テナーがカレシンの目を凝視し，両者は見つめあう。龍の黄色の目を人間が見つめると頭がおかしくなるといわれているのに，テナーにはそのような恐れも兆候もない。このテナーと龍との不思議な運命的とも言うべきつながりが，今後もこの物語における女性的なものと龍の知恵と力との結びつきとして，くりかえし示唆されていくことになるだろう。

　以下に引用するのは，カレシンの背からゲドを降ろしたテナーと，初めて会ったにもかかわらず運命的な絆で結ばれたカレシンとの別れの場面である。たがいに本名を名乗りあう龍と女。テナーは今後もカレシンの名を口にするたびに，自分の声に応える龍の黄金の光や熱を感じることだろう。この単純で力強い文章からは，アースシー世界の変転にさいして女たちが果たし

ていくであろう驚くべき役割が予感される。

　The dragon turned its immense head and in a completely animal gesture nosed and sniffed at the man's body.
　It lifted its head, and its wings too half lifted with a vast, metallic sound. It shifted its feet away from Ged, closer to the edge of the cliff. Turning back the head on the thorned neck, it stared once more directly at Tenar, and its voice like the dry roar of a kiln-fire spoke: "*Thesse Kalessin.*"
　The sea wind whistled in the dragon's half-open wings.
　"*Thesse Tenar,*" the woman said in a clear, shaking voice.
　The dragon looked away, westward, over the sea. It twitched its long body with a clink and clash of iron scales, then abruptly opened its wings, crouched, and leapt straight out from the cliff onto the wind. The dragging tail scored the sandstone as it passed. The red wings beat down, lifted, and beat down, and already Kalessin was far from land, flying straight, flying west.

(*Tehanu*, "Kalessin")

　龍はその巨大な頭をまげて、まったく動物のしぐさで鼻を近づけ、男のからだの臭いを嗅いだ。
　龍は頭を上げ、その翼も半分ほど巨大な金属製の音をたててあげた。足をゲドから遠ざけ、崖の端に近づいた。頭をとげの生えた首の後ろに回して、もう一度まっすぐにテナーを見つめ、釜の火のような乾いた大音響をたてて自ら名乗った、「テッセ　カレシン（わが名はカレシン）」。
　海の風が龍の半分開いた翼のなかで音を立てた。
　「テッセ　テナー」と女もはっきりした、震える声で応えた。
　龍は目をそらし、西のほう、海のほうに目を向けた。長い胴体を音を立てひねり、鉄のうろこがあたる音がしたかと思うと、突然龍は翼を開き、かがんでから、風のほうに崖から一気に飛んだ。後ろに引きずった尻尾が岩棚にあとを残していった。赤い両翼が下に叩かれ、上にあがり、また下を叩いて、すでにカレシンは陸地から遠くに離れ、まっすぐ西を目指して飛んでいった。

# KEYWORD 34

## 再会と目ざめ

　テナーのもとに帰ってきたゲド。しかし2人の再会は，私たち読者がもしかしたら期待していたような，震えるような喜びとか，平安な安堵の日々を約束するものではなかった。何より2人が別れてから，あまりに多くの年月がたってしまった。そのあいだにゲドはさらなる魔法使いとしての仕事を重ね，アースシー世界でもっとも偉大な魔法使いとなり，そしてその最後の務めで，持てる力を使い尽くしてしまった。テナーのほうはと言えば，しばらくオギオンのもとで魔術を学んだけれども，しかし魔術師とはならず，自らの意志で「普通の」生活者としての道を選択し，農夫の妻となって2人の子どもを育て，平凡だがそれなりに充実した人生を送ってきた。そんな2人が今さら再会したところで，どんな理解がお互いの間に可能だろう。自分の身に起きたことをあまり語りたがらないゲド，彼のことを心配しながら，あまりに自分勝手だと腹立たしくも思うテナー。2人はなかなか打ちとけない。時間が必要なのだ，彼女らにも，そして私たちにも。

　そんなゲドとテナーだが，オギオンの家にゲドが連れて来られてから，初めて傍らにテナーがいることを認める場面は，しみじみと温かい。ゲドの傷ついた手にテナーが軟膏を塗っている時，彼は目を覚まして，すぐに彼女に気づく。そのことが嬉しくて，テナーは無意識にゲドにキスをする。その夜，彼女はそれを思いかえし，自分とゲドが身体を触れ合ったことがないことに思い当たる。ゲドが自分の名前を覚えていてテナーと呼んでくれたことの嬉しさ，でも同時にゲドと自分との身体的接触がこれまであまりに希薄であったことに今さらながら気づいたテナーは動揺する。身体の接触を2人が避けてきた理由はいったいどこにあったのだろうか。こうしてゲドとテナーとの再会は，第4巻をつうじて，肉体の欲望，とくにゲドのような魔法使いの性欲に関する考察を深めていく。ゲドの肌に触れたテナーの戸惑いから喜びまでが，一編の夢のように伝わる描写だ。

"Tenar," he said without smiling, in pure recognition beyond emotion. And it gave her pure pleasure, like a sweet flavor or a flower, that there was still one man living who knew her name, and that it was this man.

She leaned forward and kissed his cheek. "Lie still," she said. "Let me finish this." He obeyed, drifting back into sleep soon, this time with his hands open and relaxed.

Later, falling asleep beside Therru in the night, she thought, But I never kissed him before. And the thought shook her. At first she disbelieved it. Surely, in all the years—Not in the Tombs, but after, traveling together in the mountains—In *Lookfar*, when they sailed together to Havnor—When he brought her here to Gont—? ......

Did I never *think* of it? she asked herself in a kind of incredulous awe.

She did not know. As she tried to think of it, a horror, a sense of transgression, came on her very strongly, and then died away, meaningless. Her lips knew the slightly rough, dry, cool skin of his cheek near the mouth on the right side, and only that knowledge had importance, was of weight.

(*Tehanu*, "Bettering")

「テナー」、彼は頬をゆるめずに言った、感情のこもらない純粋な認知だ。それが彼女には純粋な喜びを与えた、甘い香りか花のように、自分の名前を知る男がまだひとり生きている、そしてそれがこの人であることに。

テナーは顔を近づけ、ゲドの頬にキスをした。「じっとしてて」、彼女は言った。「これを終わらせるから」。彼はしたがい、すぐに眠りにおちた、今度は安心したように両手を開いて。

後になってその夜、セルーのそばでうとうとしながらテナーは思った、そういえば彼に一度もキスしたことがなかったと。この思いは彼女を驚かせた。最初は信じられなかった。まさか、こんなに長い年月——墓所ではなかったけれど、その後、一緒に山を旅した時——遠見丸でハヴナーに一緒に航海した時——ここゴントに連れてこられた時は？…（中略）

そのことを一度もわたしは考えたことがなかったの？　彼女は自分でも信じられない思いで、自らに問うた。

わからない。考えれば考えるほど、ある恐れが、いけないことをしているという感覚が、とても強く湧いてきて、それから消えていった、意味もなく。彼女の唇にはゲドの頬の右側の口に近くの、少し荒れて乾いた、冷たい皮膚の感覚が残っていて、そのことだけが大切で、重みがあった。

# 第4巻　STORY・3　　　　　　　　　　　ハヴナーからの誘い

　ゲドは乾ききった死の国で最後に残った「コップ一杯の水」を使い切るように魔術を使い切ってしまったと，テナーに語る。それはちょうどテナーがセルーを明るい将来などないと知りながら自分のもとに引き取ったように，それしかできなかったからだ，と。テナーはゲドの言うことが本当だと思いながらも，セルーの将来をそのような形で否定されたことに怒りを覚える。それは，セルーに対して何もできない自分への怒りなのかもしれないが。そんなテナーの目に故郷のアチュアンでは「テハヌー」と呼ばれていた白い夏の星が見える。その星が龍の言葉では何というのかを思いながら，たとえセルーの将来が暗いとしても，それはこの子のせいじゃない，とテナーは考えるのだった。

　ゴント港にハヴナーから大きな船が入ってきた，という知らせがもたらされる。ゲドはそれが王からの使いだと勘づいて，彼らと会うのを恐れ，逃げ腰になる。やがて何人かの立派な身なりの人間がオギオンの家への道を上がってくるとの知らせを受けたテナーは，ゲドを一時モスばあさんのところにかくまってもらう。ゲドの言うとおり，彼らは戴冠式にゲドに出席してほしいというレバネン王からの知らせを携えてきたのだった。テナーは彼らを丁重にもてなし，もしゲドが王に会いたくなれば自分でそうするはずだと，彼らを送り出す。過去を思い出させるものを避けたいというゲドの気持ちを察したテナーは，彼を島の東側の自分の農園に避難させる。

　モスばあさんはテナーに，魔術師は力を維持するために性欲を抑制すると語る。でも魔女は男の魔術師と違って，性欲に対する自己抑制はないという。しかしテナーにはどうして男と女とで魔術が違うのかがわからない。

　セルーは少しずつ成長していくが，ある日，かつて彼女を虐待した男ハンディがテナーのいない間にこの家にやってくる。ハンディがレ・アルビの領主の館で干し草作りに雇われたと聞き，テナーは領主の魔術師アスペンにそのことを質しにいくが，アスペンはテナーに対する軽蔑と憎悪をむきだしにして「魔女」と罵り，呪いをかけようとする。その場は通りかかった王の使者たちのおかげで事なきを得るが，オギオンの家にまでアスペンの呪文がかけられるに及んで，テナーは難を避けセルーを連れて自分の農園に帰ることにする。

## KEYWORD 35

## 魔法と禁欲

　すでに見たように，第4巻から物語の焦点は，魔術師の能力から，男の魔術師と魔女との違いへと移っていく。それは魔術をめぐる男と女の差異に留まらず，日常生活におけるジェンダーによる仕事分担や，世界観の違いにまで及ぶ。とくに関心をひくのが，性欲の問題だ。テナーはゲドと自分がどうしてこれまで性的な関係どころか，身体的な接触さえほとんどなかったかを考えて驚き悩むが，以下の引用にあるように，それは男の魔術師の特殊な訓練のせいだ，と魔女であるモスばあさんは言う。モスはロークの魔法学院で訓練を受けた魔術師のような術が使えるわけではないが，しかし日常的な知恵や生活技術の実践において卓越している多くの魔女のひとりとして，市井の人々が生きて行く上での喜びと哀しみを知りつくしているのだろう。

　こうしてテナーはモスばあさんと会話を交わすうちに，どうして自分とゲドがこれまで肉体的な接触を避けてきたのか，それに対するゲドの気持ちがだんだんと理解できるようになる。そしてさらに，そのような理解への道を開いてくれたモスばあさんに対する親愛の情も増していく。この場面の最後で，テナーがモスに歩みより，その手をとって頬にキスをする。それに応えてモスはおずおずとテナーの頭にさわり，生前オギオンが彼女にしてくれたように，やさしく彼女の頭をなでる。このような反復される小さな親愛を示す動作が，やがてよりたしかな結びつきとなっていくのだ，女同士の間で，そしてひとりの男とひとりの女の間で。

　"But why, but why—why did I never *think*—"
　The witch laughed aloud. "Because that's the power of 'em dearie. You don't think! You can't! And nor do they, once they've set their spell. How could they? Given their power? It wouldn't do, would it, it wouldn't do. You don't get without you give as much. That's true for all, surely. So they know that, the witch men, the men of power, they know that, the better than any. But then, you know, it's an uneasy thing for a man not to be a man, no matter if he can call the sun down from the sky. And so they put it right out of mind, with their spells of binding. And truly so. Even in these bad times we've been

having, with the spells going wrong and all, I haven't yet heard of a wizard breaking those spells, seeking to use his power for his body's lust. ......
  Tenar sat thinking, absorbed. At last she said, "They set themselves apart." "Aye. A wizard has to do that." "But you don't."
  "Me? I'm only an old witchwoman, dearie." ......
  "Ours is only a little power, seems like, next to theirs," Moss said. "But it goes down deep. It's all roots. It's like an old blackberry thicket. And a wizard's power's like a fir tree, maybe, great and tall and grand, but it'll blow right down in a storm. Nothing kills a blackberry bramble."

(*Tehanu*, "Hawks")

　「でもなんで，なんで…なんでわたしはあのことを考えなかったんだろう…」
　魔女は声を出して笑った。「そりゃ，それが向こうさんの力ってもんですよ。考えないって！　考えることができないようにされているの！　あちらもそうですよ，自分で自分にまじないをかけてしまったら。どうしてできます？　すごい力の持ち主ですよ。だめ，だめ，無理というものさね。何かを得るには何かを差し出す。それが道理ってもんでしょ。それにあの人たち，魔術を使う男たちは，力があって，何でもよく知ってますからね。でもね，わかるでしょ，男が男じゃないってのはあまり居心地のいいもんじゃありません，たとえお天道さんを空から引きずり下ろすような力を持っている人でもね。だからそれを頭のなかから追い出してしまうんですよ，縛りのまじないをかけてね。ほんと。まじないがどんどん間違って使われるこういう悪い時代でも，魔術師がこのまじないを破ったという話を聞いたことはないね，自分の肉欲のためにその力を使おうとしたなんて話は。(中略)
　テナーは座ってじっと考えていた。やっと口を開くと，「あの人たちは自分たちをほかとは違うものにする」。「そう。魔術師ならそうしないと。」「でもあんたは違う。」「わし？　わしはただの老いぼれ魔女ですもん。」(中略)
　「わしらの力なんて小さなもんです，そりゃ，あの人たちに比べたら」とモスは言った。「でも深い。ぜんぶ根だから。ブラックベリーのやぶみたいに古くて。魔術師の力はモミの木みたいで，大きく上に伸びていくけど，嵐が吹くと倒れちゃう。ブラックベリーのいばらは何がきても平気。」

# KEYWORD 36

## 小石と言葉

　テナーのオギオンの家での生活もさまざまな困難に——すべて男がもたらす災厄だが——見舞われる。まず，ゴント港に到着したレバネン王から使いがやってきて，テナーはゲドを自分の家に逃がす。それからセルーを虐待したハンディが自分の留守中にやってきたらしく，セルーはおびえて扉の後ろに一日隠れていた。そのことをたしかめようと，領主の館へと出かけたテナーは，魔術師のアスペンに遭遇，オギオンの埋葬以来恨みを買われていたテナーは，その呪いを受けるようになる。

　以下に引用するのは，石とその名前に関する，短いがとても印象的な2場面である。ひとつはテナーがアスペンのまじないにかかって，思考が混乱していた時，小石を拾って，その真の名前を思い出すことで，気を晴らしていく場面。もうひとつは，次のSTORYを少し先に紹介することになるが，テナーとセルーがハンディの追跡から逃れ，レバネン王の船に乗った後で，レバネンが第3巻の最後に手にした「苦痛の石」を思い出す場面。『アースシー物語』を通して，石は不毛と闇と死の象徴だが，しかしそれゆえにまた人々が握り見つめる石は生への憧れと喜びを喚起するものでもある。ここで石とそれを表す「真の言葉」を介して，テナーとレバネンとゲドという，離れ離れでありながら，心は深く結びついた人々がつながる情景だ。

　After a mile or so of the descent she began to able to think. What she thought first was that she had taken the right road. For the Hardic words were coming back to her, and after a while, the true words, so that she stooped and picked up a stone and held it in her hand, saying in her mind, *tolk*; and she put that stone in her pocket. She looked out into the vast levels of air and cloud and said in her mind, once, *Kalessin*. And her mind cleared, as that air was clear.
　　　　　　　　　　　　　　　　　(*Tehanu*, "Finding Words")

　　1マイルほど下ってから，テナーはやっと考えることができるようになってきた。最初に思ったことは彼女のとった道が正しかったこと。まずハード語が戻ってきて，それから，真の言葉も思い出してきた，だから彼女はかがんで小

石を拾い手のひらの上において，胸のうちで，トルクと言ってみて，それから
その石をポケットに入れた。テナーは大きく広がる空と雲を見つめて，胸のな
かで，一度だけ，カレシンと言った。すると頭も大気と同じように，すっきり
と晴れあがった。

Lebannen said, "He and I were in the dark land, the dry land, together. We died together. Together we crossed the mountains there. You can come back across the mountains. There is a way. He knew it. But the name of the mountains is Pain. The stones ... The stones cut, and the cuts are long to heal."

He looked down at his hands. She thought of Ged's hands, scored and gashed, clenched on their wounds. Holding the cuts close, closed.

Her own hands closed on the small stone in her pocket, the word she had picked up on the steep road.

"Why does he hide from me?" the young man cried in grief. Then, quietly, "I hope indeed to see him. But if he doesn't wish it, that's the end of it, of course." She recognized the courtliness, the civility, the dignity of the messengers from Havnor, and appreciated it; she knew its worth. But she loved him for his grief.

(*Tehanu*, "The Dolphin")

　　レバネンは言った，「あの方とわたしは闇の国にいました，乾いた土地に，一
緒に。私たちは一緒に死にました。そして一緒にそこの山を越えてきたんです。
山を越えれば帰って来れます。道があるんです。あの方はそれを知っていまし
た。でもその山の名前は苦痛です。そこの石…そこの石は切れます，そして切
れるとなかなか治らない。」
　　レバネンは自分の両手を見つめた。テナーはゲドの手を思った，切傷や裂け
た痕があって，それを握りしめていた手。傷をつかんで，閉じた手。
　　彼女自身の手はポケットの小さな石をつかむ，険しい道で拾った言葉だ。
　　「どうしてあの方はわたしから隠れようとされるのでしょうか？」若者は悲し
そうにうめいた。それから静かに，「本当は会えるのではないかと思っていたの
です。でもあの方がそれを望まないなら，それは仕方がないことです，もちろ
ん。」テナーはハヴナーからの使者たちの礼儀正しさ，品のよさや威厳を認め
て，感謝していた。その価値がわかったからだ。でも彼女は，レバネンの悲し
みのゆえに，この若者をいとおしく思った。

## 第4巻　STORY・4　　　　　　　　　　　　　　　　農園へ帰る

　セルーとともに故郷の農園に帰ろうとしたテナーは，ゴントの港町でハンディに出くわしてしまう。2人は必死に逃げようとするが，港に停泊していた船の艀のところで捕まってしまう。ハンディはセルーが「自分の姪なのにこの女が魔法をかけて連れて逃げようとしている」と言うが，船の若者がテナーとセルーを助けて船に乗せてくれる。この若者こそがゴント島にゲドを迎えに来て，港で待っていた，戴冠式直前のレバネンである。彼は初めて会うテナーを丁重に迎え，家の最寄港ヴァルマスまで送っていくことを申し出る。テナーとレバネンはゲドのことを話し合い，レバネンは彼女に言う，「ひとりの友人を探しにきて，その人には会えなかったが，別の友人と出会った」と。

　翌日テナーは船上で，レバネンとロック学院の風鍵の師から，ゲドがいなくなった後，次の学院長をどう選任するかについて，ロークでどのような話し合いが持たれたかを聞く。その会議には，死の国に行ったまま帰ってこなくなった召喚の師トリオンの代わりにレバネンも加わったのだが，まったく議論がまとまらず難航していたところ，それまでひと言も口をきかなかった手本の師アズヴァーが突然立ち上がって，自分の故郷の言葉であるカルガド語で「ゴントの女」と言ったというのだ。彼は見たままの幻を口にしただけで，それ以上言葉では説明ができなかった。レバネンたちのゴント訪問の理由は，もしかしたらテナーがこの謎の言葉を解く導き手になってくれるかもしれないということだったが，テナーは昔オギオンが話してくれたキメイ村の龍に姿を変えたというおばあさん以外のことは考えつかず，彼女にしてももう高齢で亡くなっているに違いない。テナーはレバネンにだけ，今はそういう女はいないかもしれないが，いずれはその女を皆が必要とする時が来るのではないか，と語る。

　自分の農園に帰ったテナーは，ゲドが山の上の牧草地でヤギ番をしており，冬が来るまで降りてこないことを知る。その冬が来たことを告げる凍てついた夜に，テナーの家はハンディたち数人の男に襲われるが，ちょうどその晩，山から下りてきたゲドがそのひとりを熊手でやっつけ，逃げた男たちも同行の女を殺害した罪で村人たちに捕まる。この事件で村人たちの信望を得たゲドは，テナーの家で夫婦のようにして暮らし始める。

## KEYWORD 37

## 正しさを超えるもの

　テナーもゲドもセルーがどんな少女なのか見当がつかない。村の魔術師や魔女たちはセルーが皆に恐れられる存在となると予言するが、毎日をともに暮らすテナーにとっては、この少女が人並みに暮らし、危害を及ぼす男たちから守られることだけが願いだ。レバネンのおかげでハンディから逃れたテナーとセルーは久しぶりに故郷の農園に帰る。

　以下に引用するのは、テナーがセルーに赤いワンピースを縫ってやって、それを初めて着せた時の場面だ。子どもを励ましたいというテナーの必死な気持ち、セルーの不可解だが胸を打つ反応、そこから浮かびあがって来るのは、私たちが少女の美しさや可愛さという決まり文句で想像してしまう表現を超えた描写の深みだ。ここではそれが「正しさと真実の先にある深淵」という言い方で伝えられている。ここで私たちは第２巻でまだアルハという名であったテナーがゲドの魔術によって自分が初めて明るい色のドレスを着ている姿を見せられた場面を思い出してもいい。あの時アルハは衣服の変化によって自分に今まで自ら知らなかった可能性があることに気づき、そのことの「真実」に恐れをいだいたのではなかったか。たしかにあの時ゲドが魔術によってアルハに見せた彼女自身の新しい姿は「正しさと真実」に向かうものであったかもしれない。でもそれだけで彼女の孤独や不安が癒されたわけではないだろう。テナーのセルーに対する愛はテナー自身の少女時代の愛（とその不在）への痛切な思いがあるからこそ、深く、しかし絶望をも孕んでいるのだ。セルーとテナーという血のつながりのない母と娘の間の愛情をめぐるこの一節は、正しさや真実といった人間的価値観の限界をも明らかにしてしまう物語の深層へと私たちを導く。

"You are beautiful," Tenar said in a different tone. "Listen to me, Therru. Come here. You have scars, ugly scars, because an ugly, evil thing was done to you. People see the scars. But they see you, too, and you aren't the scars. But they see you, too, and you aren't the scars. You aren't ugly. You aren't evil. You are Therru, and beautiful. You are Therru who can work, and walk, and run, and dance, beautifully, in a red dress."

The child listened, the soft, unhurt side of her face as expressionless as the rigid, scar-masked side.

She looked down at Tenar's hands, and presently touched them with her small fingers. "It is a beautiful dress," she said in her faint, hoarse voice.

When Tenar was alone, folding up the scraps of red material, tears came stinging into her eyes. She felt rebuked. She had done right to make the dress, and she had spoken the truth to the child. But it was not enough, the right and the truth. There was a gap, a void, a gulf, on beyond the right and the truth. Love, her love for Therru and Therru's for her, made a bridge across that gap, a bridge of spider web, but love did not fill or close it. Nothing did that. And the child knew it better than she.

(*Tehanu*, "Home")

「あなたはきれいよ」とテナーは、言葉の調子を変えて言った。「ねえ聞いて、セルー。ここへおいで。あなたにはやけどの痕がある、醜い痕だけど、それは醜い、悪いことがあなたにされたからよ。人はその痕を見るでしょう。でも人はあなたをも見るの、そしてあなたはやけどの痕じゃないでしょ。あなた自身は醜くないもの。あなたは悪くないもの。あなたはセルー、そしてきれいなの。あなたはセルーで、働くことも、歩くことも、走ることも、踊ることもできる、きれいに、赤いドレスを着てね。」

子どもは耳を傾けていた、やわらかな、無傷の側も、堅いやけどの痕のついた側と同じように無表情のままだったけれど。

セルーはテナーの両手を見下ろして、おもむろに自分の小さな指でそれに触れた。「とてもきれいなドレスだね」、彼女は弱々しい、かすれた声で言った。

テナーがひとりになって、赤い布の残りをたたんでいると、涙が自然に浮かんできて目が痛くなった。まるで叱られたような気持ちだった。ドレスを作ってやったのは正しいことをしたと思うし、子どもに言ったことも真実に違いなかった。でもそれだけでは十分でないのだ、正しいことと真実だけでは。正しいことと真実の向こうには、すきまが、空虚が、深淵があった。愛、セルーにたいする彼女の愛、セルーの彼女への愛、それがたしかにその深淵に橋をかけている、クモの糸の橋を、でも愛はそれを埋めることも閉じることもできなかった。何もそれを埋めることはできない。そしてそのことは、テナーよりも子どものほうがよく知っていた。

## KEYWORD　38

## 女と男

　テナーとセルーが船から故郷の農園に戻った時，先に避難していたゲドは里にはいなかった。山の上の牧草地でヤギの番をしており，冬になるまで降りてこないと言う。ゲドに会えることを期待していたテナーはがっかりするが，その反面，一緒にいてもなかなか打ちとけることができず，気まずい思いをすることが多いので，ほっとする思いもあった。いよいよ冬が始まろうかという凍てついた夜，テナーの家をハンディたちが襲う。その危機を救ったのは，偶然その日山から下りてきて，男たちの話を小耳にはさんだゲドだった。すでに魔法の力を失ってしまった彼は，3人の男のあとをつけ，暗闇のなかで熊手をふるって，男たちを撃退することに成功する。

　これから引用する場面は，こうして協力して危難をしのいだゲドとテナーが初めて結ばれる場面である。すでにゲドは壮年とは言いがたい年齢だが，これが初めての性体験であり，テナーも2人の子どもを育てあげた未亡人だ。しかし私たちがこの結びつきにたとえようもない安堵と祝福を覚えるのは，男性と女性との結合という枠組みだけでは決してとらえきれないような人と人との絆をここに見るからではないだろうか。もちろん人は性愛なしでも生きていけるし，性的結びつきがなければそこに愛情がないというわけでもない。また人はそれぞれの性的欲望のあり方（セクシュアリティ）と向き合うことで，「異性愛」とか「同性愛」と言われるような社会的な性差（ジェンダー）の基づく恣意的な判別よりも，もっと根源的な，エロスとでも呼ぶほかないような情動や力を得て，他者と関係し，自己を築いていくのだ。魔術の力を失った男が，自分のからだの力と勇気だけで女の苦難を救い，女がその男に魔法学院ではけっして教えない性愛の秘密を教える。やさしさとユーモアに満ちたこの場面こそは，アースシー世界における魔術の力の終焉と，愛や性的なつながりを孕まざるをえない人間の営みを象徴する。

　The frost was harder tonight. Their world was perfectly silent except for the whisper of the fire. The silence was like a presence between them. She lifted her head and looked at him.

　"Well," she said, "which bed shall I sleep in, Ged? The child's, or yours?"

He drew breath. He spoke low. "Mine, if you will."

"I will."

The silence held him. She could see the effort he made to break from it. "If you'll be patient with me," he said.

"I have been patient with you for twenty-five years," she said. She looked at him and began to laugh. "Come—come on, my dear—Better late than never! I'm only an old woman ... Nothing is wasted, nothing is ever wasted. You taught me that." She stood up, and he stood; she put out her hands, and he took them. They embraced, and their embrace became close. They held each other so fiercely, so dearly, that they stopped knowing anything but each other. It did not matter which bed they meant to sleep in. They lay that night on the hearthstones, and there she taught Ged the mystery that the wisest man could not teach him.

(*Tehanu*, "Winter")

今夜の霜はきのうより厳しい。2人の世界を包む完全な静寂、暖炉の火のささやきだけがそれを破る。静寂だけがまるで彼らの間のただひとつの存在であるかのようだった。テナーは顔を上げてゲドを見つめた。

「それで」、彼女は言った、「どっちのベッドで寝ようかしらね、ゲド？　あの子の、それともあなたの？」

ゲドは息をのんだ。低い声で彼は言った。「僕ので、きみがいいなら。」

「わたしはいいわ。」

沈黙がゲドをとらえた。どうやったらその沈黙から逃れられるか、必死になっているのがテナーにはわかった。「もし君がこんなわたしでも辛抱してくれるのなら」と彼は言った。

「わたしはそんなあなたに25年間も辛抱してきたのよ」とテナーは言った。彼女は彼を見つめると声を出して笑い出した。「さあ、ネ、あなた、遅くてもないよりましょ。わたしはただのおばあさん…。何も無駄になることはない、何ものも無駄にされることはけっしてない。あなたが教えてくれたことでしょ。」彼女が立ち上がると、彼も立ち上がった。彼女が手を差し出し、彼がそれを取る。彼らは抱き合い、その抱擁は強くなった。あまり強く、やさしく抱き合ったので、彼らはお互いのこと以外何もわからなくなった。どちらのベッドで寝るかは問題でなくなった。その夜、彼らは暖炉の前で横になり、そこでテナーはゲドにいかなる賢人といえど教えられなかった神秘をゲドに教えたのだった。

第4巻　**STORY・5**　　　　　　　　　　　　　　　　　　新たな始まり

　セルーはゲドに教えられて少しずつ魔術の手ほどきを受け，さまざまな歌も暗誦できるようになる。ゲドとテナーはセルーを魔術師にすべきかわからず，しかもゲドは，魔術は男の知識だ，と言う。それに対してテナーは，女の王がいるのに，女の魔法学院長がいないのはおかしい，と考えるのだった。

　レバネン王の統治が始まり，海賊の取締りをはじめとして各地で秩序回復の兆しが見え始める。そんなある日，テナーの息子である船乗りのスパーク（火花の意味）がひょっこり帰ってくる。テナーは娘のアップルとはとても仲が良かったが，息子とは上手くいっておらず，スパークはむかし家を出て音信不通となっていた。スパークは父親が死んだことを知り，農園が自分のものだと主張する。セルーのような「妹」が突然出現したことや，母親が見知らぬ男ゲドと暮らし始めたことを知ったスパークは，それを面白く思わず，家庭の雰囲気も気まずくなる。ゲドは「普通の男」とは少し違っていたかもしれないが，自分のことはすべて自分でする男だったのに比べて，自分の食べた食器の後片付けさえしない息子の態度に業を煮やしたテナーは，モスばあさんの具合が悪いという知らせを受け，息子に家を譲り，3人でオギオンの家に行く。

　レ・アルビに到着すると，セルーの足は村に向かうが，テナーとゲドはなぜか領主の館の方へ足が向いてしまい，現れた魔術師のアスペンの呪文にかかって捕えられる。翌朝アスペンたちは，崖の端からゲドにテナーを突き落とさせようとするが，すんでのところで飛来してきた龍のカレシンが男たちを一瞬にして焼きつくし，ゲドとテナーは救われる。カレシンを呼んだのはセルー，カレシンの呼び方によれば「自分の子どものテハヌー」だ。テハヌーはカレシンに「ほかの者たちがいる場所に『もうひとつの風』に乗っていこう」と言うが，ゲドとテナーを一緒に連れてはいけないと知ると，自分もここに残るとカレシンに告げる。カレシンはしばらく自分の子どもを2人に預けると言い残して，飛び去っていく。3人はモスばあさんの看病をし，オギオンの家に戻って生活することにする。野菜を植え，ヤギを飼って…ほかに何も変わらない普通の家族のような生活がここで始まろうとしていた。

## KEYWORD 39

## 空白を満たす力

　夫婦として暮らし始めたテナーとゲドは，毎晩ベッドで色々なことを語り合う。それは2人が身も心も打ちとけた証拠だろう。またそれは魔術能力を失ったゲドが今の自分を冷静に受け入れる契機であり，またテナーにとってはそんなゲドを助けながら，自分がなぜ魔術師にならず，平凡な女性としてそれなりに充実した生活を選んだのかをかえりみる機会でもあった。すでに見てきたように，第4巻は『アースシー物語』のなかで，魔法の力による支配が終わり，男性中心主義的な世界秩序に疑義がつきつけられ，そうではない「もうひとつの」世界への入り口がまだ見えない過渡期に当たっている。そうしたなかでは当然，魔法とは何か，それを学ぶことによって男，あるいは女はどのような変化をこうむるのか，また魔術の力を失うとは一体どういうことなのか，といった問いがくりかえし追求されていくことになる。

　以下に引用するのは，ある日のテナーとゲドの会話で，魔術を失ったゲドがどうやって男たちを襲撃することができたのか，という疑問から始まって，力と空白という対立項を提示する。自分から何かをやろうとするのではなく，やらなくてはならないことが向こうからきた時にそれを受け入れること，それが真の魔法であるとゲドは教えられてきた。力というより，自分のなかの可能性としての魔法。魔法とは自己の権力によって他者を屈服させる手段ではなく，実は自己と他者に対する倫理的な構えである。第3巻の後半から魔法にまとわりついてきた疑義がここへきてひとつの解決をみるのだ。

"But what I want to know is this. Is there something besides what you call power—that comes before it, maybe? Or something that power is just one way of using? Like this. Ogion said of you once that before you'd had any learning or training as a wizard at all, you were a mage. Mage-born, he said. So I imagined that, to have power, one must first have room for the power. An emptiness to fill. And the greater the emptiness the more power can fill it. But if the power never was got, or was taken away, or was given away—still that would be there."

"That emptiness," he said.

"Emptiness is one word for it. Maybe not the right word."

"Potentiality?" he said, and shook his head. "What is able to be ... to become."

"I think you were there on that road, just there just then, because of that—because that is what happens to you. You didn't make it happen. You didn't cause it. It wasn't because of your 'power.' It happened to you. Because of your —emptiness."

After a while he said, "This isn't far from what I was taught as a boy on Roke: that true magery lies in doing only what you must do. But this would go further. Not to do, but to be done to ..."

(*Tehanu*, "Winter")

「でもわたしが知りたいのはこのことなの。あなたの言う力のほかに何かあるのかしら——それより前にくるものかな、たぶん？ というか、力がひとつの使い方であるような何か？ つまりこういうことよ。オギオンが昔あなたのことを、魔術師として何か学んだり訓練される前から、あなたは魔法使いだった、って。生まれつきの魔法使い、って言ってた。だからわたしはこう思ったの、力があるためには、その力のための余裕がなくちゃいけない。満たすための空白ね。で、空白が大きければ大きいほど、それを満たす力も大きくなる。でももし力が得られなかったり、取りさられたり、捨てられた後でも、それはまだそこにある。」

「その空白が」、とゲドは言った。「空白というのはひとつの言い方。正しい言い方じゃないかもしれない。」

「可能性？」と彼は言って、頭を振った、「なれる…ことができるもの」。

「わたしが思うに、あなたはあの道にいた、あそこにあの時に、そのおかげで——つまりそれがあなたに起きたからよ。あなたがそれを起こしたんじゃなくて。あなたは原因ではないの。それはあなたの「力」のせいじゃない。ただあなたに起きた。あなたの——空白のおかげで。」

しばらくしてゲドは言った、「それってロークで若い時に習ったこととあまり違わないな。つまり本当の魔法は自分がしなくてはならないことだけをすることにある。でもこれはもっと先まで行きそうだ。するのではなくて、なされるというか…。」

## KEYWORD 40

## カレシンの子

　レ・アルビにやってきたテナーとゲドは邪悪な魔術師のアスペンの呪いにかかって，領主の館へと導かれてしまう。この魔術師は，領主に雇われていながら，その権威を濫用し，各地から邪な魔術師や賊を集めて，新しい王レバネンに対抗する権力を築こうとしているらしい。何よりこの男は，テナーが男の力にたてつこうとしているとして，彼女を抹殺しようと以前から企てていたのだ。そこへテナーが，かつての魔法学院長でありながら今は力を失ったゲドを伴って現れたのだから，それを好機として魔術でおびきよせ，テナーを犬のように地を這わせ，ゲドには命令するままに行動させて，横暴のかぎりを尽くす。

　ここで注意しなくてはいけないのは，魔術一般と，ゲドとテナーの結びつきが代表する普通の人間同士の愛情とが対立しているのではないということだ。愛情や男女の性的結びつきが対立するのは，たとえばアスペンが典型的に表出するようなローク的な魔術教育が歪められた形で発展した時に現れる女性差別的な魔術の側面である。魔術，というか魔術によって本来築かれるべき魔法という倫理的価値や人間のあいだの秩序はむしろ愛情の基本となるべきものであり，男女の性愛をもけっして否定するわけではないのである。

　テナーとゲドの窮地を救ったのはセルーだった。子どもはまずアスペンの呪いによって病床にあったモスばあさんの元へ行き，彼女に真の名前でハーサと声をかける。そして自分が呼んだ「わたしの人々」がもうすぐ来るから，それまで待つようにと言って慰め，眠りにつかせる。その「人々」こそ，この巻の最初のキーワードであった「人間とのつながりを覚えている龍」のカレシンであり，セルー，すなわちテハヌーはその子どもであった。この最後の章で，テハヌーは一貫して，少女やセルーではなく，「その子ども」と呼ばれている。それはテハヌーが人間の男女のジェンダーを超えた存在であり，また同時にカレシンが「わが子」と呼ぶ，人間と龍との太古の同一を証明する子どもだからだろう。テハヌーに呼ばれて飛来し，テナーとゲドを救ったカレシンが子どもと対話する荘厳な場面を引用しよう。この子どもこそは，夏の夜空に光る白い星のように，アースシー世界の未来の希望なのである。

"Tehanu," the dragon said.

The child turned to look at it.

"Kalessin," she said.

Then Ged, who had remained kneeling, stood up, though shakily, catching Tenar's arm to steady himself. He laughed. "Now I know who called thee, Eldest!" he said.

"I did," the child said. "I did not know what else to do, Segoy."

She still looked at the dragon, and she spoke in the language of the dragons, the words of the Making.

"It was well, child," the dragon said. "I have sought thee long."

"Shall we go there now?" the child asked. "Where the others are, on the other wind?"

"Would you leave these?"

"No," said the child. "Can they not come?"

"They cannot come. Their life is here."

"I will stay with them," she said, with a little catch of breath.

Kalessin turned aside to give her that immense furnace-blast of laughter or contempt or delight or anger—"Hah!" Then, looking again at the child, "It is well. Thou hast work to do here."

"I know," the child said.

"I will come back for thee," Kalessin said, "in time." And, to Ged and Tenar, "I give you my child, as you will give me yours."

"In time," Tenar said.

Kalessin's great head bowed very slightly, and the long, sword-toothed mouth curled up at the corner.

(*Tehanu*, "Tehanu")

「テハヌー」と龍は呼んだ。

子どもは振り返って龍を見つめた。

「カレシン」と彼女は呼んだ。

それまでひざをついていたゲドが、ここで立ち上がり、ふらふらしながらテナーの腕につかまって体をまっすぐにした。彼は笑った。「そなたを呼んだのがだれかやっとわかったぞ。」

「わたしよ」と子どもが言った。「ほかにどうすればいいかわからなかったの，セゴイ。」

彼女はまだ龍を見ていたが，その話す言葉は龍の言語，天地創造の言葉だった。

「よくやった，子ども」と龍は言った。「そなたを長いこと探していたのだ。」

「あそこに行きましょうか？」と子どもは聞いた。「他の人たちがいるところに，もうひとつの風に乗って？」

「こいつらを残していくのか？」

「いいえ」と子どもは応えた。「この人たちは来られないの？」

「彼らは来られない。彼らの生活はここにある。」

「わたしも彼らと一緒にいる」と彼女は言った，一呼吸おいてから。

カレシンは脇を向いてあの巨大な溶鉱炉から吐き出すような笑いとも軽蔑とも喜びとも怒りともつかないような声を吐き出した——「ハア！」と。そして子どもをふたたび見て，「いいだろう。そなたはここですべきことがある。」

「知ってる」と子どもは応えた。

「そなたを連れにまた戻ってこよう」とカレシンは言った，「その時が来たらな」。そして，ゲドとテナーに向かって，「わしの子どもをおまえたちにやる，いずれおまえたちが自分の子どもをわしにくれるだろうからな。」

「その時が来たら」とテナーも答えた。

カレシンの大きな頭がほんの少しお辞儀をするように傾ぎ，長い剣のような歯が並ぶ口元がほころんだ。

アースシー世界を読み解く
基本キーワード・4——龍と人間

　『アースシー物語』の大きな特徴のひとつとして，龍と人間との根本的な絆があげられる。龍は想像上の動物として，また蛇やライオンや鳥のような人間にとって身近でありながら恐怖と憧憬の対象でもあった現実の動物の要素を兼ね備えたものとして，さらには火や水や空や大地といった人間生活に不可欠の要素をつかさどる存在として，古来さまざまな伝承や風習や物語のなかに登場してきた。その意味で龍こそは人間にとってもっとも遠い存在でありながら，もっとも鮮烈なイメージをかきたててくれる生物であった，と言えるだろう。

　その龍を『アースシー物語』は，きわめて独自な形で登場させ，物語の進行と主題に欠かすことのできない要素として活躍させる。なにより，アースシー世界の歴史において，本来，龍と人間とは同一の存在であり，魔法を発動させる真の言葉とはもともと龍の言葉であった。それが以下の引用にあるように「ヴェドゥーナン＝分割」という龍と人間との合意によって，前者が自由と野生を求めて西方の辺境の島々へ，後者が定住と文明を目指して中央の島々にという住み分けがなされた，という。この物語のなかには，龍としてしか存在していないもの，あるいは龍と人間とを兼ねそなえて存在できるものを含め，きわめて神秘的で魅力にあふれたものたちが登場する。それはときには人間たちを脅かす存在であり，ときには人間たちの及びもつかない知恵と真理を語る存在であり，ときには人間たちを助け，さらには魔術世界の始源と終焉の鍵を握る存在となる。

　おそらく龍は人間とは異なる時間と空間を生きている。龍も戦いに敗れ死ぬことはあるが，その生と死のサイクルは人間のそれとは異なっている。またその思考方法と論理は人間に計り知れない深さと広がりを持っているが，同時に人間と同じような欲や望みもあるらしい。また龍のジェンダーは人間のそれとは違って，男や女というように明確に判別することができず，おそらく両性具有的な存在である。

　人間は本来同一の存在であった龍の性質を失うことで，現在の文明や知識を得られたのだが，同時に龍が持っていた知恵や倫理をも喪失することになってしまった。魔術の倫理性や魔術師たちの責務も，そのような龍との繋が

りを回復し，龍と人間とが合一していた世界の調和を取り戻すことであるとされているのである。

Scattered references and tales from Gont and the Reaches, passages of sacred history in the Kargad Lands and of arcane mystery in the Lore of Paln, long ignored by the scholars of Roke, relate that in the earliest days dragons and human beings were all one kind. Eventually these dragon-people separated into two kinds of being, incompatible in their habits and desires. Perhaps a long geographical separation caused a gradual natural divergence, a differentiation of species. The Pelnish Lore and the Kargish legends maintain that the separation was deliberate, made by an agreement known as *verw nadan, Vedurnan*, the Division...

Dragons are born knowing the True Speech, or, as Ged put it, "the dragon and the speech of the dragon are one." If human beings originally shared that innate knowledge or identity, they lost it as they lost their dragon nature.

(*Tales from Earthsea*, "A Description of Earthsea")

　ゴントや辺境の島々に伝わる断片的な言及や言い伝え，カルガド諸島の神聖な歴史のいくつかの節，あるいはパルンの『知恵の書』にある謎を秘めた文章などは，ロークの学者たちによって長いあいだ無視されてきたが，はるか昔，龍と人間とが同じ種類だったと語っている。やがてこれら龍人は異なる2種類の生物に分かれ，習性も欲望も折り合いがつかなくなった。長きにわたって地理的に隔てられたことで，しだいに性質が分岐し，種としての差異が生じたのかもしれない。パルンの『知恵の書』とカルガドの伝説では，この分離が意図的なもので，ヴェルウ・ナダン，ヴェドゥーナン，つまり分割と言われる合意によってなされたとされている。(中略)
　龍は真の言葉を生まれながらにして知っている，あるいはゲドの言い方では，「龍と龍の言葉とは同じひとつのもの」だ。かりに人間がそのような生来の知やアイデンティティをもともと分け与えられていたとしても，彼らは龍の性質を失うことでそれも失ってしまったのである。

# 5
## [第5巻]
## アースシー短編集
### (Tales from Earthsea)

○探索者（The Finder）
[主要登場人物]
- オッター（Otter）（メドラ（Medra），岩波訳ではカワウソ）：物探しの才能のある魔術師。
- エンバー（Ember）（エレハル（Elehal））：ロック島に住む姉妹のひとり。
- ゲラック（Gelluk）：水銀を力の源泉と信じていた邪悪な魔術師。
- アニエブ（Anieb）：メドラを水銀精錬所から救い出した女性。

○ダークローズとダイアモンド（Darkrose and Diamond）
[主要登場人物]
- ダイアモンド（Diamond）：魔術を学んでいる若者。
- ローズ（Rose）：魔女の娘。
- ヘムロック（Hemlock）：ダイアモンドの師匠である魔術師。

○大地の骨（The Bones of the Earth）
［主要登場人物］
・ダルス（Dulse）：ゴントの魔法使い。サイレンス（のちのオギオン）の師匠。
・アイハル（Aihal）（サイレンス（Silence），オギオン（Ogion））：ロークの魔法学院で魔法を学んだ若者。ダルスに教えを乞う。

○山の湿原にて（On the High Marsh）
［主要登場人物］
・ギフト（Gift）（エマー（Emar），岩波訳ではメグミ）：セメル島の湿地帯に住む女性。
・イリオス（Irioth）（ガリー（Gully））：ロークの学院で他の魔法使いと対立し，セメル島に逃れてきた魔術師。
・ホーク（Hawk）（ゲド（Ged））：イリオスを追ってロークからやってきた魔術師。

○龍の飛翔（Dragonfly）
［主要登場人物］
・ドラゴンフライ（Dragonfly）（イリアン（Irian），岩波訳ではトンボ）：女人禁制のロークの魔法学院に魔術を学ぶためやってきた女性。
・アズヴァー（Azver）：ローク学院の手本の師。
・トリオン（Trion）：死の国から戻り，ロークの学院長になろうとする召喚の師。

## 第5巻　STORY・1　　　　　　　　　　　　　　探索者となって

　平和が続いた列王時代の最後の王マハリオンが没して後，アースシー群島では戦争，旱魃（かんばつ），疫病が続き「暗黒時代」と呼ばれた。魔術は邪なものとされて評判を落とし，とりわけ村々で日常の大切な物事に関するまじないをつかさどる魔女たちが嫌われていた。その一方で権力者たちが魔術師を雇って邪悪な目的にそれを使っていた。そんな時代，アースシー最大の島ハヴナーの港に魔術の才を持つオッター（カワウソの意味。真の名前はメドラ）という名の男の子がいた。船大工である父親は時代がそのようであったから，なんとか息子が魔術に染まらぬよう願っていたが，オッターの力を知っていた産婆が彼にさまざまな術を伝授した。オッターはやがて腕の良い船大工になったが，ハヴナー港で羽振りをきかす海賊の首領ローゼンの不正に我慢がならず，その船に魔術をかけて目的地につけないようにした。しかしその魔術はローゼンに雇われていた魔術師のハウンド（猟犬の意味）に見破られ，彼らに捕えられてしまう。

　ハウンドは捕えたオッターの物探しの才能を見込んで，ローゼンの水銀鉱山で鉱脈のありかを探り出す仕事につかせる。鉱山でオッターは水銀を「王」と呼んでそれを飲みさえする強大な力を持つ魔術師のゲラックに出会う。ゲラックは自分が世界で最強の魔術師であると信じていたが，それをたしかなものにするためにより多くの水銀を求め，オッターに自分を父と呼ばせて鉱脈を探させようとする。そのときオッターの意識に，鉱婦として働いていたアニエブという女が入り込み，ゲラックの魔術からオッターを自由にさせる。アニエブの意志に従ってオッターはゲラックを地下の大鉱脈に案内し，ゲラックの真の名前を叫んで彼を穴に落とす。自由になったオッターはアニエブを故郷の村に連れて行くが，すでに鉱毒に侵されていた彼女はその山を見て息を引きとる。

　アニエブの母親とその姉は，こぶしを握ってから手のひらを相手に見せる合図で魔法の秘密を伝える結社「ハンドの女たち」の一員だった。オッターは，権力に汚されない真の魔法を伝える女たちの連合を再建するために，7年間島々をめぐり，そのうちの3年間，ペンダー島でハイドレークという老魔法使いから魔法の奥義を学ぶ。その後メドラは，航海中自分の乗った船が魔術の風で難破したため，自らは鳥に姿を変えて島に降りたつ。この降りたった島こそ

ハンドの女たちの言っていた真の魔法を伝える島ロークだった。この島の魔術の教師は全員が女で，男は信頼されていない。かつて男の裏切りで，ロークが海賊に侵略されたからだ。人々はその時侵略された生き残りの子孫で，彼女たちは島々の権力者たちに対する抵抗のネットワーク（ハンドの女たち）を築き，アニエブの母親たちもその一員だったのだ。メドラの出会った女たちのなかにヴェイルとエンバーという姉妹がいた。エンバーは最初メドラに威圧的な態度を取るが，それは今まで男を見たことがなかったからで，2人はやがてひかれ合い，魔法の神秘を宿す森の近くで結ばれる。

ヴェイルとエンバーの姉妹とメドラは真の魔法の力を再興するため，女たちの協力を得てこの島に魔法学院を作る。メドラは自ら建造した舟に乗り，島から島へとめぐって，ハンドの女たちの協力を得て，失われた魔術の書物を取り戻し，またロークの学院に入る才能のある生徒たちを探す旅をする。やがて群島の人々はロークの噂を聞いて，魔術の才ある若者たちを島に送りこむようになる。ロークにも大きな学院の建物が建造されるが，しだいに男の魔術師と女の魔術師のあいだに確執が芽生えるようになり，男たちのなかには魔術の力を維持するためには性欲を抑えなくてはいけないと思い込み，男は男だけで住むべきだと主張する者さえ現れるようになる。

メドラは最後の航海だと決めた船旅で，これまでは避けていたハヴナー島，自分の故郷にして恩人アニエブの思い出が残る島を訪れる。ハヴナーではローゼンの表向きの権勢を利用しながら，大魔術師と自称するゲラックの弟子アーリーが君臨していた。ハウンドの知らせで，かつて自分の主であったゲラックを滅ぼした男がハヴナーの村にいることを知ったアーリーは，鷲に姿を変えてメドラの家を襲うが，彼は森の下の大地に潜って逃れる。アーリーは大艦隊でローク島を攻撃するが，艦隊は魔法の嵐で四散し，アーリーもエンバーに直面して力を喪失する。メドラはかつての行動を悔いたハウンドに助けられ，ローク島に帰還する。エンバーとメドラは晩年，魔法学院から距離を置きローク島でもっとも古く深い知恵を秘めた場所である森にこもって暮らすようになる。

エンバーの死後，学院に戻ってきたメドラは，8人の教師にもうひとり自分を師として加え，学院の門番として迎えてくれるように頼む。彼はその死まで門番を務めた。だから今でもロークの魔法学院には9人の師がおり，その9番目は人の真の名前を聞くことで，その人を通す門番なのである。

## KEYWORD 41

### 手のひらと信頼

　「水銀の王」ゲラックからオッターを救ったアニエブは、水銀の精錬場で働かされて健康を侵された女性だが、彼女は手のひらを相手に差し出す合図でたがいを認知する秘密結社「ハンドの女たち」の一員だった。これは魔術が、邪な権力者の手先となって自分たちの欲望と権勢の伸長だけに使われる時代にあって、真の魔法を後世に伝えるべく、ローク島の女たちが中心になって結成された抵抗のネットワークである。もちろんそこには男のメンバーもいるのだが、かつてロークが海賊に侵略された要因を作ったのがロークの男の魔術師だったこと、そして現在の邪悪な権力者たちが男たちであることから、男性に対する根本的な不信感を持っている。また「女たち」が中心であれば、権力者たちもそれほどこの抵抗運動に警戒心をいだかず、自分たちの安全が保たれるとの見通しもあった。

　オッターとアニエブとの出会い、オッターとアニエブの母親とその姉との出会い、そのような出会いを通していまだに真の魔法を維持している島の話を聞いたオッターは7年間かけてついにローク島に到着し、そこでヴェイルとエンバーの姉妹に出会って、ロークの魔法学院が創設されることとなる。ここに世の邪な権力者たちや魔術を過信して乱用する魔術師に対抗する真の魔法が系統的に確立されることになるのである。その意味で、オッターとアニエブとの出会いは決定的な意味を持っていた。

　以下に引用するのは、アニエブを故郷の山まで送り届けながら、彼女を亡くしたオッターが、その母親アヨおよびその姉ミードと語る場面である。彼女たちはアニエブのことを通称のフラグ（あやめの意味）で呼びながら、オッターに「ハンド」の秘密を語る。オッターはその意味が「信頼」であることを知り、しかしアニエブの命を救えなかった自分に絶望する。手のひらを相手に開いて見せる動作は日本語でも「手の内を見せる」とも言うように、それまで隠されていた秘密を信頼する相手に打ちあける人と人との絆を形作る行いである。つまり「信頼」とは、真の魔法がひとりではなし得ず、人と人との心と体のつながりによってこそ成しとげられるものだということを証しているのだ。そしてこの場面こそは、その後の彼の探索行の原点となって、ロークの魔法学院創設にまでつながる決定的なものとなる。すでに紹介

した文章の数々からも知れるように，ル・グウィンの魅力は動作と会話との絶妙な組み合わせにある。ここでも手の動きとその意味を語る言葉の均衡がすばらしい。人間をつなぐ信頼の絆が，やがて魔法の再興を促す契機となる，そんな胎動を静かな筆致で表現した深い趣のある一節である。

"Whatever I am, whatever I can do, it's not enough," he said.
"It's never enough," Mead said.  "And what can anyone do alone?"
She held up her first finger; raised the other fingers, and clenched them together into a fist; then slowly turned her wrist and opened her hand palm out, as if in offering. He had seen Anieb make the gesture. It was not a spell, he thought, watching intently, but a sign. Ayo was watching him.
"It is a secret," she said.
"Can I know the secret?" he asked after a while.
"You already know it. You gave it to Flag. She gave it to you. Trust."
(*Tales from Earthsea*, "The Finder")

「わたしがだれであろうと，わたしが何をしようと，それだけでは十分ではないのです」と彼は言った。
「なにごとも十分ということはありえませんね」とミードは言った。「いったいひとりで何ほどのことができるでしょう？」
彼女は人差し指を上にあげた，さらに他の指も持ち上げて，それを一緒に握ってにぎりこぶしを作った。それからゆっくりと手首を返して手のひらを広げてみせた，まるで何かを差し出すように。オッターはアニエブがこれと同じジェスチャーをするのを見たことがあった。まじないじゃないな，と彼は一心に見つめながら思った，何かの合図だ。アヨが彼のことをじっと見つめていた。
「秘密なのです」と彼女は言った。
「わたしが知ることのできる秘密でしょうか？」と，少し間をおいてから彼は尋ねた。
「あなたはすでにご存知ですよ。あなたがフラグに与えたものです。フラグもあなたに差し上げました。信頼です。」

# KEYWORD 42

## 魔法と欲望

　7年にわたる探索の後,「ハンドの女たち」の中心地ロークにたどり着いたオッターは，もともと魔法の教師が女性たちだったという事実を知る。ここにいたってやっと私たちは,『アースシー物語』が第4巻まで描いてきた,男性の魔術という「常識」が実は近年のもので，ロークの魔法学院が発展するうちに作られた歴史的所産であることを知るのだ。すぐれた魔法とは女性の営みであり，そうであるからこそ，権力者たちが男の魔術師を雇って欲望を満たす暗黒時代にあっても，その輝きは失われることなく女の手から手へと伝えられていったのである。

　ロークには鳥に変身してやってきたのでターン（あじさしの意味）と名乗るオッターは，真の名前をメドラといい，ヴェイルとエンバーの姉妹から教えを受ける。とくにエンバーはメドラにはやや高飛車な態度を示し，けっして心を許そうとしないように見えたが，彼は彼女に魅かれていく。以下に引用するのは，2人が初めて結ばれる場面だ。かつて師のハイドレークから，魔術師は恋をすると力を失うと教えられたメドラ。これまで男を見たこともなく，心の揺らぎを抑えるため，メドラにことさら冷たく接してきたエンバー。この男女がはじめて心とからだを許す情景を，ル・グウィンの筆はユーモアをもって暖かく見守る。とくに姉のヴェイルが森の2人に届けてきた桃のモチーフの挿入が――桃は第4巻のセルーが大切に育てる木でもあった――，恋人たちの旺盛な食欲と熟れきらない肉体的欲望とを見事に示唆して，私たちの微笑と共感を誘う。

　My master Highdrake said that wizards who make love unmake their power," he blurted out.

　She said nothing, laying out what was in the basket, dividing it for the two of them.

　"Do you think that's true?" he asked. She shrugged. "No," she said.

　He stood tongue-tied. After a while she looked up at him. "No," she said in a soft, quiet voice, "I don't think it's true. I think all the true powers, all the old powers, at root are one."

He still stood there, and she said, "Look at the peaches! They're all ripe. We'll have to eat them right away."

"If I told you my name," he said, "my true name—"

"I'd tell you mine," she said. "If that ... if that's how we should begin."

They began, however, with the peaches.

They were both shy. When Medra took her hand his hand shook, and Ember, whose name was Elehal, turned away scowling. Then she touched his hand very lightly. When he stroked the sleek black flow of her hair she seemed only to endure his touch, and he stopped. When he tried to embrace her she was stiff, rejecting him. Then she turned and, fierce, hasty, awkward, seized him in her arms. (*The Tales from Earthsea*, "The Finder")

「僕の先生だったハイドレークが，魔術師は恋をすると力を失うって」と彼はいきなり切り出した。

彼女は何も言わず，かごの中身を取り出して，2人ぶんに分けていた。

「それって本当だと思うかい？」メドラは聞いた。

エンバーは肩をすくめて，「いいえ」と言った。

彼は何も言えず突っ立っていた。しばらくしてから彼女は彼を見上げて，「そうは思わないわ」とやさしい静かな声で言った。「本当じゃないと思う。すべて真の力，あらゆる太古の力は，その根はひとつでしょう。」

彼がそこに立ったままでいるので，エンバーは言った，「桃を見て！ みんな熟れてる。すぐに食べなきゃ。」

「もし僕が名前を教えたら」とメドラは言った，「僕の真の名前を…」

「わたしも自分のを」と彼女は応じた，「もしも…そうやって始めるのなら。」

しかし，2人はまず，桃を食べることからはじめた。

2人とも内気だった。メドラが彼女の手を取った時その手は震えていたし，名前をエレハルというエンバーは顔をしかめてそっぽを向いた。でもその後で彼女はメドラの手にそっと触れた。彼がエレハルのつややかに流れる黒髪をなでても，彼女はやっと我慢しているという風なので，彼は手を止めた。彼が抱こうとするとエレハルは固くなって拒んだ。でも今度は彼女が向きなおって，激しく急いで，ぎこちなく彼を両手で抱擁した。

## 第5巻　**STORY・2**　　　　ダークローズとダイアモンドの絆

　ハヴナー島西部のグレードという町に，ゴールデンという商人がおり，息子が生まれるとゴールドよりも値打ちのあるダイアモンドと名づけた。ダイアモンドは歌がうまく，しかも魔術の才もあるらしい。父親はダイアモンドに商売を継いでほしいと思う反面，息子の母方の大叔父のように偉大な魔術師となって一族に栄光をもたらしてくれないか，と期待してもいた。息子に真の名前を授けてくれた魔術師のヘムロックも彼には才能があると言ってくれたのだから。

　ダイアモンドには幼なじみで，魔女の娘のローズという親しい女の子がいた。ローズはけっして身ぎれいな女の子ではなく，母親のタングル（こんぶの意味）も面倒見がいいとはお世辞にもいえなかったが，自分の面倒は自分で見るしっかり者で自由を尊ぶ性格であり，それがダイアモンドにとってローズの大きな魅力だった。2人は色々なまじないの練習をしながら遊ぶ仲だったが，ダイアモンドはローズに音楽と魔術が両立できるかどうか相談する。ローズはもちろん両立すると言うので，彼はハヴナーの南港の魔術師ヘムロックの元に弟子入りすることになる。ヘムロックは面白みのない学者肌の魔術師で，その決まり文句は「知識，秩序，節制」であり，ダイアモンドもまったく勉強に身が入らない。彼は自由時間になると波止場に座って故郷の町にいるローズのことを想い，その時間だけ自分が生きていると感じるのだった。

　ヘムロックから魔術師は家族や友人より自分の力を大切にして独身を通すものだと聞かされ，彼の元から逃げ出したダイアモンドは，ローズの家にいく。しかし2人はたがいの気持ちを伝えることができずに，喧嘩別れをしてしまう。自分の家に戻ったダイアモンドは，ヘムロックの勧めには従わずに魔法学院行きをやめ，商売を継ぐと言って父親を喜ばせる。ダイアモンドはその後，音楽もあきらめて商売に専心し，一方ローズは楽団に入って町を出て行く。

　ダイアモンドの19歳の命名日の祝宴にやってきた楽団のなかにローズも混じっていた。彼女に思い出の柳の下で愛を誓ったダイアモンドは，ローズと結婚し，竪琴弾きとして楽団に加わる。父ゴールデンの商売は繁盛を続けたが，息子を生涯許せなかった。ただ母親たちのほうは，楽師として名声を獲得したダイアモンドとローズを見て幸せな思いに浸るのだった。

## KEYWORD 43

## 魔術師と家族

　これまでも見てきたように『アースシー物語』のなかの重要な主題のひとつに，魔術とセクシュアリティとの関係，あるいはより深くは真の魔法と愛と結びつきをめぐる問いがある。それを短いが心温まる佳品として深めたのが，この幼なじみの恋人たちを主人公とした物語である。このなかでダイアモンドが弟子入りした魔術師のヘムロックが，魔術師にとって大事なのは，自分の力だけであって，そのためには家族や友人も捨てなくてはならない，まして女性との性交などもってのほかだと述べる。ローズを愛し続けるダイアモンドは，それを聞いてあらゆる魔術との縁を切り，ローズの元へと逃げ帰る。

　ヘムロックのような魔術師にとっては，ダイアモンドが愛好する音楽など「真の魔術」とはなんの関係もない。まして魔女の娘との交情など，才能を磨くべき魔術師にとっては，障害になるだけだ。「探索者」でもそうだったが，この第5巻が『アースシー物語』における重要な鍵をなし，第4巻と第6巻との橋渡しとなることの証のひとつは，このように魔術とジェンダーとの関係がさまざまに問われているからにほかならない。以下に引用するヘムロックとダイアモンドとの会話でも，魔術師が弟子を「守るため」好きな女の子のことを考えられないよう魔術をかけ，そのことを初めて知ったダイアモンドの驚きが伝わってくる。

"Do wizards have no family?"
　Hemlock was glad to see a bit of fire in the boy. "They are one another's family," he said.
　"And no friends?"
　"They may be friends. Did I say it was an easy life?" A pause. Hemlock looked directly at Diamond. "There was a girl," he said.
　Diamond met his gaze for a moment, looked down, and said nothing.
　"Your father told me. A witch's daughter, a childhood playmate. He believed that you had taught her spells."
　"She taught me."

Hemlock nodded. "That is quite understandable, among children. And quite impossible now. Do you understand that?"

"No," Diamond said. ......

"What did you mean, Master Hemlock, in saying that you had protected me here?"

"Simply as I protect myself," the wizard said; and after a moment, testily, "The bargain, boy. The power we give for our power. The lesser state of being we forgo. Surely you know that every true man of power is celibate."

There was a pause, and Diamond said, "So you saw to it ... that I ..."

"Of course. It was my responsibility as your teacher."

(*Tales from Earthsea*, "Darkrose and Diamond")

「魔術師は家族を持たないのですか？」

ヘムロックはこの若者にも少しは熱意があることを知って喜んだ。「彼らにはお互いが家族なのだよ」と彼は言った。

「で、友だちもいないのですか？」

「魔術師でも友人にはなれるさ。楽な生活だと言ったかな？」沈黙。ヘムロックはダイアモンドをまっすぐ見て、「娘がいたらしいな」と言った。

ダイアモンドは目を合わせたが、すぐに下を向いて、何も言わなかった。

「お父さんが言っていたよ。魔女の娘で、幼なじみか。君がまじないを教えたらしいじゃないか。」

「いえ、彼女が教えてくれたんです。」

ヘムロックはうなずいた。「まあわからないことはない、子ども同士ならよくあることだ。だが、もう無理だな。わかるかね。」

「わかりません」と、ダイアモンドは応えた。…

「どういうことですか、ヘムロック先生、ここではわたしを守ってくださっていたというのは？」

「わたしが自分を守るように、だよ」と、魔術師は言い、少ししてから、苛立たしげに、「交換さ、ぼうず。力を得るには力を捨てる。下劣なものはあきらめる。知っているはずだろう、真の力ある男たちが独身なのは。」

少し間があってダイアモンドが言った、「じゃ、あなたが…その…」

「もちろんさ。教師として当然の責任だからな。」

## KEYWORD 44

## 魔女の知恵

　魔術師のなかには詩歌を尊ぶ伝統があり，ロークにも詠唱の師がいるのだが，魔術師でありながらすぐれた楽師というのはあまり例がない，という。この物語でも，ダイアモンドの最大の悩みは，魔術をとるか音楽をとるかということで，どちらも一緒にはできないというのだ。ここでは，ひとつのことに専心する「男性的」な価値観と，いくつものことを一緒に行おうとする「女性的」な価値観とが対比されて描かれている。つまり，ゴールデンやダイアモンドにとっては，商売か魔法学院，金銭か音楽，魔術か情愛，あるいは恋人か家族，という二者択一をつねに迫られることが生き方であるのに対して，ローズやダイアモンドの母親トゥリーにとっては，どちらかを取るためにもう一方をあきらめなくてはならない，ということなどありえない。それは裏を返せば，男性は何かに専心することができる環境におり，女性は複数のことを同時に行わねばならない状況に置かれているということである。さらに男の魔術師は社会的な権威を身に帯びて威張っていられるが，魔女はともすれば蔑まれるという支配的な社会構造の問題でもある。このような価値観の相違のなかで，どちらがより豊かな人と人との絆を築く可能性を持っているのかは，物語の結末が雄弁に語っているとおりだが，ここにもアースシー群島世界における魔術の力の維持がなぜそれ以外の欲望や情愛を抑圧したところで果たされなくてはいけないのか，という疑問が横たわっている。

　次の引用は，物語の最後で，「ひとつのことに専心しなければ何もできない」というダイアモンドに，「何もあきらめる必要はない」と魔女の教えを諭すローズとのやりとりだ。こうした深層に迫る問いかけと，恋人たちの微笑を誘う会話との並存に，ル・グウィンの真骨頂がうかがえる一節である。

"I gave it up, Darkrose. I had to either do it and nothing else, or not do it. You have to have a single heart."

"I don't see why," she said. "My mother can cure a fever and ease a childbirth and find a lost ring, maybe that's nothing compared to what the wizards and dragonlords can do, but it's not nothing, all the same. And she didn't give up anything for it. Having me didn't stop her. She had me so that she could *learn* how to do it! Just because I learned how to play music from you, did I have to give up saying spells? I can bring a fever down now too. Why should you have to stop doing one thing so you can do the other?"

"My father," he began, and stopped, and gave a kind of laugh. "They don't go together," he said. "The money and the music."

"The father and the witch-girl," said Darkrose.

Again there was silence between them. The leaves of the willows stirred.

"Would you come back to me?" he said. "Would you go with me, live with me, marry me, Darkrose?"

"Not in your father's house, Di."

"Anywhere. Run away."

"But you can't have me without the music."

"Or the music without you."

"I would," she said.　　(*Tales from Earthsea*, "Darkrose and Diamond")

「僕はまじないをあきらめたんだよ。それだけするか、まったくしないかどちらかしかなかったんだ。ひとつのことに専心するしかないんだ。」

「わかんないなあ」、ローズは言った。「母さんは熱も治すし、お産も楽にして、なくした指輪も見つける、そういうのは魔術師や龍の長ができることに比べれば何でもないかもしれないけど、でもやっぱりそんなことない。それに母さんはだからといって何もあきらめなかったわ。わたしを産んでも別に変わりなかったし。どうやってするかを習うためにわたしを産んだって言うんだから！　あなたから音楽を習ったからといって、わたしがまじないをあきらめなくてはならなかった？　今でも熱を冷ますこともできるわよ。なんでひとつのことをするのに、別のことをあきらめなくてはならないの？」

「親父がね…」とダイアモンドは言い始めて、途中でやめ、ちょっと笑って言った、「2つは両立しないものだ、金と音楽は、な。」

「父親と魔女の娘もね」とダークローズが応えた。

ふたたび2人の間に沈黙がおちた。柳の葉が動く。

「僕のところに戻ってきてくれない？」と彼は言った。「僕と一緒に行こう、一緒に住んで、結婚してくれる、ダークローズ？」

「お父さんの家じゃだめ、ダイ。」「どこでもいい。逃げよう。」

「音楽なしのあなたなんていや。」「君のいない音楽なんて。」「行くわ。」

## 第5巻　STORY・3　　　　　　　　　　　　　　　　大地の骨となって

　舞台はゴント島のレ・アルビ，偉大な魔法使いのダルスと，その弟子でサイレンスと呼ばれる寡黙な若者が生活している。サイレンスは，すでにロークの学院に行ったものの，ここゴントでしか魔法に熟達できないと信じて，ある日突然ダルスの元を訪ねてきた。ダルスの信じるところ，もっとも深い魔法はこのゴントの島の，自分がいま裸足で踏みしめている大地の下に広がる暗闇，島の根元にその秘密があり，もしサイレンスがロークの師たちの手に負えなかったのなら，自分が教えてやれるものもそれしかないと考えていた。

　サイレンスはその名のとおり，めったに口を利かず，ひたすら耳を傾け，ダルスの内心の考えさえ読みとった。サイレンスは3年間ダルスから教えを受け，彼から魔術師の証である杖を授かって，ゴント港に住みつくようになった。ある日ダルスは足元から大地の震動を感じとって，地震の前触れではないかと思う。ダルスは震源地を探すために山の黒池に行くと，そこの魚が「ヤヴド」という地名を教えてくれる。ヤヴドはゴント港のある市から少し内陸に入ったところにある岩山の奥で，もしそこが震源ならゴントの町は壊滅してしまうだろう。どうやって地震を防ぐか思案したダルスは，今はゴント港の魔術師をしているサイレンス，つまりオギオンを呪文で呼び出す。それを受けたオギオンは港の人々を避難させてから，自分の影をダルスの元に送った。2人は力を合わせて断層のずれを最小限にとどめることにするが，ダルスは自分の女師匠のアードから習った古い魔術でまだ試みたことのない大地を鎮める魔術をやってみるしかないという。ダルスがアードから教わった呪文を唱えると，彼のからだは山底の暗闇にある骨に潜りこみ，土に岩に姿を変えて，大地の激動を鎮めるのに成功したのだった。一方，オギオンも港をとりまく岩が閉じようとするのを，魔術で抑え，地震を治める。それを目撃した人々はオギオンがひとりで地震を鎮めたと考え，彼がどんなに師匠が岩山の奥で山を押さえておいてくれたおかげだといっても耳を傾けようとはしなかった。地震で崩れた壁の修理も終わると，オギオンは人々の賞賛を逃れて，山のなかに入り，大地の骨となった師に別れを告げる。そしてその後そのままレ・アルビのダルスの家に住みつきヤギを飼いながら暮らすようになったのである。

## KEYWORD 45

### 師弟の絆

　この掌編では，ゴント島の2人の傑出した魔法使いが登場する。自分の師匠から聞いてはいたが一度も試したことのない太古の魔術を実演して地震の震源に迫るダルス。ロークに一度行ったがそこで学ぶことよりもゴントのダルスの教えが真の魔法であると信じて，ひたすらダルスの言うことに耳を傾け，彼から杖を授かり今はゴントの港町の魔術師をしているオギオン。この2人には，まさに真の魔法使いに必要とされる特質が備わっている。彼らはけっして派手な行動も，自己の栄達も求めず，ひたすらにわとりに餌を与え，牛の乳をしぼり，師の教えに耳を傾けるだけだが，そこにはたがいへの信頼と連帯とがあふれている。何より自分ではほとんど語らない寡黙なサイレンスと呼ばれた修行時代のオギオンの役目が重要だ。地震の危機が迫るなか，ダルスはオギオンの助けを求めるだけでなく，くりかえし彼に語りかけることで勇気と心の平安を得て，困難な事業を達成する。

　以下に引用するのは，まだサイレンスがダルスの元で修行していた時，突然彼がダルスにヤギを飼うことを進言した時のエピソードだ。ほかの者に言われたらきっと腹を立てただろうダルスは，そのとき怒る気になれなかった。師と弟子の暗黙の絆が，地震を鎮める偉業につながり，そしてそれはやがてダルスの家に住むことになるオギオンがヤギをそこで飼うことによって実現するのだ。寡黙なひとりの男を象徴するかのようなヤギによって結ばれた2人の魔法使い，ル・グウィンの創作の手さばきと，真の魔法を知る者たちの絆が感じられる箇所である。

　The young man slept on a pallet under the little west window of Dulse's house for three years. He learned wizardry, fed the chickens, milked the cow. He suggested, once, that Dulse keep goats. He had not said anything for a week or so, a cold, wet week of autumn. He said, "You might keep some goats."

　Dulse had the big lore-book open on the table. He had been trying to reweave one of the Acastan Spells, much broken and made powerless by the Emanations of Fundaur centuries ago. He had just began to get a sense of the missing word that might fill one of the gaps, he almost had it, and—"You might keep some goats," Silence said. ......

He had never angry at Silence before. There was a very long pause.
"What for?"

Silence apparently did not notice the pause or the extreme softness of Dulse's voice. "Milk, cheese, roast kid, company," he said. ......

"I dislike goat cheese," Dulse said.

Silence nodded, acceptant as always.

From time to time in the years since then, Dulse remembered how he hadn't lost his temper when Silence asked about keeping goats; and each time the memory gave him a quiet satisfaction, like that of finishing the last bite of a perfectly ripe pear.

(The Tales from Earthsea, "The Bones of the Earth")

　若者はダルスの家の西側，小窓の下のわら布団で3年間寝た。彼は魔術を学び，にわとりに餌をやり，牛の乳をしぼった。一度彼はダルスに，ヤギを飼うことを勧めたことがある。一週間ほど何も言わなかった，ある秋の冷雨の降る週に。こう言ったのだ，「ヤギを飼うのもいいですね」と。

　ダルスは机の上に分厚い知恵の書を広げていた。彼は何世紀も昔「ファンダウアの流出」で壊され無力になってしまった「アカスタンの呪文」をふたたび編み出そうと，あれこれ試みていたところだった。空白のひとつを埋める失われた単語の意味がもう少しでわかりそうな，あと一歩というところで——「ヤギを飼うのもいいですね」とサイレンスが言ったのだ。

　…ダルスはサイレンスには一度も腹を立てたことがなかった。とても長い沈黙が続いた。

　「なんでだね？」サイレンスはその沈黙にもダルスの声が極端にやさしいことにも気づかないようだった。「乳とか，チーズとか，子ヤギの焼肉とか，あとまあ，お供にも」と彼は言った。…

　「わたしはヤギのチーズは嫌いでね。」

　サイレンスはうなずいた，いつものように従順に。

　その後何年もたって折りにふれてダルスは思い出す，サイレンスがヤギを飼うことを言い出した時，どうして自分が癇癪を起こさなかったかを。そのたびにその思い出が，まるで見事に熟した梨の最後の一口を食べる時のような，静かな満足感を彼に与えるのだった。

# KEYWORD 46

## 太古の魔法

　この物語のもうひとりの隠れた主人公は，ダルスの師であった魔女のアードである。彼女がダルスに教えた，ロークの魔術よりもずっと古い大地の闇の力に属する魔術をダルス（本名はヘレス）が自分の死を賭して実施したおかげで，岩山の奥の震源地の揺れが鎮められ，ゴントの港町は難を逃れたのだった。オギオンも自分の師匠のその師が女であるとその時はじめて聞いて，最初は驚く。ローク学院的な「正統的魔術」の価値観にしたがえば，多くの魔女は魔術師の名に値しないという偏見がいつの頃からか広まってしまったのだが，たとえ魔女に対する蔑視が支配的な時代においても，ローク的価値規準によっても傑出した魔術師と見なされる女性も存在したということだろう。しかしその魔術は，しだいに男性が支配するようになったロークの魔法学院の秩序だった魔術ではなく，もっと太古の力に属する，その分危険で，自らの身体を犠牲にせずには果たせない究極の魔術だった。

　ここにもこの第5巻から第6巻へとつながる主題である，今は大方忘れられてしまった女性的な魔術の力の出現がある。それは第2巻で，テナーが逃れてきたアチュアンの闇の力にもつながるものであるし，アースシー群島世界が，龍と人間，東方のカルガド帝国と西方のハヴナー王国とに別れる前の力とも関係がある。それはやがて第6巻で全面的に展開される主題なので，ここではおいておくが，以下の引用でもその兆しが感じられる。太古の魔法の力と女性が出産する時の身体的強さとが比べられ，2人の偉大な男の魔法使いが，さらに偉大な力に遭遇して畏敬するさまが見事に表現されている。

"It's not Roke magic," the old man said. His voice was dry, a little forced. "Nothing against the balance, though. Nothing sticky."

That had always his word for evil doings, spells for gain, curses, black magic: "sticky stuff."

After a while, searching for words, he went on: "Dirt. Rocks. It's a dirty magic. Old. Very old. As old as Gont Island." ......

"Very old stuff," he said, "what I'll be doing. I wish now I'd thought about it more. Passed it on to you. But it seemed a bit crude. Heavy-handed ... She didn't say where she'd learned it. Here, of course ... There are different kinds of knowledge, after all."

"She?"

"Ard. My teacher." Heleth looked up, his face unreadable, its expression possibly sly. "You didn't know that? No, I suppose I never mentioned it. I wonder what difference it made to her wizardry, her being a woman. Or to mine, my being a man ... What matters, it seems to me, is whose house we live in. And who we let enter the house. This kind of thing—There! There again —"

His sudden tension and immobility, the strained face and inward look, were like those of a woman in labor when her womb contracts.

(*Tales from Earthsea*, "The Bones of the Earth")

「ロークの魔術じゃないんだ」と年老いた男は言った。その声は乾き、少し無理が感じられた。「でも均衡を壊すようものじゃない。不愉快なやつじゃない。」

「不愉快なやつ」というこの単語は、いつもダルスが邪悪な行いや、儲け、呪い、黒魔術に使う呪文などを示すのに使っていたものだった。

しばらく間があって言葉を探してから、彼は続けた。「土。岩。きれいな魔術じゃない。古い。とにかく古いんだ。ゴントの島と同じくらいに古い。」

…「とても古いやつだ」と彼は言った。「わしのやろうとしているのは。もう少し考えておけばよかったと今になって思うよ。おまえに教えておけばとね。でもなんか雑な感じなんだな。粗削りというか…。どこで学んだかは彼女も言わなかった。ここだな、もちろん…。いずれにしろ知識といったって、色々な種類のものがあるからな。」

「彼女？」

「アードさ。おれの先生の。」ヘレスは顔を上げたが、その表情は読みとれず、何かずるそうな顔つきだった。「知らなかったか？ 言ったことがなかったけかな。女だったことで、魔術にどんな違いが生まれたのかなあ。あるいはわしの魔術にも、わしは男だから…。わしは思うんだが、大事なのは、だれの家に住んでいるかじゃないか。そしてだれをその家に入れてやるか。そういうことが——きたぞ！ また来た。」

ダルスは突然緊張して動かなくなった、その気張った顔と内を見つめる視線は、まるでお産をしている女の子宮が収縮する時のようだった。

## 第5巻　STORY・4　　　　　　　　　　山の湿原にて

　ハヴナー島の北西、エンレイド諸島の南西にある、草地に牛や羊が放牧され、湿原が広がるセメル島が舞台。ある冬の夜、湿原の一軒家に男の旅人が一夜の宿を請う。その家には未亡人のギフトが飲んだくれの弟ベリーと2人で住んでいたが、男が動物の病気を治す治療師だと聞いて歓迎する。40歳ぐらいに見えるこの魔術師は旅に疲れた格好をしていたが、その話し方には気品があり、動物たちに対する態度も優しい。彼はギフトの勧めにしたがって、冬の間この家に滞在し、村に流行っている家畜の伝染病を治すことにする。男は自分の面倒は洗濯から何から自分でするし、家畜の病気を治す術も見事で村人たちの信用をしだいに得ていく。男はいつも動物の耳に何かを話しかけながら、病気を遠ざけておくのだという。男は相手が馬だろうがラバだろうが牛だろうが、友人のように声をかけてその気持ちを汲んでやり、すぐに親しくなるのだった。

　ある日、真の名前をイリオスというこの男は、村に来たもうひとりの治療師が自分に嫉妬するのを感じて、思わず呪いをかけ、それを抑制しようとした反動で意識を失う。村人たちがイリオスを恐れるようになっても、ギフトは自分の真の名前エマーをどういう訳か知っている彼をかばい看病する。

　その数日後、今度はホーク（タカ）と名乗る30代ぐらいの男がエマーの家にやってきて一夜の宿を請う。イリオスが寝込んでいる間に、エマーがイリオスのことを悪い人ではないが間違って黒魔術を使ってしまったらしいというと、ホークはロークの魔法学院の話を始める。40年以上も昔、セメルの南東にあるアーク島にひとりの魔術の才のある子どもが生まれたが、両親がいなくなって面倒を見る人がいなくなり、まじないで悪いことばかりするので、ロークに送られた。この少年はロークでもあらゆる術に熟達し、もっとも強力で危険な、死者を呼び出す召喚の術をきわめる。成人した男は、ついに生きている人間の霊を呼び出して支配する、禁じられた魔術に手を染める。その術で召喚の師を呼び出した男は、召喚の師と学院長とが結束した戦いに敗れ、どこへともなく逃亡する。その男を捜し求めて、ホークこと学院長のゲド自身がやってきたのだ。イリオスは過去を悔い、ゲドと和解するが、ロークには戻らず、この村で治療師としてエマーとともに暮らすことにする。

# KEYWORD 47

## 呼ばれた名前

　これも長い物語ではないが，女と男の関係，人間と動物とのつながり，魔術の力とその危険，他者を知ることの重み，たがいに名前を交換することが生涯の絆を築く可能性といった，『アースシー物語』を貫く主題が展開された読み応えのある短編である。セメル島の寒村に暮らす未亡人のギフトは，夫が死んで2年になるのに，他のものは処分したが靴は取っておいた。その靴を行きずりの旅人である男にあてがってやるのである，新しく編んだ毛糸の靴下と一緒に。話し方がやさしく，動物と親しそうで，とにかく悪い人には思えないから，という直感が彼女にはある。その後，たとえ彼が失敗しても，村人から嫌われても，彼女だけは男をかばい続ける。それはたんなる同情だろうか，それとも…。

　この男の正体はかつて強大な力を誇ったが，その力のせいで道を誤り，人々を不幸に陥れた過去を持つ魔術師だった。だから彼にとって動物の病を癒したり，人の真の名前を知るのはそれほど難しいことではない。以下に引用する2箇所は，ともに名前に関する心しみる場面である。ひとつめの箇所では，魔術師が格下のまじない師を呪文で縛ろうとして，それを自ら抑制しようとしたためにかえって呪いが自分に降りかかり倒れてしまう。彼を助け起こして家まで連れて帰り，看病するギフトの真の名前を男がベッドから呼ぶ。彼女の家には男と弟という2人の男が，同じような格好で寝ており，彼女は彼らの靴を脱がし寝かせてやった。ル・グウィンはまったく同じ表現を使うことによって，ギフトにとっての2人の男の違いをかえって鮮明に際立たせる。同じように寝てはいても，飲んだくれ転んで傷つけた弟の前額と，血のつながりはないが不思議な近さを感じる男の熱を持った前額との違い，後者に置かれた彼女の手に応えるかのように呼ばれた「エマー」という名前。酔っ払いの弟と暮らしてきた彼女にとって，自分だけしか知らないはずの名前を呼ばれた驚きは，心の奥底に届く喜びをも伴っていた。

　この魔術師は，魔術のなかでも最も強大なものとされ，ごく少数の卓越した魔術師にしか駆使できないと言われる召喚の術を使って他人を支配しようとした。その男がいまやそうした他者支配の術を放棄して，自分にとって最もふさわしい動物の病を癒す術と，人の真の名前を発見し呼びかけてやるこ

とに専念している。魔術を放棄することによって到達できる魔法の奥義。ここにも『アースシー物語』全体を貫くテーマのひとつである、「やりたいことではなくなすべきことのみをなす」という、単純だがきわめて困難な魔法の道が提示されているのである。

　2番目の箇所は、この短編の最後の数行で、真の名前を交換する関係こそが、他者を支配する欲望からまぬがれた真の平安をもたらすつながりであることを示す一節だ。もしイリオスが現れずに、彼女の名前を呼んでくれることがなかったなら、彼女の名前は、さらにエマーの人生はだれにも深く理解されることなく忘れ去られてしまったかもしれない。ひとりの女性の人生がここに刻まれた、そんな確信が私たちにも伝わってくる。たがいの真の名前を呼びあい、その名を自分のものであると相手の声によって確認するとともに、その交換行為によって自分の内奥の秘密を相手に分かち合ってもらうおののきと喜び。単に愛情とか信頼というだけでは物足りないような人と人との根源的なつながりが結ばれる瞬間に私たちも立ち会っているのだ。

　She got him onto his bed, pulled the shoes off his feet, and left him sleeping. Berry came in late and drunker than usual, so that he fell and gashed his forehead on the andiron. Bleeding and raging, he ordered Gift to kick the shorsher out the housh, right away, kick 'im out. Then he vomited into the ashes and fell asleep on the hearth. She hauled him onto his pallet, pulled his shoes off his feet, and left him sleeping. She went to look at the other one. He looked feverish, and she put her hand on his forehead. He opened his eyes, looking straight into hers without expression. "Emer," he said, and closed his eyes again.

　She backed away from him, terrified.

　In her bed, in the dark, she lay and thought: He knew the wizard who named me. Or I said my name. Maybe I said it out loud in my sleep. Or somebody told him. But nobody knows it. Nobody ever knew my name but the wizard, and my mother. And they're dead, they're dead … I said it in my sleep …

　But she knew better.

―――――

　She stood with the little oil lamp in her hand, and the light of it shone red between her fingers and golden on her face. He said his name. She gave him sleep.　　　　　　　　　(*Tales from Earthsea*, "On the High Marsh")

　彼女は男をベッドに寝かせ，靴を脱がせて，寝かせておいた。ベリーが夜遅くいつもより酔って帰ってきて，転んで額を暖炉の薪台にぶつけて切った。血を流し怒りくるいながら，ベリーはギフトに，このまじない野郎をこの家から蹴りだせ，すぐにだ，こいつを蹴りだせと吠えた。それから暖炉の灰に吐いて，その前で寝入ってしまった。ギフトは弟をわら布団に放り出し靴を脱がせて，寝かせておいた。彼女はもうひとりのほうを見にいった。男は熱があるように見えたので，彼女は片手をその額においてみた。男が両目を開け，彼女の目を表情のない顔でまっすぐに見つめた。「エマー」と彼は呼び，ふたたび目を閉じた。
　彼女は彼から身を離した，こわくなって。
　自分のベッドで，暗闇のなかに横たわりながらギフトは思った。わたしを名づけた魔術師を知っていたんだわ。じゃなけりゃ，わたしが自分で名前を言ったのね。眠りながら声を出していったのかもしれないし。あるいはだれが教えたのかも。でもだれも知らないじゃない。あの魔術師と母さん以外だれもわたしの名前は知らなかった。でも2人とも死んだ，もう死んでるわ…眠りながらきっと言ったのよ…
　でもそうでないことは自分がいちばんよく知っていたのだ。

---

　女は手に小さなオイルランプを持って立っていた，その明かりが赤く指の間で光り，女の顔を金色に染めた。男は女の名前を言った。女は男に眠りをあげた。

"Your name is beautiful, Irioth," she said after a while. "I never knew my husband's true name. Nor he mine. I won't speak yours again. But I like to know it, since you know mine."

"Your name is beautiful, Emer," he said. "I will speak it when you tell me to."　　　　　　　　　(*Tales from Earthsea*, "On the High Marsh")

　「あなたの名前はきれいよ，イリオス」，しばらくして彼女は言った。「わたしは自分の夫の本当の名前も知らなかった。彼もわたしのは知らなかったわ。あなたの名前はもう言わない。でも知ることができて嬉しい，だってあなたはわたしのを知っているのだもの。」
　「君の名前もきれいだ，エマー」，彼は言った。「君がそうしろといえば，いつでも言ってあげるよ。」

# KEYWORD 48

## 他者としての自己

　かつては強大な魔術を邪悪な他者支配の目的に使い，よほどのことがなければ使ってはならない召喚の術を生きている人間の霊に向かって使用することに味を占めたイリオス。今やロークの学院長となったゲドは，彼との対決において，召喚の師であるトリオンと協力して，なんとかイリオスの力に打ち勝ったが，彼の逃亡までは止めることができなかった。こうしてイリオスは行方知れずとなるが，ゲドはこの男のことを考えると，火山とその裾野の緑が見えるので，このセメル島にいるに違いないと見当をつけてやってきたのだった。

　この島に来てからのイリオスは，格下のまじない師に思わず呪文をかけてしまう場面をのぞいて，危険なところは何もなさそうな，くたびれた魔術師にすぎない。しかも彼はそのまじない師への呪いを打ち消そうとして，かえって自分のからだを傷つけてしまうのである。彼は動物の病気を治す術に長けているだけでなく，宿の主人であるエマーにはもちろん，その弟で飲んだくれのベリーに対しても，何か他のものになりたくて飲んでいるのだ，と理解を示す優しい男だ。だからゲドがエマーに語るイリオスのローク時代の話は，にわかに信じられないほど恐ろしい。彼にとって，そのような他者支配の欲望から最終的に解放したのは，和解のために自分を訪ね，ロークに戻るよう勧めてくれたゲドのおかげというより，何よりそんな敗残者の自分を温かく迎え，あらゆる危難から自分をかばってくれたエマーというひとりの女性との出会い，そしてたやすく意志を通じることのできる動物たちの存在があったからだ。

　以下に引用するのは，この短編の最後近く，ゲドとイリオスが対面して，イリオスが他者を知ることについて，自己と他者との絆について語るところである。人の真の名前を呼ぶことは，相手を滅ぼすためにも使われるが，ここでのゲドとイリオスとエマーのように，真の他者同士の絆を結ぶ手段でもある。KEYWORD 47で結ばれた2人の人間の絆は，ここで3人を結ぶ絆へと拡張されるのだ。

　さらにこの短編が重要なのは，『アースシー物語』の第1巻から第4巻におけるゲドの人生の変遷をも映し出すからだ。ゲドとイリオスはさまざまな

5　[第5巻]　アースシー短編集　149

面で似ている。ともに若くして魔術の才能をほしいままにし，強大な力を持った魔術師であること，それゆえに危険な召喚の術におぼれ道を誤ったこと，動物を伴侶としたり動物と心の交流を保っていること，他者との出会い，とくに女性の忍耐心にあふれた愛情に触れて救われ，動物たちを癒す術以外は魔術を捨てて自己に安住して生きる決心をすること，さらにゲドもイリオスも召喚の師トリオンと複雑な関係を保ってきた（これは次の話，「龍の飛翔」でより明らかになる）。イリオスの数奇な人生によって，ひとつの単線的な物語にはとうてい収まらないゲド自身の人生が，読者にとっては物語られる時間を過去と現在を往き来しながら逆照射されるのだ。最終的にイリオスの処遇を決めるのはエマーの手にゆだねられる，そんな結末がいかにもふさわしく，エマーのまなざしに捉えられた2人の男の姿を通して3人の交錯する過去と未来が私たちの心に暖かな余韻を残す場面である。

"Ged," he said. He bowed his head. After a while he looked up and asked, "Will you take my name from me?"

"Why should I do that?"

"It means only hurt. Hate, pride, greed."

"I'll take those names from you, Irioth, but not your own."

"I didn't understand," Irioth said, "about the others. That they are other. We are all other. We must be. I was wrong."

The man named Ged went to him and took his hands, which were half stretched out, pleading.

"You went wrong. You've come back. But you're tired, Irioth, and the way's hard when you go alone. Come home with me."

Irioth's head drooped as if in utter weariness. All tension and passion had gone out of his body. But he looked up, not at Ged but at Gift, silent in the hearth corner.

"I have work here," he said.

Ged too looked at her.

"He does," she said. "He heals the cattle."

"They show me what I should do," Irioth said, "and who I am. They know my name. But they never say it."

After a while Ged gently drew the older man to him and held him in his arms. He said something quietly to him and let him go. Irioth drew a deep breath.

"I'm no good there, you see, Ged," he said. "I am, here. If they'll let me do the work." He looked again at Gift, and Ged did also. She looked at them both. (*Tales from Earthsea*, "On the High Marsh")

　「ゲド」と彼は言い，頭をたれた。間があってから彼は目を上げ，聞いた，「わたしから名前を取り上げられるのですか？」
　「どうしてその必要があります？」
　「それが意味するのは傷つくことだけ。憎しみ，プライド，貪欲。」
　「それらの名前をあなたから取りさりましょう，イリオス，でもあなた自身の名前はあなたのもの。」「わたしには理解できなかった」，イリオスは言った，「他人というものが。人が他者であることが。私たちすべてが他者であることが。私たちはそうであるほかない。わたしは間違っていた。」
　ゲドと呼ばれた男は彼に近づき，その両手を取った，まるで懇願するように半分差し出されていた手を。
　「あなたは間違っていた。そして帰ってきた。でもあなたは疲れておられる，イリオス，それにおひとりでは行く道は厳しすぎる。わたしと一緒に家に帰りましょう。」
　イリオスの頭はまったく疲れきったようにたれたままだった。その身体からはあらゆる緊張と情熱が消えてしまっていた。それでも彼は目を上げ，ゲドではなく，暖炉のそばで黙っていたギフトを見た。
　「わたしにはここですることがある」と彼は言った。
　ゲドも彼女を見た。「そうです」と彼女は言った。「家畜を治すんです。」
　「ここの人たちがわたしが何をすべきか教えてくれる」，イリオスは言った，「それにわたしが何者かも。わたしの名前を知っているのです。言いはしませんが。」
　ややあってゲドはこの年上の男を静かにひきよせ，両手で彼を抱いた。そっと何かをささやくと，手を離した。イリオスは深く息を吸い込んだ。「わたしはあちらでは役に立たないよ，ゲド」，彼は言った。「わたしのいるのはここだ。わたしに仕事をさせてくれればだが。」彼はふたたびギフトを見て，ゲドもまたそうした。ギフトは２人を見つめた。

## 第5巻　STORY・5　　　　　　　　　　　　　　　　　龍の飛翔

　第4巻が終わった時点からこの話は始まる。レバネン王がハヴナー島で王座につき統治を始めたが，ロークに新しい魔法学院長はまだいない。そのころウェイ島に領主イリア一族の本家の娘ドラゴンフライ（トンボの意味）というひとりの娘がいた。父親は財産を使い果たし，今は酒びたりの毎日，母親は産褥で死んでいる。13歳になった時，彼女は村の魔女ローズの元に出かけていって，真の名前をつけてもらう。たいへんな力が隠されているという彼女のために魔女が探し出した名前はイリアンで，自分の家を蔑む彼女はそんな名を嫌う。でも魔女は名前が向こうからやってきたのだから，受け入れるしかないと言う。

　分家したウェストプールのイリア家は，ローク魔法学院で学んだという若者アイヴォリーを雇う。彼はロークの掟を破って女性を連れこんで学院を追放され，この田舎家で幻影を見せて正式の魔術師を装っていた。ある日，本家へ散歩に行ったアイヴォリーは，背の高い娘に成長したイリアンに出会う。彼がイリアンの興味をひくためにロークのことを話題にすると，彼女はそれを夢中になって聞く。魔術にあこがれるイリアンは男装し，彼とともに女人禁制の魔法学院に入学すべく旅に出る。アイヴォリーにはこの美しい娘を籠絡して寝床に誘い込むことだけが目的だったが，イリアンは真剣だ。アイヴォリーは彼女から真の名前を聞きだして支配しようとするが，望むなら抱いてもかまわないというイリアンの常人からは計りがたい態度に直面して醒めてしまう。

　ロークの門番の師はイリアンを女と知りながら中に入れる。彼はイリアンが来たのは，自分たちに何か重要なことを教えに来たのだと考えたからだ。多くの師が女性に対する偏見をあらわにして，イリアンを受け入れようとしないなか，手本の師アズヴァーが彼女を森に招く。イリアンは初代の門番の師オッターが暮らした家に寝泊りし，森の木々の間で過ごす。

　アズヴァーによれば，ゲド無き後のロークは2つに分裂している，死の国から生還した召喚の師トリオンを学院長に推す側と，それに反対する側と。ついにトリオンらにけしかけられた院生たちがイリアンを捕えてロークから追放しようと森にやってくる。イリアンはトリオンと丘の頂で対決し，龍に変身してトリオンを炎で焼きつくし，西方のかなたへ飛翔して消える。

# KEYWORD　49

## 魔女が授けた名前

　第5巻の最後を飾るこの重厚で深い思考を誘う中編は，現在，すなわちゲドがレバネンとともに死の国からカレシンに運ばれて帰還したが，魔術の能力を失ったゲドは故郷のゴントに隠棲し，レバネンはハヴナーで王として新たな統治を開始するが，いまだ人々の不安と動揺は収まらない時の話だ。よってこの話が第4巻と第6巻とをつなげる橋渡しの役割をつとめることになる。

　ここでも，これまでもくりかえし変奏されてきた，真の名前の大切さ，男の知識と女の知恵，魔法の真の力とは何か，魔術師の性欲，太古の力につながった森の木々が秘める永遠の知，龍と人間との分化と同一性といった，私たちの深い内省をいざなう主題が展開される。とくに主人公の女性イリアンが，魔女のローズによって名を授けられるが，それが人間としては真の名前であるとしても，本人も納得できないし，名づけ親のローズも何かやり残した感じがするという記述から，私たちがこれまでしばしば出会ってきた，真の名前の権威と重みに疑問符がつけられることが興味深い。このことはいったい人間にとって名前とは何か，それが他者と自己をつなぐ絆であるとしたなら，そうした絆なしに自己は他者と関係を持てないのか，さらに名前や言葉を超えた他者との関係の可能性にまで，私たちの思考を誘う。

　以下は，ローズがまだドラゴンフライと呼ばれていた娘に，真の名前が魔女にはどのようにしてわかるのかを解説する場面だ。ローズは向こうからやってくる「贈り物」としての名前を，魔法をつかさどる者なら受け入れるしかないのだと語る。村の魔女の言葉はロークの魔術師のような「教育」や「論理性」などと無縁であることによって，かえってその素朴な言葉づかいに潜む含蓄と真実が私たちの心の奥に響いてくるのだ。


"I'll know. How do you know what name to say, Rose? Does the water tell you?"

The witch shook her iron-grey head once. "I can't tell you."Her "can't" did not mean "won't." Dragonfly waited. "It's the power, like I said. It comes just so." Rose stopped her spinning and looked up with one eye at a cloud in the west; the other looked a little northward of the sky. "You're there in the water, together, you and the child. You take away the child-name. People may go on using that name for a use-name, but it's not her name, nor ever was. So now she's not a child, and she has no name. So then you wait. In the water there. You open your mind up, like. Like opening the doors of a house to the wind. So it comes. Your tongue speaks it, the name. Your breath makes it. You give it to that child, the breath, the name. You can't think of it. You let it come to you. It must come through you and the water to her it belongs to. That's the power, the way it works. It's all like that. It's not a thing you do. You have to know how to let it do. That's all the mastery."

"Mages can do more than that," the girl said after a while.

"Nobody can do more than that," said Rose.

(*Tales from Earthsea*, "Dragonfly")

「わたしがわかればいいの。ローズ,どんな名前を言えばいいかどうやってわかるの？　水が教えてくれるの？」

魔女は鉄灰色をした頭を一度横に振った。「言えないね」。彼女の「言えない」は「言わない」と意味しない。ドラゴンフライは待っていた。「力さ,言ったろ。ただそうしてやってくるのさ。」ローズは糸をつむぐ手を止めて,片方の目で西の空の雲を見た。もう一方の目は空の少し北のほうを。「水のなかに入るだろ,一緒に,あんたと子どもとでさ。それであんたが子どもの名前を取る。その名前は後になっても呼び名として使い続けてもいいけど,それはその娘の名前じゃない,もとからそうじゃなかったんだ。それで今はその娘も子どもじゃなくて,その娘には名前がない。それから待つんだよ。そのまま水のなかでさ。心を開くんだね,まあ。家の戸口を風に開くようなもんさ。するとやってくる。あんたの舌がそれをしゃべる,その名前を。あんたの息がそれを作るんだ。あんたはそれをその子にやる,その息を,その名前を。考えることはできない。ただそれがやってくるのを待つんだ。あんたと水のなかを通ってそれがやってきて,それが属している娘のところにやってくる。それが力さ,そういうふうに起きるんだ。すべてそういう具合に。やってできることじゃない。それにどうやってやらせるかを知らなくちゃいけない。それが術のすべてさ。」

「魔法使いならそれ以上できるわ」,しばらくして女の子が言った。

「それ以上はだれもできないよ」とローズが応えた。

# KEYWORD 50

## 自分の場所

　第3巻でゲドとレバネンが死の国で出会った召喚の師トリオンは，一度死んだと思われながら埋葬の直前に息を吹き返す。そして自らゲドのいなくなったロークの学院長となり再度レバネンの戴冠式を執り仕切って，魔法界の秩序を回復しようと企てている。トリオンに同調するのは，風鍵の師，変化の師，手業の師，詠唱の師で，彼らに共通するのはすべての女性や魔女たちに対する深い侮蔑と優越感，同時に女性的なものへの恐れだ。対して，イリアンの訪問に意義を見出すのが，門番の師，手本の師，命名の師，薬草の師だが，彼らにしても最終的にどう対処したらいいかはわからず，またトリオン側の勢力に対抗する力はない。ただ彼らは，かつて手本の師アズヴァーがつぶやいた「ゴントの女」がゲドを継ぐべき魔法学院長の鍵を握る存在であるという言葉を信じ，トリオンが学院長になることだけは阻止しなくてはならないという点で一致している。

　以下に引用するのは，イリアンを捕えようとやってきた学院の男たち，その代表である風鍵の師に彼女が答えるところで，イリアンとトリオンとの対決の少し前の場面である。ここでイリアンは，女性蔑視をあらわにして「自分の場所をわきまえろ」と言う風鍵の師に対して，いったい自分の場所とはどこなのだろうか，と自問する。その答えの手がかりのひとつが，最後に彼女が龍に変身してトリオンを一瞬にして炎熱により灰と化し，「西のもっと向こうへ」と飛び去っていくことで得られる。この「自らの場所」を知るという主題が『アースシー物語』を貫く主題のひとつであることは，ここでも，また次の第6巻でも明らかにされる。女性への偏見を持つ男の魔術師たちと，それをはるかに凌駕する強大な力を秘めた「龍／女」とが真っ向からぶつかる，迫力ある一節だ。

"Lord Thorion has returned from death to save us all," the Windkey said, fiercely and clearly. "He will be Archmage. Under his rule Roke will be as it was. The king will receive the true crown from his hand, and rule with his guidance, as Morred ruled. No witches will defile sacred ground. No dragons will threaten the Inmost Sea. There will be order, safety, and peace."

None of the four mages with Irian answered him. In the silence, the men with him murmured, and a voice among them said, "Let us have the witch." ......

"I am not a witch," she said. Her voice sounded high, metallic, after the men's deep voices. "I have no art. No knowledge. I came to learn."

"We do not teach women here," said the Windkey. "You know that."

"I know nothing" Irian said. She took another step forward, facing the mage directly. "Tell me who I am."

"Learn your place, woman," the mage said with cold passion.

"My place," she said slowly, the words dragging—"my place is on the hill. Where things are what they are. Tell the dead man I will meet him there."

(*Tales from Earthsea*, "Dragonfly")

「トリオン殿は私たちみんなを救うために死から生還された」，風鍵の師は強い口調ではっきりと言った。「この方が学院長になられましょう。その下でロークは元のようになるのです。王はその手から真の王冠を受け取り，モレドがそうしたようにその指導の下に治めるでしょう。いかなる魔女も聖地を汚すことはなくなる。いかなる龍も内海を脅かさなくなる。秩序と安全と平和がもたらされるのです。」

イリアンとともにいる4人の師はだれもこれに答えなかった。沈黙が続くなか，風鍵の師についてきた男たちがぶつぶつ言い始め，そのひとりが「魔女を捕まえろ」と言った。…

「わたしは魔女ではありません」とイリアンは言った。彼女の声は男たちの深い声の後では，高く金属的に聞こえた。「わたしにはなんの術もない。知識もありません。習いに来たのです。」

「ここでは女には教えない」，風鍵の師は言った，「知っておろう。」

「わたしは何も知りません」とイリアンは言った。彼女はさらに一歩前に出て，師にまっすぐ向かい合った。「わたしがだれか教えてください。」

「自分の場所を知れ，女め」と，魔術師は冷たく言い放った。

「わ・た・し・の・ば・しょ」とイリアンはゆっくりと，単語を引き伸ばしながら言った——「わたしの場所は丘の上。そこではすべてがあるがままの姿でいる。死んだ男に伝えなさい，そこでわたしが会いますと。」

## アースシー世界を読み解く
## 基本キーワード・5 ── 魔術師と魔女

　『アースシー物語』に一貫しているのはジェンダーの問題，すなわち社会において女らしさや男らしさがどのように規定されどんな影響をもたらしているか，という関心である。しかもこの物語ではそれが，魔術を行う力とそれを伝授する教育との関連で探求されていることが大きな特徴となっている。とくに，最初の3巻までは魔術が「男性のもの」という印象をぬぐいきれなかったものが，4巻以降，女性たちの活躍が前面に押し出され，魔術世界の衰退も描かれるようになり，アースシー世界の歴史が明らかになってくるにつれて，実はアースシー群島における魔術も，もともと男女による行使力の判別があったわけではなく，社会的組織と教育機関の整序が行われていくにしたがって，ジェンダーによる差異が生まれてきたことが明らかにされていく。魔術と社会的な男女の性差の関係を探ることも，『アースシー物語』の倫理性の大きな動因となっているのだ。その意味で，この物語は魔術に仮託しながら，男性中心的な西洋近代の知識や政治体制，テクノロジーの歴史を根底から書き直そうとする壮大な試みとも言えるだろう。

　以下では，元来流動的で使い方も確定していなかった魔女，まじない師，魔術師という単語が，ロークの魔法学院の初代学院長となったハルケルによって，ジェンダーによる厳格な階層に分けて定義され，それによって女性差別的な魔術の組織化の基礎が築かれた歴史が述べられている。『アースシー物語』とは，このような歴史を踏まえながら，ジェンダーによる社会編成がおおきく塗り替えられていく「魔術の終わりの始まり」とも言うべき激動の時代をつづる叙事詩とも言えよう。

　魔術の使用と教育，およびその定義をめぐるジェンダーに基づく男女差別と経済的格差や家庭的出目に基づく階層差別の問題は，いったい私たち人間にとって真に必要な魔術とは何なのかという，いわば魔法の倫理性に関わる問いを誘発せざるを得ない。偉大な才能に恵まれ自尊心にあふれた魔術師ゲドの一代記と一見思われたこの物語が，巻が進むにつれて，女性たちや，飾らぬ普通の人々に焦点を合わせていくのも，まさにこうした魔術をめぐる差別への問いかけが根底にあるからにほかならない。

*Witchery* was restricted to women. All magic practiced by women was called "base craft," even when it included practices otherwise called "high arts," such as healing, chanting, changing, etc. Witches were to learn only from one another or from sorcerers. They were forbidden to enter Roke School, and Halkel discouraged wizards from teaching women anything at all. He specifically forbade the teaching of any word of the True Speech to women, and though this proscription was widely ignored, it led in the long run to a profound, long-lasting loss of knowledge and power among the women who practiced magic.

*Sorcery* was practiced by men—its only real distinction from witchery. Sorcerers trained one another, and had some knowledge of the True Speech. Sorcery included both base crafts as defined by Halkel (finding, mending, dowsing, animal healing, etc.) and some high arts (human healing, chanting, weatherworking). A student who showed a gift of sorcery and was sent to Roke for training would first study the high arts of sorcery, and if successful in them might pursue his training in the art magic, especially in naming, summoning, and patterning, and so become a wizard.

A *wizard*, as Halkel defined the term, was a man who received his staff from a teacher, himself a wizard, who had taken special responsibility for his training. It was usually the Archmage who gave a student his staff and made him wizard. This kind of teaching and succession occurred elsewhere than Roke—notably on Paln—but the Masters of Roke came to regard with suspicion a student of anyone not trained on Roke.

*Mage* remained an essentially undefined term : a wizard of great power.

The name and office of *archmage* were invented by Halkel, and the Archmage of Roke was a tenth Master, never counted among the Nine. A vital ethical and intellectual force, the archmage also exerted considerable political power. On the whole this power was used benevolently. Maintaining Roke as a strong centralizing, normalizing, pacific element in Archipelagan society, the archmages sent our sorcerers and wizards trained to understand the ethical practice of magic and to protect communities from drought, plague, invaders, dragons, and the unscrupulous use of their art.

(*Tales from Earthsea*, "A Description of Earthsea")

魔女は女性だけに限られた。女性が行う魔術のすべては「いやしい技」と呼ばれ、たとえそのなかに病気の治癒や詠唱、変身といった「高級な術」が含まれていても、それは変わらなかった。魔女はたがいに教えあうか、男のまじない師からしか習うことができないとされた。彼女たちはロークの学院に入ることは禁じられ、ハルケルは魔術師が女性になにかを教えることもやめさせようとした。とくにハルケルは、女に真の言葉を一語なりとも教えてはならないとし、この禁令はあまり守られなかったとはいっても、それが長い年月にわたると、魔術を行う女性たちのあいだでの知識と力の喪失を取り返しのつかない形でもたらしてしまったのである。

　まじないは男が行う――それだけが魔女の術との違いだ。まじない師は互いに教えあい、真の言葉を少しは知っている。まじないはハルケルが定義した卑しい技（物さがし、修繕、占い棒による水脈探し、家畜の治癒など）と、いくつかの高級な術（人間の治癒、詠唱、天候の左右）とを含む。まじないの才のある学生がロークに教育のため送られると、最初にまじないの高級な術を勉強し、それをおさめると今度は魔術の訓練、とくに名づけや呼び出しの術、手本の読みとりなどを学び、そうやって魔術師となる。

　魔術師という語はハルケルの定義によれば、彼自身魔術師であって弟子の訓練に特別の責任を持つ教師から杖を授けられた男のことだ。ふつう学生に杖を授け、魔術師とするのは大魔法使いである。魔術の教育と継承はローク以外でも行われていたが――とくにパルンで――ロークの教師たちはロークで教育を受けない学生をおしなべて疑いの目で見るようになった。

　魔法使いというのは、いまだに定義のできない語といってよい。偉大な力を持った魔術師ということになろうか。大魔法使いという名称と地位を発明したのもハルケルで、ロークの大魔法使いは10番目の教師として、9人の師には含まれない。大魔法使いは倫理的・知的力において重要であるだけでなく、無視できない政治的権力をも行使した。おおむねこの権力は良い方向に使われてきた。ロークが群島世界の規範となる平和を維持する中核的な要素となるように、大魔法使いは、魔術の倫理に照らした行使を理解し、人々の共同体を旱魃や疫病、侵略者、龍、魔術の悪用から守るよう訓練されたまじない師や魔術師を各地に送ってきたのである。

# 6

## [第6巻]
## もうひとつの風
### (The Other Wind)

［主要登場人物］
- オールダー（Alder）（ハラ（Hara））：物直しの才能を持つまじない師。
- リリー（Lily）（メヴル（Mevre））：オールダーの妻。出産時に命をおとす。
- レバンネン（Lebannen）：ハヴナーを治める王。
- テハヌー（Tehanu）：龍と人間のことばをあやつり、2つの種を橋渡しする女性。
- テナー（Tenar）：テハヌーの育ての母であり、レバネンが敬慕する友人。
- セセラク（Sererakh）：カルカド帝国から政略結婚のためにハヴナーに送られた王女。
- イリアン（Irian）：龍の長老カレシンの子にして、テハヌーの姉。龍と人間の姿を持つ。

## 第 6 巻　STORY・1　　　　　　　　　　　　　死者を夢に見て

　ハヴナーの北にある島タオンで生まれたオールダー（榛の木(ハン)の意味）は，母親の魔女の才能を少しは受け継いでいたが，物を直す術以外にはこれといった魔術はできず，村のまじない師として暮らしていた。そんな彼はリリー（百合(ユリ)の意味）と呼ばれる魔女と愛し合うようになる。同じ物直しの才能を持った2人は，その技術を教え合いながら，結婚して幸福に暮らした。しかし彼女はほどなく産褥で亡くなってしまう。彼女が死んでから2か月後，オールダーは夢のなかで石垣の向こうにいるリリーと触れ合い，彼女の「自由にして」という呼び声を聞く。それから毎晩のように夢を見るようになったオールダーは，そのたびにリリー以外の死者たちの呼び声を聞き，その姿を目にするがけっして石垣は越えられない。この悪夢に何か意味があると考えたひとりの魔術師が，オールダーにローク島に行って魔法学院の師たちに会うようにと助言する。

　オールダーはロークで，門番の師，召喚の師，薬草の師と出会い，彼らとともに夢のなかで，死の国との境界である石垣のところまで旅をする。師たちにとってもなぜオールダーのような男が，このような経験をするのかわからない。森に住む手本の師アズヴァーがオールダーを自分のところに招き，オールダーは森のなかでやっと安らかに眠ることができるようになる。アズヴァーはオールダーに，ゴントにいるかつての魔法学院長スパロウホーク（ゲド）のところに行けば，何かこの不思議な謎を解くきっかけが得られるかもしれないと考えて，オールダーをゴント島へと向かわせたのだった。

　ゲドは今や魔法を忘れ，ひとりの老人として，かつてオギオンが住んでいたレ・アルビの村の家で暮らしている。彼と生活を共にするテナーとテハヌーはこのとき，龍のことで相談があるとハヴナーのレバネン王のもとに呼ばれていた。ゲドはもう魔術の力は失っているのだが，その心遣いによってオールダーもひとときの安らぎを得ることができるようになる。動物だろうが人間だろうが，だれかに触れていれば，夢で死の国に行かなくてすむらしい。オールダーから不思議な体験談を聞いたゲドは，あらゆる秩序が変化しつつあることに確信を抱き，自分には何もできないが，オールダーがハヴナーでテナーやレバネンらと合流することで，解決のきっかけがつかめるかもしれないと考える。

## KEYWORD 51

生と死の境界

　第6巻の特徴のひとつは，これまで魔女（witch）と魔術師（wizard）と魔法使い（mage）との関係に隠れて，あまり前面に出てくることのなかったまじない師（sorcerer）を主人公のひとりとすることによって，魔術における階級の問題を取り上げようとしていることだろう。魔女の息子として生まれたオールダーは，ほかの魔術の才能はほとんどなかったが，物を直す技術にかけては卓越していた。そんなオールダーが同じような才能を持つ妻のリリーと死別し，悲しみのどん底に沈んでいた時，夢のなかで2人は触れ合いキスをする。魔術の階層ではもっとも下位に属する男女が，どんな魔法使いが試みようとしてもできなかった生死の境を越える生者と死者との接触を，愛情の深さによって可能としたのだ。つまりむしろオールダーとリリーの関係のような互いにつつましい魔術の才能を教え合うような結びつきこそが，より根の深い魔法なのであって，そうした結びつきは（たとえば第5巻のメドラとエンバーという，まさにローク魔法学院の始まりにあった結びつきのように）性愛や夫婦関係を含みながらも，真の魔法のありようを示している。だから魔法と愛情，魔術とセクシュアリティは対立するのではなく，ともに生活に根ざした営みとして共存し補いあう関係にあるのだ。

　『アースシー物語』とはつきつめれば，生と死の境界をめぐる問いである。オールダーという物直しの才に長けた男が，妻との絆によってその境界に迫る。男たちのなかでは，魔法を失ったゲド，異国のカルガドからやってきたアズヴァー，そしてまじない師オールダーのような少数の者だけが男女の性愛や普通の日常の貴さを知っている。強大な魔術で世界の均衡を崩すより，ささやかなまじないで壊れた水差しを直すほうがいかに大事か，を。

　以下の引用は，ゲドが壊してしまったテナーの水差し壺をオールダーが直す場面だ。オールダーの，魔術師にとっては魔術とも言えないような，職人のようなつつましくも静かな力をたたえた才能が，すでに魔術の力を失ってしまったゲドの不器用さとの対照において際立つ。2人の男たちの謙虚な生き方と労働の喜びだけが生み出す美が，滲みでてくる一節である。

He watched Alder mend the pitcher. Fat-bellied and jade green, it had been a favorite of Tenar's; she had carried it all the way from Oak Farm, years ago. It had slipped from his hands the other day as he took it from the shelf. He had picked up the two big pieces of it and the little fragments with some notion of gluing them back together so it could sit for looks, if never for use again. Every time he saw the pieces, which he had put into a basket, his clumsiness had outraged him.

Now, fascinated, he watched Alder's hands. Slender, strong, deft, unhurried, they cradled the shape of the pitcher, stroking and fitting and settling the pieces of pottery, urging and caressing, the thumbs coaxing and guiding the smaller fragments into place, reuniting them, reassuring them. While he worked he murmured a two-word, tuneless chant. They were words of the Old Speech. Ged knew and did not know their meaning. Alder's face was serene, all stress and sorrow gone: a face so wholly absorbed in time and task that timeless calm shone through it.

His hands separated from the pitcher, opening out from it like the sheath of a flower opening. It stood on the oak table, whole.

(*The Other Wind*, "Mending the Green Pitcher")

彼はオールダーが水差しを直すのを見つめていた。胴が膨らみ翡翠色の水差しは、テナーが大事にしていたもので、オーク・ファームから何年も前にわざわざ運んできたもの。先日ゲドが棚から取ろうとして手からすべりおちてしまった。大きい2つの破片と小さなかけらを取っておいて、水差しの役には立たずともくっつけて飾っておけないかと思ったのだ。籠に入れた破片を見るたび、彼は自分の粗忽さに腹が立ってならなかった。

今、ゲドは一心にオールダーの手元を見つめていた。ほっそりとして強い、しなやかなその手は急がず、水差しを元の形に戻し、撫でさすりながら陶器のかけらを合わせて元通りにし、励ましてはやさしく撫で、両の親指で小さな断片を探っては埋めて元のところに戻し、一緒にしてたしかめる。仕事のあいだじゅう、オールダーは2語だけの単調な歌をつぶやいていた。それは太古の言葉で、ゲドにはそうとしれたが、意味はわからなかった。オールダーの顔はおだやかで、緊張も悲しみも消え失せていた。ひたすら仕事に集中していた顔からは、時を超えた静けさが輝き出ていた。

オールダーの手が水差しから離れ、花のつぼみが開くようにさっと開いた。壺は樫の木のテーブル上に立っていた、完全な形で。

# KEYWORD 52

## 動物と人間

　オールダーの夢見た死者の世界との境界が中心の主題となるこの第6巻では，その境にある石垣を人間以外の者が越えるか，ということが問題となる。ゲドがオールダーに託してハヴナーにいるテハヌーに尋ねる「死の国に行くのはだれで，動物や龍は石垣を越えるか」という問いがそれだ。

　動物ということで言えば，オールダーに安眠をくれたのは猫だった。前の晩，ゲドが体に触れていてくれた，その人のぬくもりの安心感のおかげで，いつもは悪夢にうなされるオールダーも安眠できたのだが，猫でも同じだろうからと，「親切」というすぐれた魔法を持つとゲドとテナーが常日頃言っているモスばあさんからゲドがもらってやったのだ。すべてのことが自分ひとりの力で成しとげられるのだという発想をすでに放棄していたゲドは，このように媒介となることを通じて，魔術を失ったおかげでかえって，大きな才能を持った魔術師から，真に偉大な魔法使いとなったのではないか。猫に触れて一緒に眠っていれば，オールダーは石垣の夢に悩まされることがない。それはいったいなぜなのだろうか？　その謎を解くひとつの鍵が，動物と人間との違いだ。動物と違って人間は言葉を話せる理性的な動物であるというが，動物にも意思を伝える手段はあるはずだ。そして人間が動物扱いしている龍こそは，太古の言葉を話す恐るべき知恵の持ち主である。とすれば，人間と動物の違いは？

　『アースシー物語』に登場する人物の多くは，動物にまつわる名前を持ち，その習性のなにがしかを持つらしい。魔術師の場合には，その動物に姿を変えることさえある。さらに多くの人物たちがつねに動物を傍らにおいている。ここには動物と人間との切り離せない絆が示唆されているのだろう。以下の引用は，ゲドがオールダーに，動物と人間との違い，そして前者の「自由」について語る場面である。「必要なことだけをする」という状態が，人間の自由の究極的な姿であるとすれば，動物が魔法にとって重要な位置を占めるいわれもその辺りにありそうだ。


"A knowledge, I say, but it's rather a mystery. What's the difference between us and the animals? Speech? All the animals have some way of speaking, saying *come* and *beware* and much else; but they can't tell stories, and they can't tell lies. While we can...

"But the dragons speak: they speak the True Speech, the language of the Making, in which there are no lies, in which to tell the story is to make it be! Yet we call the dragons animals...

"So maybe the difference isn't language. Maybe it's this: animals do neither good nor evil. They do as they must do. We may call what they do harmful or useful, but good and evil belong to us, who choose to choose what we do. The dragons are dangerous, yes. They can do harm, yes. But they're not evil. They're beneath our morality, if you will, like any animal. Or beyond it. They have nothing to do with it.

"We must choose and choose again. The animals need only be and do. We're yoked, and they're free. So to be with an animal is to know a little freedom...
(*The Other Wind*, "Mending the Green Pitcher")

「知識か，そうだな，でもちょっとわからないことがある。私たちと動物との違いは何だろう？ 言葉？ どんな動物でも何か話すことができて，来い，とか気をつけろ，とか言う。でも動物は話を物語ることはできない，そして嘘もつけない。私たちにはできるけれど…。

「でも龍は話ができる。それに彼らが話すのは真の言葉で，天地創造の言葉だ。そこには嘘はなく，それを使って話をするとはその話を現実にしてしまうことだ。それなのに私たちは龍を動物と呼んでいる…。

「ということはたぶん，違いは言語ではない。たぶんこういうことだ，つまり動物はよいことも悪いこともしない。動物がするのはしなくてはならないことだけだ。私たち人間は動物が害を及ぼすとか役に立つとか言うけれど，でも悪とか善とかは人間に属しているもののことで，私たち人間自分たちのすることを選択することを選んでいる。龍は危険だ，たしかに。害を及ぼすこともなるほどある。でも龍は邪悪な生き物ではない。彼らはそう言ってよければ，われわれ人間の道徳よりも下に存在する，動物のようにね。あるいは上に超えて存在するのかもしれないな。とにかく龍は道徳なんかとはなんの関係もないんだ。

「私らは選んで，また選び続ける。動物はただいて，行えばいい。私たちは軛につながれており，動物は自由だ。だから動物と一緒にいると少し自由のことがわかるようになる…。

## 第6巻　STORY・2　　　　　　　　　　　　　　　女たちに囲まれて

　オールダーはゲドの手紙を携えて，1か月の船旅の後，ハヴナーの王宮に着く。オールダーを丁重に迎えたレバネン王は，彼がゲドのもとで親しく滞在したことを聞いて，嫉妬を覚える。もう何十年も前に自分に王国を与えてくれたゲドは，それ以来自分に会ってくれようともしないのだ。そんなレバネンにとって，テナーはゲドの連れ合いであるという以上に，すべてを打ち明けることのできる友人にして母親のような存在だった。

　レバネンがテナーとテハヌーをハヴナーに招いたのは，最近西方の島々で龍の襲来が相次ぎ，その原因を探るために龍の子であると言われるテハヌーの意見を聞きたいがためだった。しかしレバネンには龍のことだけでなく，もうひとつの頭を悩ます問題があった。東方のカルガド帝国に新しい大王であるソルが立ち，レバネンはそれを好機と捉えて友好的な通商関係を築き，群島にとって長年の懸案であったカルガドとの平和をたしかなものにしようと努力していた。しかしソルはそんなレバネンの気持ちを見透かしたように，自分の娘を使節としてハヴナーに送ってきて，彼女の腕にエレス・アクベの腕環をはめさせよ，つまり暗にレバネンが彼女と結婚することを示唆してきたのだ。レバネンは彼女を王宮から少し離れた「王妃の館」の留めおき，時間を稼ぐことにする。彼女のことをどうしたらいいかわからないレバネンは，テナーに相談する。テナーは自分と同じ国の言葉を話す王女が，群島のハード語を学び，その習慣にも慣れることで，王女とレバネンの間を取り持つことができれば考えるのだった。

　いよいよ龍がハヴナー島にもやってきて森を焼いているという報告が王官にもたらされる。レバネンは即座に行動を起こし，テハヌーたちと龍のもとに出向く。そこでテハヌーは驚く人々を尻目に龍たちの代表であるオーム・アマウドと会話を交わし，かつてロークで召喚の師トリオンを滅ぼして龍となって飛び去ったオーム・イリアンを呼んでくるようにと告げる。龍の長老であるカレシンの娘であるテハヌーの元へなら，彼女の姉妹に当たるイリアンも必ずやってくるはずだと，イリアンの弟にあたるオーム・アマウドは言って，西方へと飛び去っていった。

## KEYWORD 53

## 文字と口承

　『アースシー物語』には，書物や紙に文字で書いて伝えることと，歌や詞として人々の口移しに伝えられる出来事とが共存している。たとえば第1巻で，ゲドと影との戦いを目撃したのは，彼の親友のエスタリオルで，彼はそれを口承詩の「ゲドの勲」として伝えた。数々の魔術による功績も証言として伝える者がいなくては世界に知られることがないのだ。

　あるいは第4巻では，ゴントに隠棲したゲドを訪ねてハヴナーからレバネン王の使者たちがやって来た時，テナーがゲドを彼女の村へと逃がしてやるために，師であったオギオンの魔法の本の頁を破ってメモを書きつけ，テハヌーに届けさせる。魔術をなす力を失ってこれからひとりの普通の男として生きていこうとしているゲドと，魔術を学びながらも魔術師にはならずに普通の女として生きることを選択したテナーとの絆を結ぶのは，魔術の呪文を伝える書物を侵犯し汚して書かれた日常語である。ここにも書記言語と口承言語とが共存する緊張関係を通して，魔法世界の衰退と，日常生活の価値復興という，物語全体のテーマの流れが感得できるだろう。

　『アースシー物語』のなかでは，以前の巻で起こったことが人々によって語り伝えられ，解釈されなおされる。とくにこの最後の第6巻では，これまでに起きた事件がさまざまな人々によって反復して語られることで，読者の記憶を喚起し，さまざまな伏線が現在の物語に収束していくのである。

　以下に引用するのもごく短い場面だが，こうした文字と口承との緊張関係を示唆している。オールダーがゲドからレバネン王あての手紙を預かってくる。その内容はおそらくオールダー自身に関わることと推測できるので，レバネンは自分ひとりで読むことをよしとせず，オールダーに読むようにと勧める。しかしオールダーは教育を受けていないまじない師にはありがちなことに，ほとんど文字が読めないのだ。こうしてオールダーに恥をかかせたことをレバネンは激しく後悔する。こんなところにもあらゆる点でほぼ完璧な人格者であるように思えるレバネン王の性格がよく表れており，さらにそうしたレバネンの態度を見たオールダーが，これまで王として距離を感じていた彼にはじめて親密さを覚えるのだ。ゲドからテハヌーへのもっとも重要なメッセージも，手紙に書かれておらず，オールダーから直接テハヌーに口移

しに伝えられる。ここには文字が読めることがたしかに権力や魔術の遂行に役立つこととは言え，階級や出自による差別をも招来していること，そしてそのような差別を自分から超えようとする人間たちだけが，この物語の主人公として世界の均衡を回復できるのだ，という示唆が孕まれているのではないだろうか。

The king studied him for a moment. There was nothing offensive in his gaze, but he was more open in that scrutiny than most men would have been. Then he took up the letter and held it out to Alder.
"My lord, I read very little."
Lebannen was not surprised—some sorcerers could read, some could not—but he clearly and sharply regretted putting his guest at a disadvantage. The gold-bronze skin of his face went dusky red. He said, "I'm sorry, Alder. May I read you what he says?"
"Please, my lord," Alder said. The king's embarrassment made him, for a moment, feel the king's equal, and he spoke for the first time naturally and with warmth.
(*The Other Wind*, "Palaces")

　　王はオールダーを少しの間観察した。そのまなざしにはなんら不快なものはなかったが，そのように見つめながらも他の者よりもずっと率直で遠慮のないものだった。そこで王は手紙を取り上げ，オールダーに差し出した。
「王さま，わたし，字はほとんど読めないのです。」
レバネンは驚かなかった。まじない師のなかには字を読めるものもあれば，読めない者もいるからだ。しかし彼は自分の客を不利な立場においたことを明らかに激しく後悔した。金色を帯びた彼の赤銅の顔色が黒ずんだ赤に変化した。「申し訳ない，オールダー。書かれていることを読んでもよろしいか？」と彼は言った。
「どうぞお願いいたします」とオールダーは答えた。王の狼狽が少しの間だが，自分を王と対等のものにし，彼は初めて自分らしい暖かい気持ちで話すことができたのだ。

# KEYWORD 54

## テハヌーと動物

　第4巻の最後で，龍の長老カレシンはテハヌーのことをわが娘と呼び，いずれ彼女を迎えに来ると言った。だからテナーにもゲドにも，いずれ彼女が去っていくとはわかっていても，それがいつどのようにしてかは予想がつかない。月日がたちテハヌーは娘へと成長し，半身が焼けただれた自分を見る人々の驚きの目にも慣れてきたようだが，無口と引っ込み思案は変わらず，王宮でもテナーの陰に隠れてばかり。そこへハヴナー島にも龍が襲来したとの知らせが入り，レバネンはテハヌーに同行を求める。

　テハヌーには自分がいったい何者なのかわからないし，自分の未来に何が待っているかもわからない。しかし彼女は動物や龍を前にすると，突然生気を取り戻したように活気ある行動をとる。馬を友のように扱い，レバネン王と並んで颯爽と騎乗し，危急の時に思いがけない行動を起こす。以下に引用するのは，テハヌーが飛来した1匹の龍（のちにイリアンの兄弟，つまりカレシンの子どもオーム・アマウドであると告げられる）と単独で対面する場面だ。テハヌーの勇気は周囲を驚かせるが，この出来事をきっかけに，テハヌーは大きな自信を得て，レバネン王とも年来の友人のように親しげにつきあうようになる。

　私たちは『アースシー物語』のなかでくり返し人間と動物たちとの交歓や協調の様子を見てきた。ゲドとオタク，オギオンとヤギ，テナーとカレシン，イリオスと牛，オールダーと猫，そしてテハヌーと馬。ただそのようなとき私たちはどうしても人間を中心に考えがちなので，人間たちが動物によって慰められたり，動物を伴侶としたりするというように，人間からの一方的なまなざしでしか考えないことが多い。しかしこの物語の相互的な関係性を重んじる価値感は，そうした動物たちの目から見た時の人間像をも写しとっていく。つまりここでの相対的な多様性は，まさに動植物をも含む全生命に開かれたものとなっているのだ。さらにそこに海や陸，水や土，光や石，森や丘といった要素をつけ加えてもいいかもしれない。この物語には私たちが頭で想像しがちな自然と人間との対立などといったものはあり得ないのである。

　テハヌーの勇敢な行為が島を救うだけでなく，その境遇と容貌によって，

社会や世間に対して心をかたく閉ざしていたひとりの人間が，動物に心を開くことを通じて，人間にも心を開いていく。それは世間の価値基準が価値のすべてではなく，ジェンダーにしろ容姿にしろ，多様な価値観があり，そこには馬や龍の価値観も含まれていて，それによればテハヌーの容姿などはまったく問題にならないのだ。そのような価値観の多様性に包まれることによって，人は「男らしさ」や「女らしさ」といった支配的な価値観から少しずつ自由になっていく。この場面はテハヌーがいわゆる「女性の自立」などといった社会の価値判断からこのように少しではあっても自由でいられる場所を確保したことによって「自立」を果たしたことを私たちに示すのである。

The dragon sank a little in the air, lowered its head, and touched her hand with its lean, flared, scaled snout. Like a dog, an animal greeting and sniffing, Lebannen thought; like a falcon stooping to the wrist; like a king bowing to a queen.

Tehanu spoke, the dragon spoke, both briefly, in their cymbal-shiver voices. Another exchange, a pause; the dragon spoke at length. Onyx listened intently. One more exchange of words. A wisp of smoke from the dragon's nostrils; a stiff, imperious gesture of the woman's crippled, withered hand. She spoke clearly two words.

"Bring her," the wizard translated in a whisper.

The dragon beat its wings hard, lowered its long head, and hissed, spoke again, then sprang up into the air, high over Tehanu, turned, wheeled once, and set off like an arrow to the west.

"It called her Daughter of the Eldest," the wizard whispered, as Tehanu stood motionless, watching the dragon go.

She turned around, looking small and fragile in that great sweep of hill and forest in the grey dawn light. Lebannen swung off his horse and hurried forward to her. He thought to find her drained and terrified, he put out his hand to help her walk, but she smiled at him. Her face, half terrible hald beautiful, shone with red light of the unrisen sun.

(*The Other Wind*, "Palaces")

龍は少し高度を下げると，頭を低くたれ，彼女の手にその長く，うろこのある鼻の穴を膨らませてさわった。犬のように，動物が挨拶をしてにおいを嗅ぐようだ，とレバネンは思った。タカが手首に降りたつように。王が王妃にお辞儀をするかのごとく。
　テハヌーがしゃべり，龍が答える，どちらも短く，シンバルを震わせるような声で。もう一回応答があり，そして間。それから龍が長く話した。オニックスは一心に聞き取ろうとした。もう一度言葉が交わされた。龍の鼻孔から一筋の煙。女の不具合にひきつった手が断固たる命令を下すかのように動いた。彼女ははっきりと2語をしゃべった。
　「彼女を連れてきなさい」，魔術師のオニックスが小声で翻訳する。
　龍がその両翼を強く羽ばたき，頭を下げると，シューと音を出し，もう一度何かを言ってから，テハヌーの上に舞い上がり，向きを変えて一回転してから，矢のように西の方角に飛んでいった。
　「龍はあの女のことを長老の娘と呼びました」と魔術師がささやいたが，テハヌーはじっと立って，龍が飛び去るのを見つめていた。
　彼女が振り返ると，その姿は灰色の夜明けの光のなかに浮かぶ広大な丘と森を背景に小さく頼りなげに見えた。レバネンは急ぎ馬から降りると，彼女のもとに駆けつけた。力を使い果たして恐怖におののいていると思ったので，手を差し伸べて歩けるように助けようとしたのだが，テハヌーは彼に微笑みかけた。その顔はこわくもあれば美しくもあり，まだ上りきらない太陽の赤い光に照らされていた。

## 第6巻　STORY・3　　　　　　　　　カレシンの予言を聞く

　テハヌーとレバネンが龍と会いに行っていた留守中，テナーは「王妃の館」に滞在するカルガドの王女のもとに出かける。王女は言葉も風習も違う，この魔法使いたちの住む国で，名前を教えてしまえば魂を奪われ，不死の存在としてよみがえることもできなくなることを恐れていたが，カルガド人であり，元大巫女であり，カルガド語を話すテナーにだけは心を許して，セセラクという自分の名前を教える。セセラクはテナーに自分の生まれた島であるハー・アト・ハー島に住む龍をめぐる歴史について話す。この龍は西方の島に住む龍ほど大きくないが，ハー・アト・ハーの人々はその力を恐れて毎年，生贄を捧げている。かつては王の娘を捧げていたらしいが，今はヤギと羊を使っているという。カルガドの人々は人間も龍もあらゆる動物は死んでも生まれ変わると信じており，それが西方の島に住む不信心者との最大の違いだという。

　テハヌーとレバネンが王宮に戻ってきて，龍との交渉の結果をレバネン王が指名した百人の人々からなる議会に伝え，議員たちは龍にどのように対処するかを協議する。そこに龍のオーム・イリアンが飛来してテハヌーと親しげに姉妹の挨拶を交わす。イリアンは一時人間の娘に姿を変え，議員たちに龍の長老カレシンの言葉を伝える。カレシンによれば，龍たちには群島世界に残って人間の善と悪に染まった生き方を続けるか，それともカレシンとともに西方への風に乗って，西の果てのまたその果ての世界で平和に暮らすかの選択ができるという。最後の選択はテハヌーが行うということのようなのだが，それ以降，西の果ての龍の世界と人間世界との交通は永遠に閉ざされるのだという。龍のなかには，カレシンにしたがわず，人間たちが自分たちから島々を奪ったことを善しとせず，それを奪い返そうと群島の西部を襲っているものもいる。それを今は，イリアンをはじめとするカレシンの子どもたちが抑えているのだが，第3巻，第5巻に登場したコブやトリオンのように魔術で生死の境を横断して世界の均衡を乱す者がいるかぎり，龍は人間を信用しないだろうという。

　レバネンはイリアンと半年の人間と龍との休戦協定を結び，そのあいだに問題を解決すべく，世界の中心であるローク島の森へと向かい，生と死の世界の境界で何が起こっているのかをたしかめることにする。

# KEYWORD 55

## 正史と反史

　前の巻までで明らかにされたこととして，かつてひとつの存在だった龍と人間とは，ヴェドゥーナン，つまり分割と言われる合意によって，2つの別々の存在となり，龍は自由を，一方の人間は土地と物の所有を選んだといわれていた。しかし人間のなかでも，龍の言葉を保持していたものがいて，それが魔術師である，と。この第6巻では，さらにこのヴェドゥーナンの真相が究明されていく。カルガド帝国のハー・アト・ハー島からやってきた王女のセセラクが語る歴史がそこで意味を持つ。彼女は東方のカルガドの人間として，死んでも生まれ変わる不死の生命を信じており，その信仰を持たない西方の人々を軽蔑しながら，魔術を使うとして恐れてもいる。転生を信じているからこそ，カルガド人は死ぬことを恐れず，西方の人間のように魂の不滅を願い，魔術によって生死の境界を越える欲望を覚えない。

　このようなセセラクの信念から，しだいに浮かびあがってくるのは，群島世界の魔術の価値に対する疑念である。もし人間が魔術によって生死の境を越える欲望を維持し続け，それが現在の世界の均衡を崩す根本的な原因であるのなら，いったい魔術とは何なのか？　それが人間の自由や世界の幸福に本当につながるものなのか？　つまりこれまで私たち読者が信じて疑わなかった魔術世界の正しい歴史に対して，違う視点からの反史の可能性が芽生えるのだ。しかもそれを担うのは群島世界とは言葉も習慣も異なるひとりの女性である。『アースシー物語』における歴史観とは，アメリカ先住民やオーストラリア先住民にも見られるような複線的歴史観だ。そこではいっけん出会いそうもない人物たちが出会い，かけ離れた場所で起きた事件が同時代性を獲得する。『アースシー物語』でも第6巻にいたると，ますます明らかなように，東方世界と西方世界，ハード人とカルガド人と龍人といったように，価値観や社会構成の異なる歴史が並立して進行してきたことが示唆される。以下でセセラクがテナーに語るカルガドの信仰も，彼女の性格を映して直截的な言葉で語られ，世界の歴史の多様性が示唆されている。

"But the best things to get reborn as are people and dragons, because those are the sacred beings. ...... If dragons here can talk and are so big, I can see why that would be a reward. Being one of ours never seemed like much to look forward to.

"But the story is about the accursed-sorcerers discovering the Vedurnan. That was a thing, I don't know what it was, that told some people that if they'd agree never to die and never be reborn, they could learn how to do sorcery. So they chose that, they chose the Vedurnan. And they went off into the west with it. And it turned them dark. And they live here. All these people here—they're the ones who chose the Vedurnan. They live, and they can do their accursed sorceries, but they can't die. Only their bodies die. The rest of them stays in a dark place and never gets reborn. And they look like birds. But they can't fly."
......

Her mind was recalling the story the Woman of Kemay told Ogion: in the beginning of time, mankind and the dragons had been one, but the dragons chose wildness and freedom, and mankind chose wealth and power. A choice, a separation. Was it the same story?

(*The Other Wind*, "The Dragon Council")

「でも生まれ変わるのにいちばんいいのは，人か龍ね，聖なる存在だから。……もしこっちの世界の龍が話ができてそんなに大きいなら，そうなるのが褒美だってこともわかるわ。もう一度人になるのは，あまりいいことのように思ったことないもの。

「でもこの言い伝えは呪われたまじない師たちがヴェドゥーナンを発見する話。それは何か物で，なんだかよく知らないけど，けっして死なず生まれ変わることもないと約束したら，まじないの仕方を教えてもらえるということらしいの。それでそれを選んだ人たちは，ヴェドゥーナンを選んだってわけ。それでそれを持って西に行った。そうして顔色が黒くなり，そこに住んだ。ここの人たちみんな，ヴェドゥーナンを選んだ人たちね。生きて，呪われたまじないができるけど，死ねない。身体だけが死ぬんだけど，残りは暗い場所に残ってけっして生まれ変わることがない。それで鳥のような姿をしているの。でも飛ぶことはできない。」……

テナーはキメイばあさんがオギオンに語ったという話を思い出していた。天地創造の時，人類と龍はひとつだったが，龍は野生と自由を選び，人は富と権力を選んだ。選択，そして別離。それと同じ話なのだろうか？

# KEYWORD 56

## 龍とジェンダー

　テハヌーの要請でオーム・イリアンが西方から飛来する。彼女は人々の注視のなか，テハヌーと姉妹の挨拶を交わし，人間の娘へと姿を変える。第5巻の最後でトリオンを滅ぼした後，どこへとも知れず飛び去ったイリアンが，人間の姿に戻ったのだ。以下の引用のように，イリアンは女の姿をしても男女のジェンダー（社会的性別）から超越しているように見える。龍の生殖能力はどうなっているのか？　それは単性生殖によるものなのだろうか？　さらに龍には姉妹のどちらが上かといった長幼の序も問題にならないのではないだろうか。

　さらに名前の問題も興味深い。アースシー群島世界のなかで魔法が支配する西方世界での命名のシステムは，親からもらった幼名（たとえばダニー）と，性格を反映してつけられた通称（たとえばスパロウホーク）と，魔術師によって見出される真の名前（たとえばゲド）という三段階になっているのだが，龍の場合はどうなっているのだろう？　オーム・イリアンとかオーム・エンバーとかいうのは龍のイリアンとか龍のエンバーとかいう意味だから一種の通称ということになるのかもしれないが，カレシンやテハヌーがオームをつけて呼ばれることはなく，これが真の名前にあたるのかもしれない。あるいはおそらくより正確なのは，龍の世界には魔法世界における一種のイデオロギーとしての真の名前への依存などないということなのだろう（その点では，東方世界のカルガド帝国もそうした魔法イデオロギーとは無縁で，テナーにしてもセセラクにしてもこれだけが「本物の」名前ということになる）。

　こうして大柄な田舎風の娘として，レバネン王の議会に臨んだイリアンは龍の長老カレシンの言葉を伝える。西の果てのさらに向こうの，龍の自由な国と人間世界との間には，まだ風が吹いているのでイリアンも時に東方にやってくることができる。だがテハヌーが最後の選択をする時，絶対の自由を享受する龍の世界と，善悪の混交する人間世界との交通は永遠に終わる，と。この議会はある意味でレバネンの独裁的統治と民主主義的理想とを融合させて具現したような政治決定機関で，社会のさまざまな階層から選ばれた男女が王の臨席のもとに延々と合議を重ねる。議論はしばしば紛糾するが，

先住民の社会にも見られるように単に多数決原理によるのではなく，全員で議論した結果，妥協のうえに出される結論が，少数意見の尊重をはらんでいることが重要だろう。イリアンが伝えるカレシンの言葉も，こうしてアースシー群島世界全体が共有する課題となるのだ。

　人間に変身できる龍が女の姿をとるのは，龍と太古の力との関係や，ほとんどの女性が魔術師になれない／ならないだけに，より両性具有の龍に近接しているからなのか？　それは正直言ってよくわからない。つまり龍にジェンダーがないとか，性別がないという発想そのものが，人間自身のジェンダーによって弁別された男女二元論的世界観の産物なのではないだろうか。

　それはともかく，以下に引用する一節でも，龍という人間の美醜の感覚や価値観とは一切無縁の生き物を前にしたテハヌーの落ち着きと安心が目立つ。さらにここには龍の娘として自らのアイデンティティを自覚しながらもいまだ龍としては自己確立できていない段階にあるテハヌーから「姉」であるイリアンに向けた親愛と憧れの感情が強く伝わってくる。この後この2人の女／龍はけっして互いに離れることなく共に旅し，歩み，そして飛翔していくことだろう。

　　"I cannot change, sister," Tehanu said.
　　"Shall I?" "For a while, if you will."
　Then those on the terrace and in the windows of the towers saw the strangest thing they might ever see however long they lived in a world of sorceries and wonders. They saw the dragon, the huge creature whose scaled belly and thorny tail dragged and stretched half across the breadth of the terrace, and whose red-horned head reared up twice the height of the king—they saw it lower that big head, and tremble so that its wings rattled like cymbals, and not smoke but a mist breathed out of its deep nostrils, clouding its shape, so that it became cloudy like thin fog or worn glass; and then it was gone. The midday sun beat down on the scored, scarred, white pavement. There was no dragon. There was a woman. She stood some ten paces from Tehanu and the king. She stood where the heart of the dragon might have been.
　She was young, tall, and strongly built, dark, dark-haired, wearing a farm woman's shift and trousers, barefoot. She stood motionless, as if bewildered. She looked down at her body. She lifted up her hand and looked at it. "The

little thing!" she said, in the common speech, and she laughed. She looked at Tehanu. "It's like putting on the shoes I wore when I was five," she said.

The two women moved towards each other. With a certain stateliness, like that of armed warriors saluting or ships meeting at sea, they embraced. They held each other lightly, but for some moments.

(*The Other Wind*, "The Dragon Council")

　「わたし，姿は変えられないの，姉さん」とテハヌーが言った。
　「じゃわたしのほうが？」「しばらくでも，もしよければ」
　こうしてテラスと塔の窓のなかにいた人たちは，どれほど長く魔術と驚異の世界に住んでいても目にしたことがないだろう不思議な光景を目撃したのだ。人々が見守るなか，龍はテラス半分の幅を占める巨体で，うろこのついた腹ととげのある尾を引きずり，王の倍ほど高い赤い角のついた頭を低く下げ，身体を震わすとその両方の翼からシンバルのような音があがり，深い鼻孔から煙ではなく霧を吐き出すと，その姿は雲に隠れて，まるで薄い霧か，すりガラスの向こうにいるかのようになって…消えてしまった。真昼の太陽がひっかかれて傷のついた白いテラスの上を照らしていた。龍の姿はどこにもない。代わりに女がひとり。テハヌーと王から10歩ほど離れたところ，ちょうど龍の心臓があったとおぼしき辺りだ。
　女は若く，長身で，体格もよく，暗い肌，黒髪，農場の女が着るシャツとズボンに，裸足。じっとして，戸惑っているよう。自分のからだを見下ろし，手をあげて見つめた。「小さい！」と彼女は普通の言葉で言って，笑う。そしてテハヌーに言った，「5歳の時の靴を履いてるみたい。」
　2人の女は歩みよった。ある種の威厳を持って，武装した戦士か海で船が挨拶をかわすように，2人は抱き合った。そっとだが，かなり長く。

## 第6巻　STORY・4　　　　　　　　　　　　　　ロークを目指して

　レバネンのロークへの旅の同行者は，イリアン，テハヌー，テナー，オールダー，ロークの魔術師オニックス，パルン島の魔術師セペル。さらにテナーは，アースシー世界の問題はカルガド帝国の問題でもあるのだから王女のセセラクも同行すべきだと言うが，レバネンは不快感をあらわにする。自ら王女に意向を伝えるべきだと言われたレバネンは，馬を駆って王妃の館に出向き，セセラクと対面する。彼女はテナーの勧めで勉強した自分にとっては外国語のハード語で，旅の同行を承諾する旨を伝える。レバネンの苛立ちは実際に彼女に会うことで，嘘のように消える。

　オールダーは悪夢から逃れる道を探して，オニックスの助言でセペルに会いに行く。セペルは太古の力の魔術を体系化した『パルンの知恵の書』で有名なパルン島の魔術師で，しばしばロークのそれとは対立してきた古い魔術に詳しい。セペルはオールダーさえ自らの物直しの力を交換に差し出す覚悟さえあれば，助けてあげられるという。3人はハヴナー市の南にあるオーランの洞窟と呼ばれる大きな裂け目に出かけていく。それは大地の太古の力とつながる場所で，ここでならオールダーはその重荷を捨てられるというのだ。彼が穴の端にかがむと，セペルが呪文を唱え，オールダーは意識を失う。しばらくたって目覚めたオールダーは疲れきった体で，オニックスとともに王宮に帰る。そのまま床についたオールダーの眠りは空白で，夢はまったく訪れてこなかった。

　船出の日がやってきて，見送る人々は顔をヴェールで隠したカルガドの王女の威厳ある振る舞いにひと目でほれこみ，歓呼の声で迎える，まるでセセラクがレバネンと結婚して王妃となることがすでに決まったかのように。一行は船足の速いイルカ号に乗船してロークを目指すが，狭い船のなかはとても快適とは言いがたい。それでもそうした人種や階級の混在状況のなかで人々の絆は強められ，王女のセセラクもみんなのなかで暮らすことにしだいに慣れていく。セセラクはレバネンに，カルガドに伝わるヴェドゥーナン，すなわち人間と龍との分裂のことを，苦労しながらハード語で話す。レバネンはその話を，カルガド人でロークの森に住む手本の師アズヴァーに話すようにと勧めるのだった。

## KEYWORD 57

## 外国語と翻訳

　テナーとレバネンは，ハー・アト・ハーからやってきたカルガドの王女をめぐって一時不和となる。娘を政治の道具に使うカルガド王に対する不快感から，そしておそらくは見知らぬ国の王女である娘自身への蔑みの感情とは言えないまでも，自分がカルガドの女を見下しているかもしれないと意識することによって見えてきてしまう自己嫌悪に近い思いもあって，レバネンは王女のこととなると日ごろの冷静さを失ってしまう。同国人であるというだけでなく，かつて異国からひとりで連れられてきた経験を持つテナーは王女の身の上を十分理解できるがゆえに，そんなレバネンが狭量であるとも思う。レバネン王にとってテナーは翻訳者としても重要な役割を果たし，それがひいては彼とセセラクとの間の絆を結ぶことになるのだ。

　レバネンは，カルガドの王女にローク行きに同行してくれるよう王として自身で頼みに行くことを，テナーから勧められ，激しい苛立ちと怒りに身を任せて，そのまま馬に乗り，王女のもとに出かける。しかしそこで対面したのは不可思議だが，とても勇気のある，習ったばかりの外国語で自分に語りかけるひとりの女性だった。レバネンの怒りは嘘のように消えていく。この今まで見知らぬ風習を持った女としか見えなかった人物が，政略結婚の道具になるような意思などない人間で，自分のそれに勝るとも劣らない固い意志と威厳を持った存在であることを彼は知ったのだ。

　以下はレバネンとセセラクのその後の関係を決定づけるとも言える，2人が最初に面と向かって言葉を交わす場面である。ここには，人間同士の信義を重んじる人間をまたひとり発見したレバネンの驚きと喜び，そして2人の関係を優しく見つめる作者のユーモアがあふれていないだろうか。

He hesitated. This was a different ground entirely. Her ground.

She stood there straight and still, the gold edging of her veils shivering, her eyes looking at him out of the shadow.

"Tenar, and Tehanu, and Orm Irian, agree that it would be well if the Princess of the Kargad Lands were with us on Roke Island. So I ask you to come with us." "To come." "To Roke Island."

"On ship," she said, and suddenly made a little moaning plaintive noise. Then she said, "I will. I will to come."

He did not know what to say. He said, "Thank you, my lady."

She nodded once, equal to equal. ......

She stood facing him, still holding her veil parted till he reached the doorway. Then she dropped her hands, and the veils closed, and he heard her gasp and breathe out hard as if in release from an act of will sustained almost past endurance.

Courageous. Tenar had called her. He did not understand, but he knew that he been in the presence of courage. All the anger that had filled him, brought him here, was gone, vanished. He had not been sucked down and suffocated, but brought up short in front of a rock, a high place in clear air, a truth.

(*The Other Wind*, "Dolphin")

　彼はためらいを覚えた。これはどうも勝手が違う。この女の領域だ。
　彼女はそこにまっすぐじっと立って，そのヴェールの金色の端が震えており，その目は影の向こうから彼をまっすぐ見つめていた。
　「テナー，テハヌー，それからオーム・イリアンもカルガド帝国の王女さまがローク島に同行されるのが良かろうと言っております。そこで一緒に行っていただけるようお願いにあがりました。」「行く。」「ローク島へ。」
　「船で」と彼女は言い，突然小さく嘆くような悲しい音を立てた。それから言った，「わたし行く。わたし行くようがんばる。」
　彼は何を言うべきかわからず，ただ「ありがとうございます，王女さま」とのみ言った。彼女は一度だけうなずいた，対等なもの同士として。……
　彼女は彼のほうを向いて立ち，彼が戸口に着くまでヴェールを押さえていた。それから手を降ろしヴェールが閉じられると，彼は音をたてて強く息が吐き出されるのを聞いた，まるで意志だけで耐えがたいほどの行いを乗りきった安堵の声のように。
　勇敢な。そうテナーは彼女のことを呼んでいた。レバネンにも頭では理解はできないが，自分がまさに勇気と対面していたことは感じた。これまで自分を満たしてここまで連れてきた怒りはどこかに消えてしまった。取り込まれることも窒息することもなく彼は，暗礁に乗り上げる寸前に，澄んだ中空の高みに引き上げられたのだ，ひとつの真実に直面して。

# KEYWORD 58

## 船上の交流

　狭い船のなかで，否応なく親密となっていくイリアン，テハヌー，テナー，セセラクという4人の女たち，そしてオールダー，オニックス，セペルという3人の男たち。そんななかレバネンは，みんなを気遣い，船が早くロークに着くことを願っているが，いちばん気がかりなのはカルガドの王女セセラクの存在だ。王の長年の友人で軍の司令官トスラは，そんな王の気持ちを見透かすように，贈り物の中身をたしかめない男がいるかとからかう。
　レバネンが気をおけずになんでも話すことのできるテナーも，彼が自然にセセラクと打ちとけることができるようにと気をくだいているようだ。以下に引用するのは，嵐の夜，船中でレバネンが4人の女たちを気遣って，その居室を訪れ，そこで賭け事をしていた女たちを目撃する場面である。ここには女性といってもその人種や出自の多様性，肌の色や服装の違いがレバネンの目を通して，彼女たちの身体が発する性的魅力のとともに，私たちにも見事に印象づけられる。龍の世界と西方の魔術世界と東方の帝国世界をそれぞれ代表する女たちの交流と混在に直面したレバネンの驚きと喜び。ここから多様な存在を抱えた群島世界の融和と和解の可能性も仄見えてはこないだろうか。

　Irian opened the door. After the dazzle and blackness of the storm the lamplight in the cabin seemed warm and steady, though the swinging lamps cast swinging shadows; and he was confusedly aware of colors, the soft, various colors of the women's clothes, their skin, brown or pale or gold, their hair, black or grey or tawny, their eyes—the princess's eyes staring at him, startled, as she snatched up a scarf or some cloth to hold before her face.
　"Oh! We thought it was the cook's boy!" Irian said with a laugh.
　Tehanu looked at him and said in her shy, comradely way, "Is there trouble?" He realised that he was standing in the doorway staring at them like some speechless messenger of doom.
　"No—none at all—Are you getting on all right? I'm sorry it's been so rough—" "We don't hold you answerable for the weather," Tenar said. "Nobody

could sleep, so the princess and I have been teaching the others Kargish gambling."

He saw five-sided ivory dice-sticks scattered over the table, probably Tosla's.

"We've been betting islands," Irian said. "But Tehanu and I are losing. The Kargs have already won Ark and Ilien."

The princess had lowered the scarf; she sat facing Lebannen resolutely, extremely tense, as a young swordsman might face him before a fencing match. In the warmth of the cabin they were all bare-armed and barefoot, but her consciousness of her uncovered face drew his consciousness as a magnet draws a pin.
(*The Other Wind*, "Dolphin")

　　戸を開けたのはイリアンだった。嵐の雷鳴と暗さの後で，船室のランプの明かりは揺れながらあちこちに影を作り出していたが，暖かく人を落ち着かせた。レバネンは混乱しながらさまざまな色に気づく，女たちの服の柔らかで多様な色合い，その茶色や薄い色，金色の肌，髪の毛は黒かったり灰色や褐色だったり，それに目の色も…王女の両目が彼を凝視していた，びっくりしてスカーフか何かの布を取り上げて顔の前に広げながら。

　　「あら！　コックさん付きの少年かと思ったわ！」イリアンが笑って言う。

　　テハヌーが彼を見て，内気だが，気心の知れた仲間のように声をかけた，「何か問題でも？」レバネンは自分が戸の入り口をふさいで，まるで無言で不幸を告げにきた使者のように立っていることに気がついた。

　　「いや，まったく何も…大丈夫ですか？　ひどい荒れで申し訳ない…」

　　「天候にまで責任取れなんて言いませんよ」とテナーが言った。「みな眠れないので，王女さまとわたしがカルガドの賭け事を教えていたところ。」

　　レバネンは5面の象牙でできたサイコロ棒がテーブルの上に転がっているのがわかった，たぶんトスラから借りたのだろう。

　　「島を賭けているんですけど」，イリアンが言う，「でもテハヌーとわたしは劣勢で，カルガド人がもうアークとイリエンを手に入れちゃったの。」

　　王女がスカーフを下におろして，レバネンをまっすぐ見た，とても緊張したその顔は，まるでフェンシング試合で王に立ち向かう直前の若い剣士のようだった。船室が暖かいので女たちはみな腕をあらわにして裸足だったが，自分の顔を隠していないことに対する王女の意識が彼の意識を，まるで磁石がピンをひきつけるように捉えて離さなかった。

## 第6巻　**STORY・5**　　　　　　　　　　　　　　　再会と別れ

　船旅の最後の夜，人々はさまざまな夢を見る。ゴントでもゲドが魔法学院長でありながら力を奪われている夢を，ロークの森では手本の師アズヴァーが死の国の動かない星の夢を見ていた。

　ロークに着いた一行は，学院の師たちの歓迎を受けるが，魔術師たちはテハヌーやイリアンには畏怖や警戒心をいだいているようだ。彼女たちは魔法学院ではなくアズヴァーのいる「幻の森」に滞在することにし，森に学院の師たちが全員やってきて，会議が開かれる。そこではカルガド人，ハード人，そしてさらに西方の住人である龍との間での議論が沸騰する。昔，龍と人間とが合意によって2つの別の存在に分裂した時，そこには人間が物と土地を所有する代わりに，魔法の源泉である太古の言葉を捨てるという約束が含まれていた。東方の肌の白いカルガドの人々はその約束を守り，そのおかげで死んでも他の者となってよみがえるという不死の信仰を獲得したが，群島の西部の肌の黒いハード語を話す人々はその約束を守らず太古の言葉を保持し魔法を使って，死を恐怖し，ついには生死の境さえ越えようとした。イリアンによれば，龍は死を恐れないのに人間は死を恐れる，死ななければ生まれ変わることもできない，というのに。アズヴァーによれば，かつて人間は龍の自由の世界にあこがれて，魔法の力で死ぬと西の果てのそのまた西の世界で魂として生き延びられるようにとはかり，生きていては龍も人も越えられぬ石垣を築いたが，石垣のおかげでそこには風も吹かず泉も湧かず，すべてが乾ききって何者も動かない闇の世界となってしまったのだ。

　人々はオールダーについて行き，その石垣をともに崩す。石垣がついに壊され，影の世界に光が差し込んで世界に完全な均衡が回復される。テハヌーはついに金色の龍となって，イリアンとともに迎えに来たカレシンと西方の果ての世界へと飛来していき，オールダーは死んで妻のリリーと一緒になり，他の者たちは死の世界から生還する。そんな別離の後，ハヴナーに戻ったレバネンとセセラクには王と王妃としての結婚式が，そしてテナーにはなつかしいゲドとのゴントでの再会が待っていた。

# KEYWORD 59

## 死生観の対立

　ローク島に向かう旅の途上ですでに石垣が人々の協力によって壊される前兆はあった。石垣は壁のようにまたいで越えられないほどの高さではないから，若干の交通が可能で，同時にそこから差異や不和も産みだされる。しかし狭い船上ではそうした障害が取り払われるには，つねに腕環のテナーの存在が仲介者として重要だったのだ。

　ロークに着いた一行はアズヴァーの住む森に向かい，そこで学院の師たちと目前に迫る危機について話し合う。ロークの森とは『アースシー物語』全体を通してつねに魔法と太古の力が，魔術の知識と日常生活の知恵が調和し，光と闇とが溶け合って深い緑色となるような場所であり続けている。今その森にはカルガド人，ハード人，そして西方の人々とも言うべき龍という3種類の生き物がいることになるが，その人々を分かち，論争の種となっているのは，魔術が不死をもたらす可能性についての評価だ。魔術の究極目的が人間を不死の存在とすることにあるのなら，そのような技術は世界の均衡をもっとも根源のところで乱す邪悪なものではないのか？　不死の存在とは人間の肉体が滅びても魂が亡霊となって暗黒の世界で生き延びて，生と死の境を往還できる能力を持つことではなく，死を受け入れることによって死なない世界へと結びつくことではないのか？　生物のよみがえりを信じるとは，結局のところ，ひとりの人間が自分の永遠を願うことではなく，万物が死すことによって万物がまた生き返ることを肯定する考え方ではないのか？　かつて死を恐れ，不死にあこがれた人々は龍との約束に反して石垣を築くことによって死を閉じ込めようとしたが，その結果，そこには魂の抜けた影や妄執しか残らなくなってしまったのだ。

　以下に引用する人々の会話は，そのような死生観の対立を描いた緊張あふれる場面である。ローク学院の魔術の師たちが，これまで軽蔑し恐れていた女性たちや龍の言葉にひと言も応える術を持たないありさまは，魔法世界の終焉を予期させるとともに，『アースシー物語』がたどってきた旅路の長さを語ってはいないだろうか。

　"Summoner," Lebannen said, before Irian could speak, "Orm Embar died for me on Selidor. Kalessin bore me to my throne.—Here in this circle are three peoples: the Kargish, the Hardic, and the People of the West." "They were all one people, once," said the Namer in his level, toneless voice. "But they are not now," said the Summoner, each word heavy and separate. "Do not misunderstand me because I speak hard truth, my Lord King! ...... But the dragons have nothing to do with this crisis that is upon us. Nor have the eastern peoples, who foreswore their immortal souls when they forgot the Language of the Making."

"*Es eyemra*," said a soft, hissing voice: Tehanu, standing.

The Summoner stared at her.

"Our language," she repeated in Hardic, staring back at him.

Irian laughed. "*Es eyemra*," she said.

"You are not immortal," Tenar said to the Summoner. She had had no intention of speaking. She did not stand up. The words broke from her like fire from struck rock. "We are! We die to rejoin the undying world. It was you who foreswore immortality."  (*The Other Wind*, "Rejoining")

「召喚の師に申し上げるが」、レバネンはイリアンが口を開く前に言った、「オーム・エンバーはわたしのためにセリドーで亡くなり、カレシンがわたしを王座に連れ帰ったのです。この輪のなかには3種類の人々がいます、カルガド人、ハード人、そして西方の人々です。」

「かつてはみな同じ民族だった」と、命名の師が抑揚のない声で言った。

「でも今は違います」、召喚の師は一語一語切り離し重きを置いて言った。

「誤解しないでいただきたい王さま、わたしが厳しい真実を告げるからといって。……龍は今のわれわれの危機になんの関係もありません。それに東方の人々も、彼らは不滅の魂を捨てて天地創造の言葉を忘れたのですから。」

「エス・アイムラ」、小さなかすれ声がした。テハヌーが立っていた。

召喚の師は彼女を鋭いまなざしで見つめた。

「私たちの言葉」と彼女はハード語でくりかえし、彼を見つめ返した。

イリアンも笑って「エス・アイムラ」と言った。

「あなたがたは不死なんかじゃない」、テナーが召喚の師に言った。彼女はしゃべる気などなかったのだが。立ち上がることもなく、言葉が火打石の火花のようにはじけて出たのだ。「不死は私たちのほう！ 死んで不死の世界に連なるのだから。不滅を捨てたのはあなたがたのほうです。」

# KEYWORD 60

## 光と風

　『アースシー物語』の最後の数頁から一節を選び出すのはとても難しい。オールダーとテハヌーが協力して石垣を壊し始める場面、レバネンと召喚の師が石垣を越えて戻ってくる場面、カレシンがイリアンとテハヌーを迎えに来てテハヌーが龍となって飛び去る場面、オールダーが死の世界を選んでリリーと一緒になる場面、アズヴァーが死んだオールダーの傍らにうずくまるテナーに龍となったテハヌーのことを語る場面、セセラクが意識を失ったレバネンを必死に介護する場面、そして最後のテハヌーとゲドの再会…。

　なかでもテハヌーに去られ、オールダーを失ったテナーの悲しみは深い。しかし喪失を悼むとは石垣や神社を作って霊を閉じ込めることではなく、まさにこの小説の最後の頁でゲドとテナーが西の海上に広がる空を見ながらテハヌーが「あそこにいるはず（she is there）」と言うように、去った者を永遠に傍に感じることができるという人間の営みのことだろう。彼方へと行ってしまった者たちを記憶し続けることによって、共に生き続けること。魔術師のなかで真に賢人と呼べるのは、石垣を築いてしまった魔術の原罪の「代償」を支払う者だけだ。そのうちのひとりアズヴァーは、カルガドの闇の世界を否定して群島にやってきたが、イリアンと出会い彼女を愛することで闇と光の相互依存を知り、石垣が築かれたゆえんを悟るのだから。

　最後に、石垣が崩れて光と風が訪れ、カレシンが飛来してテハヌーが龍となり、人々が解放され、オールダーがリリーとともに死の国に歩み去るクライマックスを引用しよう。次々と起きるめまぐるしい出来事のなかで、龍の輝かしい飛翔と死を選択した人間の安堵とが交錯する、かけがえなく美しい場面だ。

"Kalessin!" That was Tehanu's voice. He looked at her. She was gazing upward, westward. She had no eye for earth.

She reached up her arms. Fire ran along her hands, her arms, into her hair, into her face and body, flamed up into great wings above her head, and lifted her into the air, a creature all fire, blazing, beautiful.

She cried out aloud, a clear, wordless cry. She flew high, headlong, fast, up into the sky where the light was growing and a white wind had erased the unmeaning stars.

From among the hosts of the dead a few here and there, like her, rose up flickering into dragons, and mounted on the wind.

Most came forward afoot. They were not pressing, not crying out now, but walking with unhurried certainty towards the fallen places in the wall: great multitudes of men and women, who as they came to the broken wall did not hesitate but stepped across it and were gone: a wisp of dust, a breadth that shone an instant in the ever-brightening light. Alder watched them. He still held in his hands, forgotten, a chinking stone he had wrenched from the wall to loosen a larger rock. He watched the dead go free. At last he saw her among them. He tossed the stone aside then and stepped forward. "Lily," he said. She saw him and smiled and held out her hand to him. He took her hand, and they crossed together into the sunlight.　　　　(*The Other Wind*, "Rejoining")

　「カレシン！」テハヌーの声がした。オールダーは彼女を見た。テハヌーは上方を，西のほうを見つめていた。もう地上には目もくれない。
　彼女が手を伸ばした。火が手と腕に，髪の毛，顔，身体に沿って走り，頭の上の巨大な翼となって燃え上がり，彼女を中空に押し上げる，全身が火に包まれた生き物，燃えさかる，美しく。
　彼女は叫び声をあげた，はっきりとした，言葉にならない叫びを。高く飛んだ，頭からすばやく，光がその強さを増し，白い風が意味を持たない星々を消していく空に向かって。死者の群れのなかからもそこかしこからいくつか，テハヌーのように，龍となって舞い上がり風に乗るものがあった。
　多くは徒歩でやってきた。急ぐふうもなく，今は叫ぶこともなく，落ち着いたたしかな歩みで壁の崩れた場所に向かって。無数の男や女たちが壊れた壁のところに着くと，ためらうことなく乗り越えて去っていった。一陣のほこりがたち，ますます明るくなる光のなかで一瞬の息となって輝く。オールダーは人々をじっと見ていた。彼は大きな岩を壁からはずそうとして引きはがした隙間石をひとつ，忘れたまま両手で持っていた。死者たちが自由になっていく。やっとオールダーは彼女を見つけた。石を投げ捨て，前に出て「リリー」と呼んだ。彼女も彼を見て微笑み，手を差し出した。彼はその手を取り，2人は一緒に太陽の光のなかへと越えていった。

### アースシー世界を読み解く
### 基本キーワード・6 ―― 魔術と性的欲望（セクシュアリティ）

前項で述べたように,『アースシー物語』の大きな軸にジェンダーへの問いがあるが, それは同時に性欲（セクシュアリティ）, とくに男の魔術師による女性の忌避と深く関わってくる。アースシー群島世界の長年の歴史によって当然のこととされてきた魔術の階層的秩序, とくにその男女の社会的性差による区別が問題とされ, そうした秩序が階級的差異や東方世界と西洋世界との地政的・文化的判別と関わって崩壊していく, その崩壊の要因のひとつとして性的欲望があるのだ。いわば『アースシー物語』とは, 技術の修得に重きをおくあまり, 自らの自然な欲望を呪文によって抹消することによって女性を避けてきた魔術師が, 自らのうちにある性的欲望に目覚めることによって, 魔術そのものに本来あったはずの自己と他者に対する正直さや誠実といった倫理を獲得していく物語なのだ（「同性愛」はアレンとゲドとの関係に萌芽がある以外はあまり前景化されない）。それは, 魔法という人生の指針が, 秩序や区別を作るよりもそれを壊すこと, 自然のありのままの状態に戻すことにあること, すなわち, 物語のなかでくりかえし言及されるように, 「何かをなすのではなく, 何ものもなさないこと」こそが魔法の奥義である, との教えにも通じるものではないだろうか。

Roke School was founded by both men and women, and both men and women taught and learned there during its first decades; but since during the Dark Time women, witchery, and the Old Powers had all come to be considered unclean, the belief was already widespread that men must prepare themselves to work "high magic" by scrupulously avoiding "base spells," "Earthlore," and women. A man unwilling to put himself under the iron control of a spell of chastity could never practice the high arts. He could be no more than a common sorcerer. Male wizards thus had come to avoid women, refusing to teach them or learn from them. Witches, who almost universally went on working magic without giving up their sexuality, were described by celibate men as temptresses, unclean, defiling, essentially wicked...

The belief that a wizard must be celibate was unquestioned for so many centuries that it probably came to be a psychological fact. Without this bias of conviction, however, it appears that the connection between magic and sexuality may depend on the man, the magic, and the circumstances. There is no doubt that so great a mage as Morred was a husband and father...

Women who work magic may practice periods of celibacy as well as fasting and other disciplines believed to purify and concentrate power; but most witches lead active sexual lives, having more freedom than most village women and less need to fear abuse. Many pledge "witchtroth" with another witch or an ordinary woman. They do not often marry men, and if they do, they are likely to choose a sorcerer.

(*Tales from Earthsea*, "A Description of Earthsea")

　ローク学院を創設したのは男女両方で，最初の数十年間は男も女もそこで教えていた。しかし暗黒時代以来，女性や魔女，太古の力がおしなべて不浄なものと見なされるようになり，男性が「高級な魔術」を行うためには，用心して「いやしい呪文」や「大地の教え」も女性も避けなくてはならないという思い込みがすでに広く浸透していた。禁欲の呪文の鉄の支配の下に自らをおかないような男は，高級な魔術などままならないというわけだ。そんな男はそのへんのまじない師にしかなれない。こうして男性の魔術師は女を避けるようになり，彼女たちを教えることも彼女たちから学ぶことも拒むようになる。魔女は自らのセクシュアリティを放棄することなく魔術を行い続けるのがほぼどこでも通例だったので，禁欲を尊ぶ男たちから不浄で神聖を汚す本質的に邪悪な妖婦と呼ばれるようになった。(中略)

　魔術師が禁欲しなくてはならないという信念は何世紀にもわたって疑いをもたれることがなかったから，ひとつの事実として彼らの心に深く植えつけられてきたのだろう。しかしそのような思い込みがもしなかったなら，魔術とセクシュアリティとの関係は，その男が魔術をどういう状況で使うかによって異なるはずだ。たとえばモレドのような偉大な魔法使いが，結婚して妻を持ち子もあったことは疑いない事実だからである。(中略)

　魔術をおこなう女たちは，ときに禁欲を実行し，断食などの修行によって，身を清め力の集中を試みることもある。しかし魔女の多くは性生活も活発で，村の女性たちよりも自由を享受し，世間の糾弾も恐れる必要がなく，他の魔女やふつうの女と「魔女の絆」をむすぶ者も多い。あまり男と結婚することはないが，する場合は，まじない師を相手に選びがちだ。

付　録

○アーシュラ・K・ル・グウィンの世界
○『アースシー物語』前史
○主要登場人物紹介

# アーシュラ・K・ル・グウィンの世界

## 1．作者について

　アーシュラ・K・ル・グウィンは，1929年カリフォルニア州バークリー生まれで，現在はオレゴン州ポートランドに住んでいる。ラドクリフ大学とコロンビア大学でフランスとイタリアのルネッサンス文学を学ぶ。SF作品の2大賞と言われるヒューゴー賞とネビュラ賞を5つずつ受賞しているほか，ナショナル・ブック賞や世界ファンタジー賞など数々の栄誉に輝いており，その作品群はいわゆるSFやファンタジーだけでなく，さまざまな趣向の小説，評論集，詩集，絵本など，多岐にわたっている。日本語にも多くの作品が翻訳されている。

　彼女の創作を考える上で，無視できない要素は，その父母からの影響だろう。父親は人類学者のA. L. クローバー，母親が「北米最後の野生インディアン」と呼ばれたイシについての著書（『イシ』岩波書店同時代ライブラリー）のあるシオドーラ・クローバー。彼女の家庭環境には，アメリカ先住民の生活や世界観，知恵を享受する土壌が整っていたと考えられる。『アースシー物語』だけでなく，彼女の創作にある自然観や相対主義的な他者観念，とくに森や水のある場所の重要性や太古の力に関する畏怖と信頼などには，そうした先住民世界の知覚と感性が生かされている。

　ル・グウィンはファンタジー小説だけでなく多くの「普通の」小説，詩集，エッセイ集，絵本，さらには『老子』の英訳なども出版している多作な作家である。ル・グウィンの詳しい年譜や著作リストなどについては，SFマガジン編集部「アーシュラ・K・ル・グィン著作リスト」『SFマガジン』早川書房，1997年7月号，86-89頁；吉岡公美子編「ル・グウィン年譜」『ユリイカ臨時増刊総特集アーシュラ・K・ル・グウィン』青土社，2006年8月，207-213頁を参照のこと。また公式ウェブサイトもある〔http://www.ursulakleguin.com/〕。

## 2. ル・グウィンの他のSF作品について

『アースシー物語』をのぞけば、彼女の作品のなかで格段に有名であり、また間違いなくSFの歴史に残る傑作と言えるのは、ともにその年のヒューゴー賞とネビュラ賞をダブル受賞した『闇の左手』(The Left Hand of Darkness, 1969) と『所有せざる人々』(The Dispossessed: An Ambiguous Utopia, 1974, 翻訳はともに早川書房刊) であろう。『闇の左手』では、『アースシー物語』と同様、私たちの世界を形づくっている男らしさや女らしさという社会的性差および性的欲望、つまりジェンダーとセクシュアリティに関する問いがひとつの中核となっている。この物語が起きる星におけるある国カーハイドでは、男性と女性の区別がない。つまり彼ら／彼女らはすべて両性具有の人間で、それで性交も行えば生殖して子どもも出産する。物語はこの星に通商を求めてハインという遠方の星からやってきたゲンリー・アイ（男性）と、カーハイドの宰相でありながら王の不興を買って失脚したエストラヴェン（両性）との友情／愛情を軸に描かれている。タイトルの『闇の左手』とは、この小説を貫く相対主義的世界観の象徴で、「光は闇の左手にして、闇は光の右手。2つはひとつ、生と死、交情期の恋人たちのように共に寝ころび、ひとつに合わされた両の手のように、終着点と道程のように」という詩句からきている。ふたりの雪と氷に覆われた大陸を横断する逃避行の後に悲劇が訪れるが、私たちは苛烈な自然描写とそのなかで絶対に孤独な生を営む2人の交情を読後長く忘れることができないだろう。

『所有せざる人々』は、地球を思わせる惑星ウラスと、月を思わせる星アナレスを往復する物理学者の主人公シェヴェクの物語で、時間をさかのぼりながら、2つの星で起きた出来事が章ごとに並行して描かれる構成をとっている。物語のタイトルが示唆するように、アナレスはかつて貧富の差が激しい資本主義のウラスを捨てて、すべてのものを全員が共有する完全共産主義社会を築こうとした人々が植民してできた国である。シャヴェクは宇宙の原理を完全に説明する理論をたずさえて、アナレスを旅立ち、彼の理解者がいると思われたウラスへとやってくるが、そこで見たのは階級闘争と国家間戦争の現実だった。ここでは私たちの時代にとって不可避と思われている差別や資本主義的搾取のない世界がいかに可能かという問いが、惑星間飛行と植民というテクノロジーと、究極の物理学理論という学問の到着点という、2つの夢を通して語られている。私たち人類にとって到達可能なユートピア像

がここに描かれている，と言ってもいい。

　この2作品と比べたときの『アースシー物語』の特徴は，一方で「同性愛」や階級（経済的格差）への注目がそれほど大きくはないこと，しかし他方で西洋中心的な歴史観や文明開化的自然観に対するオルタナティヴな視点に重きが置かれていることが指摘できるだろう。

　またル・グウィンの魔術を題材としたファンタジー作品の最新のシリーズには『ギフト』『ヴォイス』『パワー』とタイトルのついた「西のはての年代記」3部作がある。これはいわばポスト・アースシー世界，つまり魔術がごく一部の社会と家系の特殊な技術に堕してしまった時代において魔法の倫理回復がいかに可能かを問う物語と言ってもよい。

## 3．他のファンタジー作品との比較

　総じてル・グウィンのSFやファンタジーには，華麗なストーリー展開や予定調和的なハッピーエンドよりも，私たち自身が生きている世界が避けがたく抱えてしまう倫理的・哲学的・政治的・経済的問題を，時代や文化を超えた人類普遍の問いとして提出しようとする企図があるように思われる。

　その意味で，ル・グウィンの作品は，他のファンタジー作品とは大きく一線を画するものと言えるだろう。たとえばル・グウィンの作品には，J. R. トールキンの『指輪物語』における壮大な神話世界の闘争も，C. S. ルイスの『ナルニア国物語』における善と悪の確執も，J. K. ローリングの『ハリー・ポッター・シリーズ』における家族と友情の価値も，それほど強調されているわけではない。しかしその代わりに，『アースシー物語』は，『指輪物語』の男性中心主義も，『ナルニア国物語』のキリスト教的世界観も，『ハリー・ポッター・シリーズ』の共同体主義もはるかに超える，善悪や男女の二項対立的世界を凌駕した，あれかこれか，ではなく，あれもこれも，という全的な（「禅的な」と言ってもよいかもしれない）相対主義的世界が描かれている。たとえばこれらの3つの物語では，さまざまな問題を解決するのに有効とされている魔術も，『アースシー物語』では大地の太古の力を源として，誰でもが有している日常的な知恵の派生物にすぎないのだ，という考えが示唆されているのである。むしろ魔術に頼らない者がほんとうの魔法使いの名に値する，という主張もそのひとつだろう。

4．歴史と物語

　最後にル・グウィン自身の言葉を2箇所，ともに第5巻の「まえがき」から引用することで，解説を締めくくろう。彼女はその「まえがき」で，第4巻の『テハヌー』を書き終わったとき，彼女自身，この物語が現在のこの時点に達したと感じ，いまだ起こっていない未来のことは書けないと思った，と書いている。それはおそらく多くの読者にとっても同じことで，第4巻の終わりで平穏で幸福な家庭生活を送りそうなゲドとテナーの姿に安堵して，「末永く幸せに暮らしましたと，さ」という思いで，アースシー世界に別れを告げた人々も多かったに違いない。ところがル・グウィンが『テハヌー』を書き終わって7，8年たってからアースシーに題材を得た物語を書くように依頼されたとき，そこでは彼女が目を向けていなかったあいだにさまざまなことが起こっていたことがわかった。こうしてル・グウィンはアースシー世界の「今」を見直そうと新たな巻をつづり始めたというのである。
　ル・グウィンはここで歴史と物語との関係に言及する。彼女は物語を書くために歴史家と同じように，「群島の史料庫」で調べものをしたという。たとえ実際に存在しない歴史でも，何が起こったかを知るための作業は，歴史家がいわゆる「現実世界」の出来事を史料から調べるのと，基本的には変わらないだろうというのだ。ここには一方で，歴史も歴史家が特定の視点や記憶や想像力から語る物語であるほかない，という認識があり，もう一方で，創作されたフィクションがたとえ「嘘」でも，それがひとびとのこころに響く物語となるためには，作家もすぐれた歴史家となるべきだ，という信念が語られている。

　　実在しない歴史を探求する方法は，物語を話して何が起こったのかを見つけ出すことだ。私の信じるところ，これはいわゆる現実世界をあつかう歴史家たちのやっていることとそう変わらない。たとえ私たちが何か歴史上の出来事の場に居合わせたとして，それを物語として語ることができる前から，私たちはそれを理解するだろうか——まして記憶することなどできるだろうか？さらに私たち自身の経験の外にある時代や場所で起きた出来事の場合は，私たちにとって他の人々が私たちに語る物語のほかに頼れるものなどない。過去の出来事は結局，記憶のなかにしか存在しない，そして記憶とはひとつの想像のありようなのだ。出来事はいま現実に起きているが，いったんそれがかつてになって

アーシュラ・K・ル・グウィンの世界　　197

しまうと，それが現実らしさを持続できるかどうかはすべて私たちしだい，私たちの努力と真摯さしだいなのだ。もしそれが記憶からこぼれおちてしまったら，想像だけがそのきらめきの一端を回復できる。もし私たちが過去を偽り，私たちが語ってほしいと望む物語を無理して語らせ，意味してほしいと思うものを意味させようとするなら，それは現実らしさを失って偽ものになってしまう。時間を越えて神話と歴史の貯蔵庫のなかから過去を取り出すことは，大変な仕事だ。けれども老子の言うように，賢人とは荷車とともに歩み続けるものである。

存在することのなかった世界，作り物の歴史を作り，再生するときには，そのための探求はやや異なるものとなるだろうが，基本の衝動や技術はほとんど同じだ。何が起こっているかを見て，なぜ起こっているかを探り，そこの居る人々が語ることに耳を傾け，彼らのすることを見て，それを真剣に考え，それを真摯に語ろうとすること，そうすれば物語は重みを獲得し，意味をなすだろう。

## 5．ファンタジーと想像力

資本主義のマーケットのなかで利益を得るために生産される多くの凡庸なファンタジー小説，それはおきまりの英雄や暴力や感傷の機械的な羅列であり，そこではフィクショナルな歴史が本来問うべき，答の容易に得られない矛盾を孕んだ問いや，倫理的なディレンマ，知的な複雑さ，人の心の奥底にうごめく不可解な衝迫などはひたすら単純化され，平板化されてしまう。それは人間の想像力の可能性を封じてしまうのだ。このように読者の想像は，売ることを目的としたファンタジー作品のために利用されてしまうこともあるが，それが力を保つかぎり，そのような商業的で一方的な教訓を押しつけるような作品に抗して，変化せずにはいない人間の歴史や思考の把握へと私たちを導いてくれるのである。私たち読者は，これまで自分が読んできたアースシーの群島世界をめぐる物語の深い倫理と人間性への洞察が，こうしたル・グウィン自身の創作哲学に支えられていることを，彼女自身の衒いのない淡々とした言葉から知って，深い信頼と確信を覚えるだろう。

商品化されたファンタジーは危険を冒さない。それは何も発明せず，模倣し矮小化するからだ。それは古くから伝わる物語から知的で倫理的な複雑さを剝

ぎとり，そのなかの行為を暴力に，登場人物を操り人形に，真実の語りを感傷的で陳腐な話に変えてしまう。英雄は剣やレーザー光線や魔法の杖を振りまわし，まるでコンバイン機械のように儲けを刈り取るというわけだ。人を根底から揺り動かすような倫理的選択は無害なものとされ，わかり易い，安全なものとなる。偉大な物語の語り手が心をこめて創作したアイデアは，真似されステレオタイプとなって，おもちゃに格下げとなり，けばけばしい色のプラスチックに造形されて，宣伝され売られ，壊され捨てられ，取替えのきく交換可能なものとなるのだ。

　ファンタジーを商品化する者たちがあてにして搾取するのは，子ども大人を問わず，読者というものが持っているあの無敵の想像力だ，それがあるおかげでこうした死んでしまったものにも命が与えられる——まあそれも，ほんのしばらくのあいだだけだが。

　あらゆる生き物と同様，想像力も今を生きる，そしてほんとうの変化とともに生き，ほんとうの変化によって生かされるのだ。私たちが行ったり持ったりしているすべてのものと同じように，想像力は利用され貶められこともある。しかしそれは商業化や説教の道具とされても生き延びる。

# 『アースシー物語』前史

　物語の「ガイド」という本書の性格を考えるならば，ここでは『アースシー物語』の「物語年表」として，〈前史〉だけでなく，この物語全6巻に登場する人々の事跡を年代順に列記するのが親切というものかもしれない。しかし以下に記すような理由でそれが難しいことをまずご理解いただければありがたい。
　ひとつは，第1巻におけるゲド（幼少時の名前はダニー）の誕生以降，年月が具体的には記されていないことから，様々な人物の年齢や季節は想定できても年表のようなものは作れないこと。もうひとつは，より重要なこととしてこの物語全体の〈歴史〉や〈文字文化〉に対する考え方の問題がある。以下にまとめた〈『アースシー物語』の前史〉は，おもに第5巻の付録としてル・グウィン自身が記した「歴史」の記述をもとにしている。そこでも明記されているように，アースシーの歴史は古代の伝承や人々の言い伝えを文書化した書物によるものであり，そこでは同じ出来事について記述する場合でも，記す側の立場によって「事実」が異なっている。たとえば誰が「勝者」で誰が「敗者」であるのか，「正義の英雄」，「悪辣な裏切り者」はどちらかといった歴史の関心事も，どこで誰が誰のために記録するかによって異なった事象として記録されうる。ましてこの物語は，魔法や龍や太古の力をめぐる話だ。そこでは真実と虚偽，歴史と伝承，事実と表象との境界が曖昧となり，それらの関係が複雑になることは避けられない，というかその輻輳性こそがこの物語の魅力なのである。
　歴史とは結局のところ，誰がどのような位置や力関係において語るかによって変化する物語だ。それはすべてが「事実無根の作り話」だということではなく，口移しに伝えるにしろ，文字で記すにしろ，実際の出来事が囲まれていたさまざまな力との関係のなかでしか，私たちの元に届いてこないということである。そのことを考えれば，以下に記す〈前史〉のなかにも勝敗や生死が曖昧であったり，矛盾する事象が出てくるのはむしろ当然だ（たとえば龍の寿命や時間の感覚，あるいは生死を人間と同じように考えることができるものだろうか？）。
　さらに考えるべきは，口承文化と文字文化との関係だ。文書化された歴史は当然書記文化の産物である。そこにはその特定の文字を使える者と使えない者，記す主体と記される客体，文書にアクセスできる者とできない者といった，しばしば差別や暴力をもたらす関係が必然的に存在する。そのようないわばメディアへ

のアクセス権の問題は，もちろん口移しの口承文化の場合も存在するが，文字文化との最大の違いは，記録の残存期間の長短と安定度の違いにある。口から耳へと知識や情報や出来事の記憶が伝えられる場合は，よほどそれらの伝授に努力を注がないかぎり，それは容易に忘却され抹殺される危険がある。それがいったん文字に記されてしまえば，その危険はかなりの程度減少するだろう。

しかし文字文化はこのような安全の代償として，先に述べた情報伝達の不平等な力関係を大幅に抱えなくてはならない。さらに口承による伝達は，その不安定さや危うさを意識するがゆえに，より活力と気迫に満ちた文化や知識を創造し保持し得る可能性がある。たとえば以下に言及する「ハンドの女たち」という，倫理的な魔法の伝授を目指した秘密結社の活動も，沈黙を通じて築かれる信頼を至上の価値とするような口承文化の力によるところが大きかったろうし，魔術をめぐる『アースシー物語』全体の大きなテーマである，男性中心的な知識（その中心が女性追放後のロークの魔法学院だ）と，魔女のより日常的でありながら太古の力に根ざした知恵との共存とせめぎあいである。以下の〈前史〉も特定の立場（この場合は群島世界の男性支配層の立場，つまり東方のカルガド帝国や龍や女性たちの視点はそれほど反映されていない）から，歴史文書に記された〈事実とされる歴史〉であることを，まず踏まえておきたい。

### 天地創造

2000～3000年以上前にハード語で書かれた最古の神聖詩『エアの創造』によれば，セゴイがアースシー世界の島々を作り上げ，それを天地創造の言葉で名づけた。だが海は島々よりも古く，太古の力も同時代の産物である。セゴイとは大地の力そのものの別名でもあり，存在，造形，息，詩などの意味を含む。

### エンラッドの王たちの時代（約1200年前）

最古の歴史書とされる『エンラッドの行跡』によれば，ベリラを首都とするエンラッド島の王と女王の時代で，彼らは自らをアースシーの支配者と称するが，その支配区域はイリエンより北で，東はフェルクウェイ，西はパルンとセメル，北はオスキルを含んでいなかった。

### モレド王の時代（モレドが王座についた年を群島年0年とする）

毎年，冬至の祭りに歌われる『若き王の歌』によれば，モレドが最初の魔法使い（Mage）と呼ばれた王である。モレドはソレア島のエルファランと結婚し，彼らの治世は短い黄金時代と呼ばれた。だがエルファランを恋慕する「モレドの

敵」という名でのみ知られる強大な魔術師がモレドに戦いを挑み，エンラッド中を廃墟にした戦いの末，モレドとエルファラン，そしてその敵も滅びる。

### ハヴナーの王の時代（群島年 150〜400 年）

モレドの死から 150 年後，アカンブバー王によってエンラッドからハヴナーの港町に王宮が移された。それから群島年 400 年までに 6 人の王と 8 人の女王が群島の支配者となり，その出自はエンラッド，シーリース，エア，ハヴナー，イリエンという 5 つの家系に及んだ。ハヴナーの王の時代は繁栄と新たな発見の時代であったが，最後の 100 年には東方のカルガドと西方の龍からの攻撃が絶えなかった。群島の防衛のためにますます多くの魔術師の力が要請されるようになり，ときに王よりも強大な力を持つ魔術師たちが現れた。

### マハリオン王とエレス・アクベの時代（群島年 430〜452 年）

マハリオンは暗黒時代に入る前の最後の王で，エレス・アクベというハヴナーのある村の魔女の息子を魔術師とし，生涯の友として重用した。彼らはともに 10 年間東方のカルガド人や西方の龍と戦った。エレス・アクベはカルガドの王ソレグとの和睦に派遣され，彼にアースシー世界の最も貴重な宝とされていた，モレドがエルファランに与えた腕環を永遠の平和の印として献上しようとしたが，和睦に反対する双子神の高僧インタシンは太古の力によってエレス・アクベの魔術を無効化し，腕環を 2 つに割ってその半分をアチュアンの墓所に収めた。腕環のもう半分はエレス・アクベを救出したソレグの娘に渡され，500 年以上も彼女の子孫に伝えられた後，東の果ての島でその最後の生き残りである兄妹からゲドに手渡されることになる。一方，西方ではマハリオン王の軍隊が龍と戦っていたが，カルガドから帰ったエレス・アクベが龍の長オームと対決し，ついに西の果ての島セリダーでともに力尽きて亡きものとなる。マハリオンはこの島までやってきてエレス・アクベを悼み，その剣を持ち帰ってハヴナー宮廷の塔の上にすえた。オームの死後，龍は人間の居住する島にはやってこないようになった。マハリオンはエレス・アクベの死後数年で 452 年に亡くなり，王を失った王国は封建的な領主たちがあい争う戦乱と無秩序の暗黒時代に入った。

### 暗黒時代（群島年 452〜850 年）

中心となる王が存在せず，地方の小領主や海賊が割拠する時代で，芸術，漁業，農業，商業は衰退し，王政時代にはなかった奴隷制度が蔓延した。魔術師たちも軍閥にこびて自己の権力拡張を図るものが多く出たため，魔術全体の評判が

地に落ちた。マハリオンの死後150年ほどたってから，魔術の倫理的使用と教育を目的としてローク島にハンドと呼ばれる緩やかな共同体が生まれた。その影響力を恐れたワソートの軍閥が島を襲い，ほとんどの成人男子を殺害したが，生き残った女性たちを中心に内海の島々にハンドの教えは伝えられた。650年ごろ，ロークのヴェイルとエレハルの姉妹，および探索者と呼ばれたメドラが魔術の伝達を目指す学院をロークに創設する。学院の評判は次第に群島全体に広まり，そこで教育を受けた魔術師たちが島々の平和を創る役割を担うことで，ハヴナーに王のいない群島世界ではロークが実質上の中核的政権となった。

### ロークの初代大魔法使いハルケルによる女性追放（群島年730年）

ロークの魔法学院から女性を排除するハルケルの決定が，9人の師のうち，様式の師と門番の師以外の賛成で認められ，300年以上ロークでは女性は学べず，男性の高級な魔術と魔女の穢れた技との判別がされるようになった。

### ゲドの誕生（群島年1000年ごろ。のちにゲドという名を与えられるダニーがゴント島のテン・オールダーという寒村に生まれる）

以下は『アースシー物語』のだいたいの年代と主要人物の概算年齢である。しかし，第5巻で手本の師アズヴァーがイリアンに言うように「距離は時間となりうる」。つまり遠い距離を旅してきたアズヴァーのような人間は他の人間より年を取りやすく，第1巻から第6巻まで（おそらく）同一人物のローク魔法学院の門番の師は，一箇所にじっとしているので年を取りにくいのかもしれない。つまり年月は『アースシー物語』のなかで状況や人物によって可変的だ。よってこの作品の年月を想定し，登場人物の年齢を計測することは，この物語の精神に反する行いだろう。この事を心にとめながら，作品でときおり言及される年月を顧慮すれば，おおむね次のような年月の推移が想像できるが，これはあくまで余計な推測であって物語を読む助けとならないことは留意したい。

第1巻　群島年1000年〜1015年。ゲド0〜15歳。
第2巻　群島年1025年。テナー0〜15歳。ゲド25歳。
第3巻　群島年1055年。レバネン15歳。ゲド50歳。
第4巻　群島年1055年。テハヌー7歳。テナー40歳。
第5巻　群島年650年〜1058年。
第6巻　群島年1070年。テハヌー22歳，レバネン30歳，テナー55歳，ゲド65歳。

## 主要登場人物紹介

最初に挙げてあるのが「真の名前」、（　）内に入れてあるのが通称、幼名、そのほか。真の名前がない場合は物語のなかでいちばん頻繁に使われている名前を最初に掲げてある。それぞれ原語をつけた。名前の順番はおおむね『アースシー物語』での登場順によっており、人物の重要度とは関わりがない。説明文中では必ずしも一番先に挙げた名前ではなく、もっとも頻繁に使われる名前を使っている。｛　｝内には実際に登場する（言及のみの場合は除く）巻の番号を記す。

❦ゲド Ged（ダニー Duny、スパロウホーク Sparrowhawk）｛1, 2, 3, 4, 5, 6｝

ゴント島に生まれ、群島世界中を旅して生死の境さえも越えて帰還したが、魔法の杖を捨てた後ゴントに隠棲する。群島世界の魔法の可能性と限界を文字通り体現する人物。とくに1巻と2巻における自己の魔術に対する自負にあふれた「英雄的存在」から、3巻でその限界に挑んで後の「ふつうの人間」への変遷が、この物語全体と伴走している。ただ『アースシー物語』がゲドの「一代記」などではないことは強調しておく必要があるだろう。

❦アイハル Aihal（オギオン Ogion、サイレンス Silence)｛1, 4, 5｝

オギオンは5巻で登場するダルスを師として、彼の死後その家に住みつき、ゴントの自然とともに生きた。おそらく『アースシー物語』のなかで倫理的に魔法をきわめた真の大魔法使いと言えるのは、ゲド、オギオン、アズヴァー、門番の師ぐらいかもしれない。なかでもゲドの師であるオギオンは、サイレンスと呼ばれた若年時から通常の魔術師とは違う傑出した存在として、私たちに印象付けられる。なにより彼の、魔法にはできることとできないことがあるという謙虚な倫理観こそは、オギオンを物語全体の精神的支柱としている。オギオンという名がモミの実を意味し、アイハルが神聖文字で口をつぐんだ形を示すというのも、呪文をとなえる魔術を使わないという魔法の奥義を体得したオギオンにふさわしい名前であると言えるだろう。

❦門番の師 Master Doorkeeper｛1, 3, 5, 6｝

ロークの魔法学院の9人の師のうちのひとりで、学院の門を入ろうとするときにはその人物の名前を言わせ、学院を去ろうとするときには彼自身の名

前を言わせる。『アースシー物語』のなかで最も謎に満ちた存在のひとりで，いかなる名前でも言及されることがなく，その年齢も不詳だ。1巻で少年のゲドがローク学院に入ろうとしたときにすでに「老人」と呼ばれているが，3巻で彼がアレンとともにカレシンの背に乗ってセリダーから帰ってきたとき迎えるのも，5巻でイリアンを迎えるのも，そして6巻でオールダーやテハヌーたちを迎えるのも，おそらく同一人物である。この人間のすべてを見通すかのような眼差しの持ち主は，学院の門という一箇所に居続けることによって歳を取ることを忘れたのかもしれない。

❧ネメール **Nemmerle** ｛1｝

ゲドがローク魔法学院に入学してきたときの学院長で，ゲドが呼び出してしまった影の存在からゲドを救うために，その全精力を使い果たして亡くなってしまう。

❧ゲンシャー **Gensher** ｛1｝

ネメールの後を継いだ学院長で，影によって傷ついたゲドを学院のなかでかくまい，彼を一人前の魔術師に育てたひとりである。

❧召喚の師 **Master Summoner** ｛1｝

ローク魔法学院の9人の師のなかでも，もっとも魔術の技に優れているとされる。他人の意思を支配し，死者さえも召喚することができる強大な魔術を統べる召喚の師はともすれば，自己の力を過信する傾向がある。『アースシー物語』では，おもに3人の召喚の師が登場するが，そのうちのひとりが1巻でゲドに貴重な教えを授ける師であるが，名前は明示されていない。

❧クレムカルメラク **Kurremkarmerruk** ｛1，5，6｝

ローク学院で真の言葉の知識を司る命名の師の名前。だれもが命名の師となれば，この名前を名乗り，『アースシー物語』では少なくとも3人の異なるクレムカルメラクが登場する。とくに5巻と6巻で年月を隔ててロークを訪ねたイリアンが，かつて自分に親切にしてくれたクレムカルメラクが別人になっていることに失望して，新しい命名の師に怒りをぶつける場面は，龍と人間との時間感覚の違いと，龍であるイリアンがひとりの人間に寄せていた愛着を語って印象的だ。

❧ジャスパー **Jasper** ｛1｝

ゲドがローク学院に入ってきたとき，最初に彼の案内をおおせつかったゲドの先輩だが，2人の関係は親密ではなかった。魔術の力においてゲドが彼にライバル意識をいだき，ゲドが影を呼び出す遠因を作ってしまう。

❧エスタリオル **Estarriol**（ヴェッチ **Vetch**）｛1｝

ジャスパーと同じくロークではゲドの先輩に当たるが，彼が影に襲われ，ネメールの死まで招来してしまったことで絶望のどん底にあったとき，友として手を差し伸べ，真の名前を与えることで生涯の絆を結ぶ。ゲドが影を追う船旅に同行し，その影との最後の対決の証言者として，ゲドの勲を唄った歌を作ったともされる。

※ **イェボー Yevaud** ｛1｝

ペンダー島の龍で，かつては人間に姿を変えてさまざまな場所から宝物を奪い，ペンダーの塔に隠し持っていた。ゲドがこの龍の子どもたちの飛来を恐れる島人の願いにしたがって，ペンダーにやってきたとき，彼に真の名前を当てられ，以降，東方の島に飛来しないという約束を結ぶ。

※ **スキオラ Skiorh** ｛1｝

ゲドが影に追われて島から島へと逃亡していたとき，オスキル島で道案内を申し出た男だが，影の俘虜として支配されており，ゲドを襲おうとする。

※ **ベンデレスク Benderesk** ｛1｝

オスキル島のテレノン宮殿の領主。セレットを妻とし，テレノンという強大な力を持ち主に約束する石を保持する。

※ **セレット Serret** ｛1｝

ベンデレスクの支配を逃れようと，ゲドを誘惑して味方につけ，テレノンの石を奪おうとするが，失敗してベンデレスクの部下に殺される。

※ **ヤロウ Yarrow** ｛1｝

エスタリオルの妹で，イフィッシュ島でゲドが影との最後の対決を準備しているあいだ，彼の面倒を見る好奇心の強い少女。

※ **テナー Tenar**（アルハ Arha，ゴハ Goha）｛2，4，6｝

カルガド帝国のアチュアンに生まれ，「太古の力に食われた者」という意味のアルハの生まれ変わりとして，神殿の大巫女となるが，ゲドと出会ってテナーという真の名前を取り戻し，エレス・アクベの腕環を彼とともにハヴナーに持ち帰る。2巻以降，ゲドと並びたつ物語の支柱的存在として群島世界の人間関係の中核をなす。ゲドに青春を取り戻し，オギオンの遺言を聞き，レバネンがもっとも信頼する友となり，テハヌーの永遠の母となり，オールダーを看取った…魔術を学びながらふつうの女性の生活を選んだテナーは，いつもさまざまな人々の人生の要に位置している。

※ **サー Thar** ｛2｝

アチュアンの兄弟神の神殿に仕える第一巫女。厳しくアルハを教えてはいたが，残酷さとは無縁で，コシルに比べればアルハも親しみを覚えていた。

しかし彼女が亡くなることで，アルハはコシルとひとりで対決せざるを得なくなる。

### ❊コシル Kossil ｛2｝

アチュアンの神殿で最も新しく権力も強大な神王の神殿に仕える巫女で，サー亡き後はアルハにとって最大の脅威となる。アルハが仕える太古の力にさえも対抗して，神王の権威に連なる自己の権力増強を図ろうとする。

### ❊ペンセ Pense ｛2｝

アルハの少女時代の友として，時に話し相手にもなった見習いの巫女。

### ❊マナン Manan ｛2｝

アルハが神殿のなかで唯一心を許していた宦官。ゲドと共に彼女が地下の迷宮から脱出するのを防ごうとして，奈落の穴に落ち死んでしまう。

### ❊レバネン Lebannen（アレン Arren）｛3，4，6｝

群島世界でもっとも古い家系であるモレドの血筋を継ぐ者として，3巻以降，魔法世界の衰退とハヴナーを中心とした世俗世界の再興のなかで，もっとも重要な役割を果たす王となる。王となった後はあらゆる点で，完成した人格者としての重要な行動の中核に常にいる。ゲドとテナーを心から愛し，テハヌーとイリアンを崇敬する。リベラルな君主として，おそらく唯一の弱点だったカルガド帝国との因縁の関係も，その王女セセラクとの出会いによって解決へとむかう。

### ❊ギャンブル Gamble ｛3，6｝

アレンがはじめてロークの魔法学院を訪れたとき，彼の案内役を勤めた学生。のちにレバネン王がオールダーたちとロークを再訪したときには，風鍵の師となっていた。

### ❊ヘア Hare ｛3｝

ゲドとアレンがワトホート島のホートタウンで出会った男で，夢のなかでゲドを魔法の衰退の原因である場所へと案内しようとするが，そのあいだにゲドたちは強盗に襲われてしまう。

### ❊イーグル Eagle ｛3｝

ホートタウンで強盗たちによって捕らえたアレンが売られた奴隷船の持ち主である海賊の首領。アレンを救出しにきたゲドによって罰せられる。

### ❊アカレン Akaren ｛3｝

ゲドとアレンがローバネリー島で出会ったアカレンは，かつて偉大な力を持った魔女だったが，今は狂気にあえいでいた。ゲドは彼女から名前を取り去るが，苦しみの消えたぶん彼女はアイデンティティも喪失してしまう。

### ❊ソプリ Sopli ｛3｝

ゲドがアレンの不満にもかかわら

ず，船旅に同行させたローバネリーの染物師でアカレンの息子。オベホル島で住民から攻撃を受けたとき，海に飛び込んで溺れ死んでしまう。

❄外海の子どもたち
　　**Children of the Open Sea**｛3｝
　オベホル島の住民の攻撃によって傷ついたゲドと，水も食料もなく小船で流されていたアレンを救ってくれた，イカダの船団の上で1年の大半を過ごす漂流の民。陸上の島では過酷な状況が続く3巻のなかで，ほとんど唯一明るさと希望を感じさせる人々の生き様が描かれる。

❄コブ **Cob**｛3｝
　自らの魔術の力によって生死の境を侵犯し，死者たちを自分の意志に従わせていた男。肉体をオーム・エンバーによって滅ぼされても，妄執として生き続け，ついにゲドの魔法によって解放されて死者の国へと歩み去る。

❄オーム・エンバー **Orm Ember**｛3｝
　龍の最長老カレシンの子どものひとりで，イリアンやテハヌーの兄弟に当たる。西の果てのセリダー島でゲドとレバネンを救うために，自己を犠牲にしてコブの肉体を滅ぼす。

❄トリオン **Trion**｛3,5｝
　強大な魔法をあやつることのできる魔術師として，ゲドが学院長だった時代に召喚の師となる。トリオンはアレンとともに死の国へと旅立ったゲドを愛するがゆえに，自らも死の国へと赴き，そこから帰還するすべを失ってしまう。自分の力を過信したあまりに限界を超えて，結局はゲドが去ったあと自らロークの学院長となろうとして，イリアンに滅ぼされてしまう。

❄カレシン **Kalessin**｛3,4,6｝
　「最長老」と呼ばれる龍の長で，エレス・アクベと戦って共に討ち死にしたオームの子に当たると言われる。あらゆる危急のときに登場して，人々を助け，謎の表明を行っては西方に飛び去っていく。ゲドもテナーもレバネンもテハヌーも，カレシンの存在があってはじめて自己の可能性と限界を知ることができるのだ。

❄ラーク **Lark**｛4｝
　テナーがゴハと名乗って，ゴントの樫の木農園で暮らしていたときの，もっとも気のおけない長年の友人。火に放り込まれた少女セルーのことを最初にゴハに伝えたのも彼女である。

❄テハヌー **Tehanu**（セルー Therru）
　　｛4,6｝
　『アースシー物語』における，いわばフェミニズム的転換の鍵となる少女にして，そして龍。彼女の右側半分が焼けただれた身体と，そのたどたどしい言葉と引っ込み思案な性格にもかか

わらず，というかそれゆえに果たされるテハヌーの英雄的行為を通じて，この物語は単なるファンタジーをはるかに越えた，世界の起源と未来の解放にむけた叙事詩となるのだ。

🌿 ハンディ **Handy** {4}
　セルーを虐待し殺そうとしたにもかかわらず彼女に対する親権を主張し，テナーとセルーをしつこく追いまわすが，ゲドによって撃退され，最後は村人たちに捕えられる。

🌿 アップル **Apple** {4}
　ゴハ（テナー）の娘で商人の夫と暮らす，母思いの女性。

🌿 アルペン **Alpen**，レ・アルビの領主の魔術師 {4}
　レ・アルビの領主を利用しながら自らの権力拡張を図るきわめて邪悪な魔術師。テナーに深い恨みと憎悪を抱き，女性蔑視を体現したこの男は，テナーとゲドを捕えて殺そうとする寸前，テハヌーが呼んだカレシンによって焼きつくされる。

🌿 モスばあさん **Aunty Moss** {4, 6}
　テナーがレ・アルビの村で出会った魔女で，最初は打ちとけなかったが，やがてテナー，テハヌー，そしてゲドの親友となる「親切が最大の魔術である」ような老婆。

🌿 ヘザー **Heather** {4, 6}
　モスばあさんとともに暮らす，やや知能の劣る田舎娘。

🌿 スパーク **Spark** {4}
　ゴハ（テナー）の息子で，船乗りをしていたが，帰郷して，やがてワイン作りを始める。テナーと結婚したゲドを最初は家から追い出すようなことをするが，根は悪い男ではないらしく，やがてゲドとも親しくなっていったようだ。

🌿 メドラ **Medra**（オッター **Otter**，ターン **Turn**）{5}
　「探索者」と呼ばれて物探しに才能のある魔術師。ローゼンやゲラックに仕えるが，やがてアニエブとの出会いを通して，ハンドという倫理的魔法を伝える秘密結社と結ばれ，ロークに渡ってエンバーたちと魔法学院の基礎を築く。

🌿 ローゼン **Rosen** {5}
　暗黒時代の強大な首領のひとりで，魔術師の力を利用しながら，自己の権勢拡張につとめていた男。

🌿 ハウンド **Hound** {5}
　ローゼンやゲラックに仕える「鼻の利く」魔術師で，メドラを使役する役も勤めていたが，やがて改心してメドラの故郷の村で暮らした。

❧ ゲラック Gelluk ｛5｝
　メドラが探り当てた水銀の鉱脈を自らの力の源泉と信じていた魔術師。メドラに導かれた水銀の地下鉱で奈落へと落下して死ぬ。

❧ アニエブ Anieb ｛5｝
　メドラが鉱脈を探す仕事につかされていた場所にある水銀の精錬所で働いていた女性。メドラを救い出し，共に彼女の故郷の村へ向かうがそれを見たところで息を引きとる。メドラにとって秘密結社ハンドとの絆を最初に作った女性。彼女の魔術も手の平を相手に見せる沈黙のジェスチャーに体現されるように，言葉や呪文によるものではなく，無言の一種のテレパシーに近い。

❧ ヴェイル Veil ｛5｝
　メドラがローク島を訪れてきたとき迎えた姉妹の姉のほう。妹のエンバーたちとローク学院の基礎を築く。

❧ エレハル Elehal（エンバー Ember）｛5｝
　ヴェイルの妹でメドラと夫婦として結ばれ，ローク学院最初期の中心的存在となった女性。

❧ アーリー Early ｛5｝
　ロークの力が強大になるのを恐れ，メドラを追ってついには龍となってロークを襲うが，エンバーたちに撃退され，その大船団とともに敗走する。

❧ ダイアモンド Diamond ｛5｝
　裕福な商人の父親に商売を継ぐことを嘱望されながら，魔術の訓練もさせられたが，それが幼なじみの魔女の娘であるローズへの恋愛を断ち切ることであると知って，魔法使いの先生の元から逃げ出す。結局自分の歌の才能とローズへの愛を貫いて，旅回りの楽師となる。

❧ ローズ Rose ｛5｝
　ダイアモンドがひとりの人間として，自分の才能と愛情に最もふさわしい人生を歩むことを，実現させた女性。魔女の娘という，世間では評判の芳しくない人間が，実は珠玉の存在でもありうることを実証する。

❧ ヘムロック Hemlock ｛5｝
　ダイアモンドの師匠として，魔術を教えるが，何より魔術師は女の誘惑を立たなくてはならないとして，ダイアモンドをローズを遠ざける画策を施す。

❧ ダルス Dulse ｛5｝
　オギオンの魔法の師匠として，ともにゴント島を襲った大地震を鎮める。太古の力の利用に通じた偉大な魔法使いのひとり。

❈エマー **Emer**（ギフト Gift）｛5｝
　セメル島の湿地帯に住むひとりの平凡な女性だが，逃走してきたイリオスを温かく迎え，やがて彼の再生の契機となる女性。

❈イリオス **Irioth**（ガリー Gully）｛5｝
　ロークの学院長であるゲドやトリオンと，魔術の力において対決し，セメル島に逃亡してきて，そこで動物を癒す魔術師として暮らしていたが，やがて訪れてきたゲドと和解，過去を悔いてエマーと共に暮らす。

❈イリアン **Irian**（ドラゴンフライ Dragonfly）｛5，6｝
　最長老の龍カレシンが娘と呼ぶ龍。セリダーでコブの肉体を滅ぼしてゲドとレバンネンを救ったオーム・エンバーは彼女の兄弟とされ，またテハヌーも彼女の姉妹とされる。エレス・アクベと戦って死んだオームは彼女たちの2代前，すなわちカレシンの親の世代と言われている。イリアンは龍であるが，ロークの手本の師であるアズヴァーに女性として愛され，西方の果てに去った後も彼に慕われ続けている。

❈アイヴォリー **Ivory**｛5｝
　イリアンを誘惑して，その歓心をひき，かつ昔，女性を連れ込んだせいで追放されたロークの魔法学院に復讐するため，イリアンを男装させてロークに連れてくる。虚栄心の強い浅はかな男に過ぎないが，図らずもアースシー世界の魔法の再編成のきっかけをつくることになった。

❈アズヴァー **Azver**｛5，6｝
　ゲドが学院長だった時代に，東方のカルガド帝国からやってきてロークの手本の師となった男。ほかの師とは違って，性愛の魅力と怖さを知り，人間的な深みと世界の動きへの洞察力において他の追随を許さない大賢人のひとりと言えよう。

❈ハラ **Hara**（オールダー Alder）｛6｝
　まじない師の息子として生まれ，たいした魔術の才能はないが，物直しに関しては抜群の技量を持つ男。彼が夢のなかで亡くしたつまりリリーと出会ったことが，アースシー世界の魔法的秩序の再生を大団円へと導く。

❈メヴル **Mevre**（リリー Lily）｛6｝
　オールダーの妻としてたがいに愛し合っていたが，子どもを産もうとして亡くなる。最後に死の世界を選んだオールダーと一緒になって，歩み去っていく。

❈セセラク **Seserakh**｛6｝
　カルガド帝国の支配者である父親の策謀によって，ハヴナーの宮廷に送りこまれ，レバンネン王の最大の悩みの種

主要登場人物紹介　211

となる王女。その異文化の境界を侵犯する勇気によって，テナーの，そしてレバネンの尊敬を得て，やがてレバネンを愛し，ハヴナーとカルガドの平和な連合を象徴する結婚が導かれることになる。

### ※ オーム・アマウド Orm Ammaud ｛6｝

カレシンの子どもとして，ハヴナーに飛来し，テハヌーと対話した龍。テハヌーやイリアンの兄弟に当たる。

### ※ オニックス Onyx ｛6｝

ハヴナーの宮廷にロークから招かれて，レバネン王に魔法世界の急変について示唆を行うためにやってきた魔術師。王たちと共にロークに向かい，石垣の破壊に参加する。

### ※ セペル Sepel ｛6｝

群島世界のなかで太古の力の魔法を体系化したと言われるパルン島の魔術師。オールダーやオニックスらと共にロークで石垣破壊に協力する。

### ※ トスラ Tosla ｛6｝

レバネン王の長年の友人で，軍の司令官。高潔な人格のレバネンをときに女性関係において揶揄するところからみても世知に長けた人物らしい。

### ※ 召喚の師 Master Summoner ｛6｝

自らの魔術の力を過信する召喚の師にありがちなように，6巻で最初はイリアンやテハヌーたちを疑いの目で見ているが，その後ほかの人々と協力してともに石垣を崩すことに貢献する。名前は明示されていない。

# 事項・人名・地名　索引

## あ

アースシー群島　23, 32, 52, 157, 190, 198
『アースシー物語』　93, 124, 190, 194, 200-203
アイハル　97, 102, 204
アズヴァー　8, 62, 113, 152, 155, 163-164, 185-186, 188, 203, 211
アチュアン　33, 37-38, 43, 57, 61, 70, 83-86, 97, 103, 108, 143, 202, 206-207
──の墓所　40, 42, 45
アルハ　37, 40, 42-45, 47-48, 50, 52-58, 206, 207
アレン　6, 67-78, 80, 84, 88-92, 104, 205, 207-208
暗黒時代　129, 202-203
石垣　13, 88-89, 91, 163, 166, 185-186, 188
イリアン　62, 152-155, 168, 171, 174, 177, 180, 183-188, 207-208, 211-212
イリオス　145-146, 149-150, 211
ヴェイル　130-133, 203, 210
ヴェッチ　6-7, 28-31, 205
ヴェドゥーナン　125, 175, 180
海と陸　23, 26
『エアの創造』　31-32, 201
詠唱の師　11, 71, 82, 138, 155
エスタリオル　6, 27, 31, 169, 205
エマー　145-146, 149-150, 210-211
エレス・アクベ　45, 52, 202, 208, 211
──の腕輪　22, 42, 47-50, 57-60, 82, 85, 168, 206
エンバー　130-131, 133, 209-210
大巫女　37, 42, 44, 54
オーム・アマウド　171, 212
オーム・エンバー　82, 88, 91, 187, 208
オールダー　163, 165-166, 168-169, 180, 183, 185, 188, 205-207, 211-212
オギオン　5, 7-8, 17-18, 20-23, 25, 60, 87, 97-98, 101, 103-104, 106, 109, 111, 118, 120, 140-141, 163, 169, 204, 206, 210
オッター　129, 131, 133, 152, 209
男と女　119, 146, 153
オニックス　172, 180, 183, 212
音楽　135-136, 138

## か

外海の子どもたち　80, 208
階級　164, 170
学院長　67-70, 73-75, 78, 85-86, 145, 149, 152, 185
影　5, 7, 11, 16, 20, 22-23, 25, 27-28, 31
風鍵の師　11, 113, 155
カルガド　5, 22, 42, 125, 181, 188, 202
──語　113
──人　63, 185
──帝国　37-38, 43, 62, 143, 168, 174-175, 180, 201, 206-207
カレシン　82, 91, 104, 105, 112, 118, 121-122, 153, 168, 171, 174, 177, 187-188, 205, 208-211
ギフト　145-146, 211
均衡　28, 144
苦痛の石　91-92, 111
群島世界　174-175, 183
ゲド　5-8, 11, 13, 15, 17-18, 20-25, 27-28, 30, 31, 45, 50, 53, 57-62, 68, 72, 75, 77-78, 82-83, 85-86, 88-92, 103-109, 113, 134, 116-122, 125, 145, 149, 152-153, 155, 163, 166, 168, 171, 185, 188, 197, 200, 202-209, 211
原初の海　23, 32
口承文化　45, 200, 201
コシル　37, 42, 44-45, 47, 52, 57-58, 206-207

索引　213

言葉　45, 46, 68, 75, 90
コブ　72, 88-90, 174, 208, 211
ゴント　5, 17, 21-22, 37, 60, 70, 85, 91, 97, 101-102, 104, 108, 111, 113, 125, 140-141, 153, 163, 169, 185, 204, 210

## さ
サー　37, 42-47, 52, 206
サイレンス　140-141, 204
C.S.ルイス　196
J.R.トールキン　196
J.K.ローリング　196
ジェンダー　38, 45, 78, 101, 109, 121, 124, 136, 157, 190, 195
地震　140
死の川　88-89, 91
死の国　25, 70, 72, 80, 88, 104, 108, 153, 163, 166
自由　166-167, 175, 185
呪文　28, 144-146, 149, 180
召喚の師　11, 13-14, 67, 82, 113, 145, 149-150, 152, 155, 163, 168, 187-188, 205, 208, 212
真の言葉　98, 100-101, 111, 124-125, 167
真の名前　5-7, 16, 28, 53, 74, 77-78, 93, 97, 111, 129, 135, 149, 152-153, 204
信頼　132
スパロウホーク　5, 7, 79, 204
生と死　8, 20, 30

――の境界　85, 88, 164, 174-175, 185-186
西方　40, 43, 45, 50, 53, 62, 67, 152, 174-175
性欲　106, 108-109, 153
世界の均衡　9, 75, 83, 85, 89, 91, 170, 174-175, 185, 186
セクシュアリティ　38, 190, 195
セセラク　62, 180-181, 183, 185, 188, 207, 211
セリダー　82, 85, 88, 104, 187, 202, 205, 208, 211
セルー　97-98, 103, 107-108, 113-118, 121, 209
先住民文化　45, 194
善と悪　9
想像力　198

## た
ダイアモンド　135-136, 138, 210
太古の神々　37
太古の言葉　15, 79, 104, 165-166, 185
太古の力　32, 62, 134, 143, 153, 177, 180, 194, 196, 200-202, 206-207, 211-212
太古の魔術　141
太古の闇　50
大地の力　83
ダニー　5, 200, 203-204
食べられた者　37-38, 43
ダルス　140-143, 210
力と空白　119, 210
血筋　73-74

沈黙　79, 102
――と言葉　29-31
杖　8, 40, 88, 90, 101, 140-141
テナー　6, 37, 40, 57-62, 70, 85-86, 97-98, 101-119, 121, 123, 164, 168-169, 171, 174, 180-183, 185, 197, 203, 206-209, 212
テハヌー　108, 118, 121-122, 163, 166-169, 171, 174, 177, 180, 183, 185-188, 197, 203-209,
手本の師　8, 11, 113, 152, 155, 163
手業の師　11, 155
天地創造　93, 98, 100-101, 122, 167, 187, 201
動物　172, 174
東方　40, 43, 45, 53, 62
遠見丸　27, 67, 72, 107
ドラゴンフライ　152-153, 211
トリオン　67, 82, 113, 149, 150, 152, 155, 168, 174, 177, 208, 211

## な
名前　5, 9, 29, 38, 40, 89, 102, 107, 148, 153, 174
『ナルニア国物語』　196
人間と龍の分裂　180

## は
ハード語　32, 62, 112, 168, 185, 187, 201
ハード人　63, 185

ハヴナー 5,37,43,52,54,56-57,60,70-71,86,104,107-108,130,135,143,145,152-153,163,166,168-171,180,185,202,206-207,212
『ハリー・ポッター・シリーズ』 196
『パルンの知恵の書』 125,180
ハンド 27,203,209-210
──の女たち 129,131,133,201
光と影 9,20
光と闇 30-31,58
ファンタジー 196,198
不死 84,175,186-187
分割 125,175
ヘムロック 135,236,210
変化の師 11,82,155
変身 18
ペンセ 40,207
ペンダー 12,15,17,129,206
墓所 37-38,48,107

## ま

まじない師 11,40,47,94,146,157,163-164,169,211
魔術 13,15,18-19,25,28,62,75,118,129,131,138,140,149-150,157,164,166,175,186,201,210
──の階層的秩序 62
──の倫理性 124
魔術師 8,11,14,18-20,40,72,94,101,108-109,114,119-120,129,138,143,145-146,157,164,175,185,190,202-204,210-212
魔女 40,78-79,94,101,108-110,114,129,136,152,157,164,201-202,210
マナン 37,47,50,52,207
マハリオン 70-71,85,129,202-203
魔法 70,77,120,200
──の明かり 48
──の力の衰退 82
──の杖 17,27,31
魔法使い 8-9,11,14,32,40,46,71,76,79,100,106,140,143,164,202
迷宮 44-45,47,50
命名の師 11,155,187
メドラ 130,133,203,209-210
もうひとつの風 100,118,123
モスばあさん 97,101-103,108-109,118,121,209
物直しの術 163-164,180,211
森 130,152-153,163,186,194
モレド 67,69,74,207
門番の師 11,152,155,163,203-204

## や

ヤギ 141,174
薬草の師 11,82,155,163

闇 54,60,89,143,188
ヤロウ 27,29-30,206
『指輪物語』 196

## ら

陸と海 32
龍 15,32,52,54,82,88,94,97-98,100,103-105,121-125,139,143,152-153,155,167,171,174-175,185,200-202,209
リリー 163-164,185,188,211
倫理 93,190
ル・グウィン 62,194-198
レ・アルビ 5,17,87,97,118,121,140,163,209
歴史 32,124,157,190,197,200
レバネン 6,74,82,92,104,108,111,113,118,121,152-153,155,163,168-169,174,180-183,185-188,203,206-207
ローク 17,33,37,71,75,91,103,120,125,130,131,133,138,140-141,149,152-153,163,168,180,183,203,211-212
──の森 70,174,185
ローク魔法学院 5-6,8,11,13,27,40,67,70,78,82,85,113,116,130-131,135,143,145,157,186,204-205,207
ローズ 135-138,152,210

索引 215

[著者略歴]

本橋 哲也（もとはし　てつや）
1955年東京生まれ。東京大学文学部卒業、イギリス・ヨーク大学大学院英文科博士課程修了。D. Phil.。
現在、東京経済大学教授。カルチュラル・スタディーズ専攻。
おもな著訳書に『映画で入門　カルチュラル・スタディーズ』『カルチュラル・スタディーズへの招待』（大修館書店）、『本当はこわいシェイクスピア』（講談社選書メチエ）、『ポストコロニアリズム』（岩波新書）、ガヤトリ・スピヴァク『ポストコロニアル理性批判』（共訳、月曜社）、ホミ・バーバ『文化の場所』（共訳、法政大学出版局）、ロバート・ヤング『ポストコロニアリズム』（岩波書店）、デヴィッド・ハーヴェイ『ネオリベラリズムとは何か』（青土社）、ジュディス・バトラー『不安定な生』（以文社）がある。

---

ほんとうの『ゲド戦記』——英文で読む『アースシー物語』
© Motohashi Tetsuya, 2007　　　　NDC930／viii, 215p／21cm

---

初版第1刷——2007年4月15日

---

著者————本橋哲也
発行者————鈴木一行
発行所————株式会社大修館書店
　　　　〒101-8466　東京都千代田区神田錦町3-24
　　　　電話 03-3295-6231（販売部）03-3294-2357（編集部）
　　　　振替 00190-7-40504
　　　　[出版情報] http://www.taishukan.co.jp

---

装丁者————熊澤正人＋八木孝枝（パワーハウス）
表紙写真撮影—（有）イトウ写真工房
印刷所————壮光舎印刷
製本所————難波製本

---

ISBN978-4-469-21313-3　Printed in Japan
Ⓡ本書の全部または一部を無断で複写複製（コピー）することは、著作権法上での例外を除き禁じられています。